THE
ABY-
SS
GAME

深渊
The Abyss Game
游戏
·II·
海妖王号

水千丞
Shuiqiancheng´s
work
作品

中国友谊出版公司

The
Abyss Ga

深
渊游

戏

欢迎开启 狩猎模式！

自愿进入狩猎模式的玩家，可以选择单人狩猎
或者团队狩猎，在城市的基础上开启副本地图
执行一个系统派发的任务。

ame

在狩猎模式下，玩家之间的PK将不
受等级规则的限制：

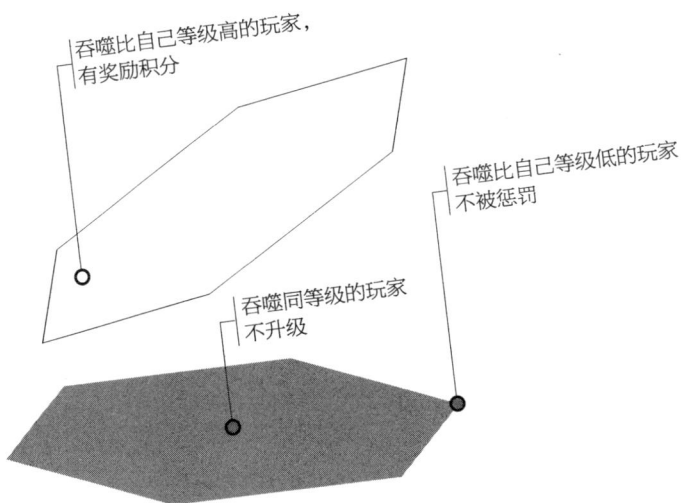

吞噬比自己等级高的玩家，
有奖励积分

吞噬比自己等级低的玩家
不被惩罚

吞噬同等级的玩家
不升级

狩猎模式下，玩家将根据系统对其实力的评估值，被分配任务，
估值越低，任务会越简单，反之亦然。

玩家与玩家之间不知道对方的任务，只有完成任务的玩家，
才能得到奖励。这奖励不仅仅是积分，还有很多难得的装备、
武器、符石等。更为重要的是，每个地图里都有独属物品，
是在其他任何地方都拿不到的。

玩家只有在完成任务之后才能离开地图。

【确认积分缴纳】

300

进入团体模式

即将解锁

M级狩猎模式

♠

海妖王号

The
Abyss G

Contents

深
渊游
戏

ame-
s

The Abyss Part One

Game 一

当他们距离瞭望台不足十米的时候，无数虫子挡住了他们的去路，毫不留情地缩小了包围圈，黑压压地朝他们袭来。看着四面八方扩张开来的那一个个可怖的口器，两人的眸中都染上了一丝恐惧。

深渊游戏II·海妖王号

洗神髓后，乔惊霆明显感觉到了体能的提升，现在他真想有个什么怪物可以让他试试身手。不过，他身上没多少力气，还没从那段剥皮抽筋般的经历中彻底缓过来。

"来，喝一口，喝一口就好了。"邹一刀递给他一杯透明的液体。

乔惊霆以为是水，凑到脸前一闻，一股浓郁的酒香。

舒艾不赞同道："刀哥，你怎么给他喝酒？"

"上好的茅台，喝了保证立刻满血复活，快！喝喝喝。"邹一刀笑着催促道。

乔惊霆咧嘴笑了笑，猛灌了一大口，辛辣的酒液入喉，一路烧到了胃里，仿佛要把浑身血液都点燃，口唇间留下的是陈酿的酱香，回味鲜美，真是带劲儿。他豪气道："好，精神了！"

"哈哈，我说得对吧。"

沈悟非道："你休息一会儿，我们就走吧，我老觉得留在这里不安全。"

"好。"乔惊霆似乎还不太适应身体的变化，轻轻搓了搓胳膊，"你们洗神髓的时候，也是出现一个跟自己很像的……像人又不是人的东西吗？"

"嗯，我知道你说的那个人形的东西。"

舒艾回忆道："'她'全身透明，身体用点和线连接起来。"

"那不是点和线。"沈悟非忍不住笑了，"你们居然不知道那是什么？我还以为一眼就能看出来呢。"

"什么？"邹一刀揪着他的头发，"又来秀智商了是不是。"

"不是。"沈悟非扯回自己的头发，"我觉得那是常识……"

"是经络和穴位。"白迩撇撇嘴，"确实是常识。"

邹一刀掐了拍白迩的后脖颈："我们只是一下子没想到而已。"

"原来是经络和穴位啊。"舒艾道，"怪不得那么眼熟。"

乔惊霆也恍然大悟，身为中国人，就算没系统地学过中医，也不会有人不知道经络、穴位，只是一下子确实没想到而已。

沈悟非道："你们看到的那个人形的东西，其实就是以你自己的经络走向和穴位图构建起来的身体框架。我不知道洗神髓的时候让我们看这个是什么意思，但是那个框架走进我们的身体，大概是在表达经络和穴位在与我们融合，可是经络和穴位本来就在我们体内，为什么还需要融合？这个就让人很不解了。"

舒艾想了想："说不定没什么特别的意义，是系统制造出来的带着隐喻的幻象而已。"

"我觉得有意义。因为经络和穴位是没有实体的东西，但那个身体框架，却非常清晰地标注了所有的经络和穴位，经络我不敢说全对，我没有学过中医，但是穴位是全对的。"白迩笃定地说，"而且，每个人的经络和穴位，根据身体胖瘦高矮的不同，都有些微的区别，跟我对应的那个身体框架，所有穴位都不偏不倚，所以那个东西，不是每个人都一样的模板，是真的根据你的身体量身制造出来的。"

"没错。"沈悟非点头道，"我洗过神髓后，也专门研究过，那个身体框架的经络，很清晰地用线走出了五脏六腑、奇恒之腑、十二经络、奇经八脉，这几种成系统的经络走向，'他'都用线表达出来了，然后再用点标出全身穴位。这件事真的挺玄乎，因为这些经络、穴位，不像血管、骨骼那样有迹可循，它们是无形的，是几千年来靠经验和实验摸索出来的，实在让人怀疑系统做这件事的原因。"

"经络不就是神经吗？"乔惊霆奇道，"神经有迹可循啊。"

"不，经络不是神经，经络就是经络。"沈悟非皱起眉，"是因为中医有很多现代科学难以解释的地方，因此长期以来遭到国际主流医学界的质疑，为了推广和发展，才刻意往西医的解剖系统上靠拢，试图从科学的角度找到中医学存在的意义，才强行说经络是神经，实际上完全不是。"

"那经络到底是什么？"

"我可以根据其他人的研究，给你粗浅地解释一下，但是你听完之后，还是会和所有人，包括我一样，不明白经络到底是什么。"沈悟非摇摇头，"实际上，'经络到底是什么'这个问题，根本没有人有一个权威的、能说服所有人的解答。什么走气血的通道啊，连接五脏六腑的桥梁啊，都只是盲人摸象，只看到真相的一点点罢了。但是经络就是存在的。"

几人听得有些头大，乔惊霆觉得自己根本不该起这个话头，好像没什么意义。

沈悟非却是已经沉溺在自己的思考之中了："不过，进入这个游戏之后，我对我们的身体，包括经络、穴位这些东西，都有了新的思考。就像我之前说的那些在现实世界中都实现不了的高科技，在游戏里却实现了一样，经络的存在可能也只是因为我们还不够先进，所以才解释不通罢了。"

"哦，就像你说的那样，我们有了眼睛，才确认一样东西存不存在一样。"

"对，我们不了解经络，可能只是缺少看清经络的器官。很多东西，如果我们能看到更深、更广、更远或更高维的世界，也许所有难题都会迎刃而解。"沈悟非笑了笑，"当然，会有更多新的问题接踵而来，这就是探索世界的乐趣。"

"你有的是机会探索世界，前提是得先活着。"邹一刀看了看天色，"不早了，我们该走了。"

在乔惊霆洗神髓的期间，其他人已经做好了进入狩猎模式的准备。

沈悟非把自己所有的东西都收进了仓库里，几人凑了凑钱，买了几个NPC守卫。

乔惊霆醒来之后，通过城市系统把沈悟非的房子设置成了不对外开放，如果有一天他们再回来，希望这房子还能保有现状，毕竟里面还有不少沈悟非带不走的东西。

当时方遒强行入城贡献的那 1000 积分的入城费，乔惊霆也转到了自己这里，他现在的积分少得可怜，刚好填补一下，而且进入狩猎模式本身还要积分。

城里除了他们，早已经没了其他玩家——都被昨夜的一场混战吓跑了。且这里没有热门怪点，入城费又极高，以后恐怕也不会有人来，他们一走，斗木獬大概要彻底变成孤城了。

看着这个他们生活了几个月的冰雪小城，它就像他们的一个不会说话的同伴，跟着他们武装自己、并肩作战，不管它多么渺小和备受冷落，都给他们提供了安身的一隅和抵御外敌的城墙。

现在他们要把它留在这里了，而且有朝一日再回来，也不知道它会不会被别人霸占，想到这里，还真有几分不舍。

五人站在生命树下，先组了队，然后分别缴纳了 300 积分，一起切换到了狩猎模式。

狩猎模式下有很多副本地图，是独立于现存的 32 个城市之外的，具体有多少地图，没有人知道，但每个地图里都有几样专属物品，是在其他任何地方都拿不到的。

每进入一个地图，都要执行一个系统派发的任务，完成任务才能离开。

由于狩猎模式下，高等级玩家杀死低等级玩家不被惩罚，所以鲜少有玩家会进入狩猎模式，尤其是等级低的。而且，在进行一个地图的任务时，其他非任务玩家是不能进入这个地图的，所以他们在当前副本地图的敌人，只有跟他们处于同一副本任务下的玩家，对付这些人，总比对付外面一波又一波源源不断的敌人要好一些。

当他们睁开眼睛的时候，周围的景象全变了，他们处于一个摇摇晃晃的房间里，身体都在随之摇摆。

"我们在……海上！"舒艾跑到窗户前，叫道，"外面有暴风雨。"

"所以我们在船舱里？"乔惊霆皱了皱眉，"没有人晕船吧？"他刚说完，就看到沈悟非抱着膝盖坐在地上，一副想跟全世界隔绝的样子。

"吃点晕船药。"舒艾提醒他道。

沈悟非点点头，从系统里买了药吞了下去。

过了一会儿，窗外的风雨减弱，船的摇晃也跟着缓了下来。

这时，每个人都看到眼前出现一排蓝色的荧光小字：玩家你好，欢迎进入"海妖王"号，你们的任务是，夺取船上唯一的救生艇，离开海妖王号。

"夺取救生艇……离开这艘船？"邹一刀开始环顾四周。

这间船舱很大，约有三十平方米，法国古典的洛可可装饰风格，到处都是绚丽繁复的花纹和点缀，色调以原木和金铜为主，十分奢华。

几人四处看了起来，很快在桌上发现了一张羊皮纸手绘的船体透视图，白迩看了看，道："我们在一艘大型游轮上，至少有上百个房间，这个房间在船尾。"

"救生艇在哪里？"

"这里没画，但肯定在甲板上，不过这个船很高，不知道在哪一层的甲板上。"

"走，出去看看。"

"等一下。"沈悟非道，"系统没有规定时间，所以我们不用着急。我们要先尽可能多地了解这艘船，因为打开这扇门，不知道外面是什么。"

"是的，我们别急着走。"舒艾打开了降魔榜，道，"这里果然还有另一队人马，跟我们的人数一样，等级也差不多，两个9级，三个8级。"她顿了顿，补充道，"他们的名字是蓝色的，我们是红色的，所以我们是红队？"

"系统会根据我们的等级分配任务难度，对方的等级平均起来跟我们差不多，所以我们的任务难度，很可能是一样的。"沈悟非皱起眉，"不，他们的任务可能跟我们就是一样的，系统特别强调了船上只有唯一一艘救生艇，还强调了我们要离开这艘船，这证明船上一定有某种危险，逼迫我们必须离开，而离开的渠道只有一条，我们两队，只能活一队。"

邹一刀道："那我们应该尽快去找救生艇。"

"不差这一会儿，如果这么容易拿到救生艇，这个任务就没意义了。"沈悟非看向乔惊霆，"你应该……"

"我知道。"乔惊霆道，"我现在就进去看看。"

每到一个新的地方，都进入虚拟系统看一下，多少都会有收获。

进入虚拟系统后，又融入了熟悉的那一片漆黑。自从当上斗木獬的城主后，一进入虚拟系统，恨不能把全城的怪都摆在自己面前，所以现在空无一物的，他多少感到有些失落。

他就像往常一样，快速跑了起来，寻找期待中的那一团光，他们商量好的，只给他半个小时的时间。

找了很久，前方终于出现了一个光团，他赶紧跑了过去，凑近了一看，是一个欧洲贵妇在唱歌。她绾着古典宫廷发髻，颈间、耳垂上都戴着价值不菲的绿宝石，一身束腰华服，白皙丰腴的胸脯一下一下地起伏着，全情投入地唱着歌，戴着白蕾丝手套的双臂还做着舒展柔美的动作。

乔惊霆听不到她在唱什么，但好像很好听的样子，他一步步走了过去。

那贵妇发现了他，一边唱，身体一边朝着他转了过来，她胸脯起伏得愈发厉害，似乎是为了唱出更动听、更高难度的歌，腮帮子逐渐拉长，又连带着脖子好像都在变长。

乔惊霆逐渐发现了她的不对劲儿，那双碧蓝色的美丽眼眸，好像在变得浑浊，同时迸射出了明亮的光芒。

下一秒，一道白光闪过，乔惊霆猛然睁开了眼睛。

"靠，就差一点！"乔惊霆醒来之后，懊恼地抱怨了一声。

"你看到什么了？"

"看到一个外国女人在唱歌，像是在开音乐会，然后我刚发现她有点不对劲儿，我就醒了。"

"那也没办法，我们必须出发了。"邹一刀道，"我听到开火的声音了。"

"蓝队开火了？"

"应该是，声音离得很远、很小，但是炮火的声音跟其他声音不一样，我能分辨出来。"

"总之，那个女人很不对劲儿。"乔惊霆有些烦躁地说，"虽然我也在虚拟系统里看到过 NPC，但我觉得她不是 NPC。"

"别想了，碰到就知道了。"

白迩走到门边，手刚搭上门把手，身体就顿住了，他回过头，小声说："门外有东西。"

众人都警觉了起来："什么东西？"

"不知道，一直在轻轻地贴在门上，我能感觉到这种微妙的压力。"

"那怎么办？"

"拿火箭筒轰出去。"邹一刀毫不犹豫地说。

不管外面是什么东西，多半都是对他们有威胁的，先轰死是最保险的。

他们站在邹一刀身后，邹一刀将那挺 AT4 反坦克肩扛火箭筒的炮头对准了那扇雕花金漆大门，果断地发射了一枚炮弹。

轰的一声巨响，大门被炸开了一个大洞，半扇门都跟着飞了出去。

当弥漫的硝烟散去，他们看到了令人遍体生寒的一幕。

被炸开了大洞的门上，淅淅沥沥地往下滴着某种黏稠的淡黄色体液，就像一个水帘洞，透过这个，他们看到了一条长长的船舱走廊，走廊两侧是大门紧闭的房间。地上、墙上、门上、天花板上，布满了灰褐色的、外形像蛞蝓一般的怪物……

那些怪物普遍身长半米，又肥又软，本应是头部的地方却像是被一刀切断了脖子一般，只有一个平滑的横截面，但是那横截面分明在一下一下地起伏着呼吸，同时分泌出黏稠的淡黄色体液。

这些东西朝着门洞里爬来，同时张开了"嘴"，也就是那个平滑横截面的地方，突然从中间向周围圆形散开，露出了层层叠叠的、旋涡一般的锋利口器，目测牙齿至少有上百颗，口器间黏连着它们的体液。

简直是连魔鬼都生不出来的地狱里的生物。

几个人脸色极其难看，舒艾捂着了嘴，颤声道："好恶心。"

沈悟非更是浑身发抖："好……好可怕……好恶心……怎么办……"

"能怎么办，难道给它们当晚餐吗。"邹一刀骂道，"我们必须抢到救生艇。"

如果这一整船都是这些玩意儿……

众人浑身鸡皮疙瘩参起，恨不能消失在当场。

这就是他们选择的狩猎模式，这么想想，也许留在斗木獬困守孤城还好一点，至少可能死得有尊严一点？

现在想什么都晚了，乔惊霆看着那些朝他们蠕动而来的怪物，心里只有一个念头，就是夺取救生艇，离开这里！

似蛞蝓又不是蛞蝓的怪物们开始朝着船舱里蠕动，它们的动作称不上快，但潮水一般绵延不绝。一眼望过去，全是蠕动的圆柱形软体，怕是有几千只，把长廊堵得严严实实。

这时，又出现了系统提示，提示他们得到了 12 点积分。

"原来这玩意儿有积分啊。"邹一刀乐了，刚才用火箭筒炸死的怪物们已经结算了，这大概是目前为止唯一的好消息了。

众人精神稍微振奋了一些，这一趟杀出去，至少不会是全无收获。

乔惊霆一铜捣死了一只落单的，扑哧一声，软体爆裂，喷出淡黄色的浓浆。果然，他马上看到了绿色小字的系统提示：恭喜玩家乔惊霆杀死海妖幼虫，获得 1 点奖励积分。他怒了："1 点？"

"这东西积分肯定很低，五个人一分，更没有多少了，总比没有好吧。"邹一刀叫道，"你来打头，试试你的能力。"

"不行，它们的体液可能导电。"沈悟非看了看脚下那黏稠的体液，一脚踩下去，鞋底还要黏着一些，丝丝拉拉地带了起来，简直像是踩在了胶水上。

"我会控制距离。"乔惊霆扭了扭脖子，不自觉地放低了音量，"应该可以吧。"

"什么叫应该啊！"沈悟非声音都变了，"你电死了我们怎么办。"

"你胆子这么小，干吗跟来。"白迩把他拽到身后，"你殿后。"

"又不是我想的……"沈悟非欲哭无泪，他应该是最倒霉的那个了，好好地在自己的城市里搞研究，莫名其妙就被抢了城市，莫名其妙就卷入了战斗，莫名其妙就树了强敌，最后无可奈何地选择了狩猎模式。他以前从来没想过进入狩猎模式，如果说临渊之国是高等级玩家才会去的，那么狩猎模式就是只有亡命徒才会去的。用最高的风险去换取大量的积分。

舒艾安慰他道："心脏麻痹不会立刻死亡，我应该能救回来。"

沈悟非哭丧着脸召唤出了他的两只东北虎，爬到了一只的背上，死死搂住老虎的脖子，如临大敌，"舒艾，你也上来。"

"不用了。"舒艾用发绳把头发绑成了利落的马尾，"我不怕。"

海妖幼虫已经爬进了船舱，一波一波地汹涌袭来。乔惊霆的身上流窜起金灿灿的电流，间或夹杂着紫色的闪光，在空气中发出嗞嗞的声响，那电流顺着他的手臂汇入了铜身，他将铜尖顶向地面，那股电流顺着钨钢铜过渡到了地板，而后如病毒一般向着前方极速扩散，瞬间就弥漫至走廊。那些被电流包裹的海妖幼虫肥硕的身体开始了剧烈抽搐，布满了利齿的、姑且称为"嘴"的器官从十几厘米的直径猛地扩张了三倍，像一朵盛开的撒旦之花，并齐齐发出嘶嘶的吼叫，再僵硬着倒在地上。

"哇，死了吗？"舒艾高兴地问道。

"体型小的都死了。"乔惊霆露出亢奋的笑容。

"大的被电晕了，赶紧走！"

"等等，把地图拿上。"沈悟非叫道。

白迩跑到桌前，拿起了那张羊皮纸地图。

在他触碰到地图的瞬间，每个人都收到了一样的系统提示：得到剧情物品——"海妖王号"地图。

几人微微一怔，沈悟非咬了咬牙："原来这个任务是有剧情的，快！找一找有没有其他剧情物品。"

"怎么现在才说？"

海妖幼虫们已经踏着同伴的身体涌了进来，再一次糊满了大门，堵住了走廊的路，并争相挤进了船舱。

舒艾冲了过去，瞬间张开了淡蓝色的防护结界，堵住了被炮弹炸空的门洞，她叫道："快点！"

他们分头搜索看起来可疑的东西。沈悟非找到了一本笔记本，乔惊霆拿到了一把钥匙，邹一刀拿起一个金饰看了一会儿，才失望地放下，白迩速度最快，像一道白色闪电一般把船舱内的物品以最快的速度摸了一遍，除了书架顶层和一些犄角旮旯不容易发现的东西，几乎没太多遗漏，最后找到了一块颜色有些旧的女士披肩。

"应该就这些了。"

舒艾咬牙道："我撑不住了。"

海妖幼虫已经满满地糊在防护结界上，用那可怖的口器撕咬、撞击，结界不停地颤动。

"让开。"乔惊霆把舒艾拽到身后，在结界破裂的瞬间，再次释放出强力雷电。那海妖幼虫看上去动作迟钝，实际到了攻击的时候，一点也不慢，爬到身边就会猛地扩张口器，疯狂地咬过来。那一张张旋涡般朝着他们扩张的裂口，就是一群嗷嗷待哺的幼崽，等着将他们吞吃入腹。

邹一刀的双手袖剑切水果一般斩杀着这群怪物，白迩的黑伞则是剑盾合一，同时起到了攻击和防御的作用，将舒艾和沈悟非护在身后，舒艾在头顶撑起一个防护结界，防止海妖幼虫从天花板上掉下来，那实在太恶心了。

他们一路杀出了舱门，开始朝着变成了海妖幼虫窝的走廊进发。

走廊不宽，他们不能并行，舒艾走在白迩身后，斩杀落单的，沈悟非的两只老虎殿后。沈悟非趴在老虎背上，一目十行地翻看着手里的日记，喃喃念道："我将进行我最后一次的航行……海妖王号闪耀在它的时代里，不该就此落幕……我的兰迪雅是天生的歌唱家……威尔逊先生对我下了最后通牒……"

"你还有心情念，小心点！"邹一刀一剑从沈悟非身侧掠过，将一只幼虫切成两半。

沈悟非合起日志："这是一本航海日志，是海妖王号的船长写的，我必须找个地方把日志看一遍，找找线索。"

"前面有一个船舱！"乔惊霆一锏砸碎了三只幼虫，他的兵器伴随着金紫雷电，所到之处是一片幼虫的尸体，但是这种攻击方式很消耗体力，他已经开始气喘了。

邹一刀撑着乔惊霆的肩膀，一个空翻，翻到了乔惊霆身前："我顶一会儿。"一只幼虫从侧方跳了过来，一口咬住了邹一刀的胳膊。邹一刀闷哼了一声，用力一甩胳膊，幼虫狠狠撞在墙上，扑哧一声碎裂开来。

邹一刀看了看自己手臂上的牙印："靠，力气不小啊，这要是人类的胳膊，肯定咬透了，你们小心啊。"

话音刚落，沈悟非的老虎就哀嚎了一声，身体向前扑倒，沈悟非马上就要跟着摔进幼虫群里，他惊恐大叫，被乔惊霆一把夹住，扔到了另一只老虎身上，那只摔倒的老虎很快就被一窝蜂而上的海妖幼虫淹没，片刻工夫，就被咬得面目全非。

那画面触目惊心，众人都看得浑身发冷。最令他们感到恐惧的是，以前在游戏中碰到的怪，唯一的目的只是杀死他们，但从来不会想要"吃"他们，因为那些怪物都是机器，没有进食的需求。

但是这些海妖幼虫，真的在吃那只老虎，而且像是饿了很久一般。

"它们，不是机器。"沈悟非颤声道，"是活的。"

邹一刀咬牙道:"临渊之国里就是这些玩意儿,不是机器,全都是活的。"

"他们居然能制造基因改造怪物了……"沈悟非急道,"快找一个船舱进去,我们不能这么横冲直撞。"

他们在走廊上寸步难移,每前进一点都要踩着厚厚的虫尸,最终也不过前进了四五米。

按照地图显示,这条走廊尽头是一个三岔路,而他们根本不知道该走哪一条。沈悟非说得对,他们必须找到正确的路线,否则这样乱打乱撞,就成了虫窝一日游了。

前方很快就出现一个船舱,舱门紧闭,乔惊霆将糊在门上的幼虫们一股脑电了一遍,幼虫们下雨一般掉在了地上,白迩一脚将舱门踹了开来。

里面的景象让他们的胃一阵翻涌,那船舱已经彻底成了幼虫的窝,密密麻麻地圈养着数不清的幼虫,舒艾赶紧将舱门关上了:"看看其他的。"

白迩又踹开了对面的船舱,还是个虫窝。

"钥匙!"沈悟非突然说道,"我们刚才拿到一把钥匙,试试它能打开哪一个船舱,那个船舱一定是安全的。"

乔惊霆从兜里掏出了钥匙,稍一闪神,就被一只幼虫咬上了小腿,他痛骂一声,身上释放出了雷电,瞬间将那幼虫烤成了炭。

"你别管我们,一间间去试。"

面对着成堆的怪物,他们简直杀红了眼,碎裂的虫尸漫天飞舞,淡黄色的浆液喷洒在他们的头脸、身上,几乎要看不出衣服本来的颜色。

这些虫子攻击力只能算普通,但是咬合力很强,尤其数量惊人,源源不绝地蠕动而来,将他们从四面八方死死包围。

舒艾头顶的防护结界已岌岌可危,她吃力地说:"我快要扛不住了。"

"撑住,我们还没找到安全的船舱!"邹一刀一抬头,就见他们头顶的防护结界上已经趴满了密密麻麻的一层虫子,别说支撑结界了,就是这重量,砖瓦也早被压坏了。

那结界发出嘎吱嘎吱的声响，很快，他们就会洗一场海妖幼虫雨，可能会被吃得渣都不剩！

"乔惊霆，你找到没有！"邹一刀大吼道。

乔惊霆一边杀一边试钥匙，已经被咬得浑身是血，他一手抓过背上的幼虫，扔到了一边，也回吼道："再忍一忍，我……"只听咔嚓一声，面前的这扇门的门锁被打开了。他大喜过望，一把推开门，船舱里果然没有海妖幼虫，他赶紧把门关上，大叫道，"这里！我找到了！"

"该死，太远了。"白迩看了一眼，乔惊霆找到的那个船舱，距离他们至少有二三十米，要知道他们刚走了不到十米，已经要顶不住了。

"真的撑不住了！"舒艾尖叫道。

白迩一把撑开了他的黑伞，几人全都挤入伞下。下一瞬，防护结界彻底失效，上百公斤的海妖幼虫从天而降，重重地落在了那把伞上，伞骨发出咯吱的声响，仿佛随时会折断，四人脸色苍白，就好像在等待一场未知的审判。

伞骨最终坚持了下来，白迩松了口气："质量还不错。"

"啊——"舒艾被咬住了大腿，痛叫出声，她一刀横断了那只幼虫。

沈悟非也被咬住了脚踝，他又疼又怕，一把抱住了邹一刀的腰，带着哭腔叫道："刀哥救命啊！"

邹一刀一脚踢开那只幼虫："你的蛊呢？"

"走廊太窄了，我的蛊施展不开啊。"沈悟非脸上都没有血色了。他怕自己的另一只老虎也被咬死，干脆收了回来，老虎在这里的作用实在有限，它们连转身都困难。

几人一边狂砍滥杀，一边往前方挪动，乔惊霆也从远处跑过来帮忙。

邹一刀杀得形神俱疲，"我有一个办法，但是我们也不会太好过。"

"什么办法？"

"我这里有个催泪弹……"

"你看它们有眼睛吗！"

"催泪弹不是只对眼睛起作用，它们嘴这么大，肯定要吸进去不少。"

舒艾道："万一只对我们有用呢？"

"那就自认倒霉，你还有别的办法吗！"邹一刀的手里顿时多出了一个催泪弹，他拉开拉环的同时低吼道："闭着眼睛往前冲！"他一把将沈悟非扛在了肩上。

自从有了沈悟非，舒艾就不是团队里体能最差的那一个了。

催泪弹里的刺激性气体顿时在窄小的船舱走廊里散播开来，几人被呛得涕泪横流，眼睛都无法睁开，只能凭着方向感往前跑。

那些海妖幼虫发出了此起彼伏的嘶叫声，显然也没好受到哪儿去，但是整体情况却没有变好。它们受了刺激，开始发狂地乱咬，不仅咬人，也咬自己的同伴，混乱之中，五人都被咬得惨叫不止，偏偏什么也看不见，无法防御或攻击。

离得较远的乔惊霆是唯一还能睁开眼睛的，他叫道："快！快到了！"

白迩第一个冲到了舱门附近，但他目不能视，不知道该在哪儿停下来，就一直加速往前冲。以他的速度，乔惊霆根本抓不住他，只能挡在走廊中间，一把将冲过来的白迩抱了个满怀，并转身将人扔进了船舱里。

乔惊霆被撞得快要吐血了，舒艾跑过来的时候就好多了，他有了经验，提前让舒艾慢了下来，然后抓着她的手将她塞进船舱里，又如法炮制地将邹一刀和沈悟非也弄进了船舱。

当乔惊霆也进入船舱的时候，门口已经挤满了海妖幼虫，乔惊霆发狠地砍杀了一大批，然后用蛮力狠推舱门，将十几只幼虫生生用门夹断，邹一刀也过来帮忙，才终于将舱门彻底关上。

舱门关上的一瞬间，乔惊霆和邹一刀顺着门滑到了地上，简直精疲力竭。

其他三人也是不成形地歪斜在地上、沙发上，半天都没有人说话，只剩下粗重的喘息声。

"狩猎模式……真是……"邹一刀揉着刺痛的眼睛，眼泪还在流，"怪不得积分这么高，都没人愿意进来。"

他们这一路杀过来，不到半个小时的时间，竟然就各赚了300多积分，别看海妖幼虫积分少，但是数量可观，这效率比在外面杀怪快多了。除此之外，完成任务还有大量积分和奖励物品，确实是一个赚积分的好地方，就是太要命了。

沈悟非缩成一团，趴在地上哭："我的眼睛好疼，这个地方好可怕。"

白迩鄙夷地"看着"沈悟非，实际上他并不能睁开眼睛，他眼圈通红，衬着瓷白的皮肤，格外显眼。

舒艾摸索着凑了过去，顺了顺沈悟非的头发，温柔地说："好了，现在已经安全了，反正已经进来了，也没有退路，我们要想办法出去。"她一边说，一边释放了充满生命之绿色的治愈能量，修复了大家的眼睛。

沈悟非可怜兮兮地看着舒艾，舒艾是唯一对他温和的人了。

舒艾勉强冲他笑了笑："你不是说要看航海日志吗？"

"哦，对。"沈悟非擦掉眼泪，掏出了航海日志，"我看日志，你们找一下这个房间里有什么剧情物品没有。"

这个船舱比起第一个船舱要朴素得多，船舱里放着四排上下铺的床，应该是船员住的地方，还弥漫着一股不太好闻的烟草味儿，连这种细节都做得如此逼真，这个游戏的制作真是绝了。

舒艾道："你们先找，我去换一套衣服。"她头发上、身上全是海妖幼虫的体液，又脏又恶心，让人无法忍受。

"你先别换了，我们要买些有防护作用的衣服，不能穿普通衣服了。"邹一刀道。

"也是，我在系统里看一下。"舒艾进入了平台。

他们分工忙活了起来。对比刚才惨烈的一战，现在这短暂的安全和平静，简直比奢侈品还要珍贵。

半个小时后。

舒艾买了五套麻黄色的衣服："这是双胞胎推荐的。主材质是双层降落伞布，还织入了软钢丝，专门防猛兽撕咬和冷兵器劈砍，缺点是有点硬和重，行动不算很便利。"

"那些海妖幼虫行动比我们迟缓多了，没关系。"乔惊霆拎起来看了看，"这颜色跟屎一样，好丑。"

"你还挑这个，是不是在胸口挖两个窟窿露出你的大胸就好看了？"邹一刀说着拿起防护服放入了仓库，然后在系统里面选一下，身上的衣服立刻就被换好了。

乔惊霆笑骂道："想大胸想疯了吧你。"

邹一刀嘿嘿直笑："你嫂子……"他的笑容突然僵在了脸上，然后不再说话，穿好衣服，上下蹦了蹦，"还行，可以接受。"

乔惊霆狐疑地看了他一眼，也换上了衣服。那衣服穿着像个麻袋一样硬，长得也像个麻袋，确实不舒服，但是总比被咬好。

白迩穿上防护服后，东扯扯西扯扯，浑身别扭，他就想脱下来。

"你干吗？"乔惊霆阻止了他。

"太拖沓了，影响速度。"

"你还用跟这群虫子比速度吗，好好穿着，想被咬死啊。"

白迩撇了撇嘴，不太情愿的样子。

"听话。"乔惊霆把帽子也扣在了头上，在下巴处系紧，这样头脸也基本被护住了。

白迩只好穿着。

沈悟非也从航海日志里抬起了头来："我看完了。"

"都说什么了？"

"有不少线索。"沈悟非喝了口水，缓缓说道，"故事发生在一百多年前，笔者叫路易·茅斯，是'贝里公爵号'的船长——也就是这艘船以前的名字。

'贝里公爵号'是一艘法国往返希腊爱琴海的豪华游轮,由于公司经营不善,面临停航,这是它最后一次航行。船长对这艘船倾尽了毕生心血,里面有他的投资,他同时面临着失业和破产。他的妻子、女儿都在船上工作、生活,还有跟了他二十年的一些老水手,他不愿意停航。"

"然后呢?跟船上的海妖幼虫有关吗?"

沈悟非顿了顿,继续说道:"在最后一次航行前,他去找一个女巫,请求女巫给他建议。女巫告诉他,如果他愿意把身体献祭给海妖王,海妖王将帮助他在近海制造一起小型风暴。这场风暴不会彻底毁灭贝里公爵号,但是能让他从保险公司那儿拿到一大笔钱,足够他的家人开始新的生活。"

"他做了什么?"几人都被这个故事给吸引了。

"女巫给了他一样东西,让他出海之后吃下去。他不想死,于是就把这样东西放在了他妻子要吃的糕点里,他一直希望他那年老色衰的妻子赶紧去死。"

舒艾皱了皱眉头,这是女性最不爱听的一类故事。

"没想到糕点被他最心爱的女儿兰迪雅吃下去了,兰迪雅马上就怀孕了,而且肚子一天比一天大,不停地要吃东西。船长不敢告诉别人,就把兰迪雅锁在房间里,谎称她生病了。船长妻子起了疑心,一定要见女儿,他只好带她去见。这时候,兰迪雅的肚子已经大得吓人,嘴里不停地叫着要吃东西。船长只好去给她拿食物。"沈悟非皱了皱眉,表情有些不适,"等他回来的时候,他发现……他的妻子被兰迪雅吃了。"

"这什么鬼故事啊。"乔惊霆厌恶道,"好恶心。"

"后面的更恶心,但是现在出现关键剧情了。"

"你说。"

"船长很害怕,但兰迪雅还认识他,一会儿向他道歉,一会儿哭,一会儿威胁他,一会儿求他给她拿吃的。船长非常爱他的女儿,明知道女儿已经变成了怪物,也不忍心让她死,于是继续给她食物。同时,由于兰迪雅的肚子太大，把床都压坏了，他只好把'一艘救生艇'拖进房间，拆掉座椅，给她当床。"

"救生艇？"

"对，你们接着听。"沈悟非继续道，"船上少了大量食物，很快就被发现了，这些食物不足以负担他们接下来的航程，他们必须返航。船长假装调查食物的去向，同时，食物被看管得更严了，连他都无法随意取得食物。于是他开始把对他起疑心的厨师、水手、杂工一个一个地骗进兰迪雅的房间……"

邹一刀"嘶"了一声，"确实是个鬼故事。"

"船上不断有人失踪，引起了很多人的怀疑，大家逐渐把目光集中到了船长身上，因为他女儿是第一个失踪的。船长这时候已经绝望了，他趁着半夜，偷偷破坏了游轮的动力系统，然后将所有救生艇都扔进了海里，他想和他的女儿、这条船，以及船上的 600 多人，一起消失在海上。"

"兰迪雅显然是被寄生了。"白迩道，"所以她后来生出了那些海妖幼虫？"

"应该是，但是日志到这里就没有了，可能茅斯船长也被他女儿吃了。我们要找的唯一剩下的那艘救生艇，就在兰迪雅房间。"

"她的房间在哪里？"舒艾问道，"地图上没有标注。"

"日志里有提示。船长很轻蔑地记载过一个不自量力的侍应生想要追求他女儿，于是他把侍应生从'二楼的餐厅'调到了厨房工作，因为那里离他女儿工作的地方和闺房都很远。这里面也有不少内容，可以看出他妻子和女儿都在船上唱歌。"沈悟非摊开地图，"二楼的这个区域，最像餐厅，而音乐厅则处于整艘船的正中央，那么他女儿的卧室，就可以排除离这两个地方很近的这一片区域。船长这么爱他的女儿，一定不会让他女儿住的地方离自己太远。所以，他女儿的卧房，很可能就在我们附近，或者是楼上、楼下。"

"兰迪雅的房间离我们这么近？"乔惊霆想了想，"那我们岂不是比蓝队有优势？"

"蓝队和我们的等级差不多，系统应该不会给我们明显的优势。"沈悟非道，"把你们找到的剧情物品拿来看看。"

除了在船长房间找到的女式披肩外，他们还在这个房间找到了一个相框，相片上是几个水手勾肩搭背地站在甲板上、靠着围栏的合照，站在中间的人衣着端庄考究，应该是茅斯船长。此外，还有一把红漆木梳子。

沈悟非拿起来分别看了看："嗯……这把梳子不像是水手们的东西，这明显是女士梳子。这张相片……"他指了指照片背后，"你们看，这个绑在甲板围栏上的，是不是救生艇？"

围栏下方有一圈东西，由于是黑白照片，而且照片陈旧，看不太清楚，但是那东西被很粗的麻绳绑在围栏上，且不止一个，是成排地绑了好几个，确实很像救生艇。

"应该是，这个围栏的高度也方便人释放救生艇。"邹一刀比画了一下那些人的身高。

"救生艇很沉，搬动也容易弄出动静，如果仅靠茅斯一个人，就能将救生艇搬到兰迪雅的房间，说明救生艇离兰迪雅的房间不会太远。"乔惊霆分析道，"兰迪雅的房间应该就在甲板附近，那里采光好，又方便透气，船长肯定会让他女儿住好的房间。"

"所以又可以排除一个区域了。"沈悟非一边比画地图，一边在口中默念，"这个方向有西晒，他不会让女儿住，这一排的门靠近内走廊，搬动救生艇肯定会被听见……"沈悟非的手指在一个区域画了个圈，"只能是这里了，兰迪雅的房间，肯定就在这四个之中，就在我们楼上。"

乔惊霆抬头看了看，开玩笑道："打个洞上去？"

"嗯，打吧，正好洗个虫子雨。"邹一刀叼着烟，眯着眼睛看着地图，"所以我们还是得从这个走廊穿过去，然后从右边的楼梯上楼。"

"这个楼梯很远，一定要穿过音乐大厅。"沈悟非的手指从走廊一路画到很开阔的一个区域，"我担心会有危险。"

"从外墙翻上去怎么样？"白迩指了指窗户。

"如果从这里上去，就要穿过甲板，甲板上可能有更多的海妖幼虫。"沈悟非思考了一会儿，"我觉得，从走廊走可能反而是最安全的，这里空间逼仄，容不下太多的虫子。"

"按照刚才我们走过的距离等比例计算，我们离楼梯至少还有四十多米。"白迩道，"不如我从外墙爬上甲板看看，至少确定一下，万一比走廊好走呢。"

众人想到刚才他们走过的那十几米，顿时有些打怵，纷纷点头同意。

沈悟非又趴在了地上："要不，我在这里等你们，反正我也是个累赘，你们确定好房间了，从外墙接我。"

邹一刀不容商量道："不行，这个任务里那么多剧情，还有一把梳子不知道干什么的呢，你必须跟着我们。"

沈悟非把脸埋在了双膝之间。

"不知道蓝队的人进行到哪儿了。"舒艾想到还有一队在和他们竞争，尽管也对外面的虫子充满恐惧，却也要硬着头皮冲出去，否则，他们就会被永远留在这艘船上。

邹一刀道："他们肯定也有其他线索指引他们去兰迪雅的房间，但是根据刚才开火的声音判断，他们离我们挺远的，一时半会儿应该也过不来。"

"至少我们比他们近。"乔惊霆从地上站了起来，打开了船舱的窗户，"白迩，你……"他刚探出半个身体，就马上缩了回来。

"怎么样？高吗？"

乔惊霆脸色很难看："算了，你别上去了，外墙上也爬满了虫子。"说着狠狠关上了窗。

几人齐齐看向了舱门。

舒艾问道："如果用催泪弹一路跑过去呢？我们可以买防护面罩。"

"刚才试过了，虫子的反应非常激烈，变得比正常状态下还要疯狂，具有攻击性，我们是及时跑进了这个船舱，才没有被淹没的。"邹一刀摇摇头，"不建议使用这类武器了。"

舒艾叹气道："总不能像刚才那样硬扛吧，我们根本扛不住。"

沈悟非在船舱里来回踱步，然后停在原地发呆，不一会儿，他面前就摆了好几样莫名其妙的东西，一个小型马达、好几根木头、两大排1号电池、一个密封桶、一大罐强力防水胶、一根特别长的水管，还有很多小零件。

"你要干吗？"众人不解地看着他。

"我要做个临时的抽水机。"沈悟非道，"把海水引到走廊。"

乔惊霆兴奋道："好主意，绝对能电死这群虫子！"

沈悟非一边动手，一边指挥他们："把这几根木头钉成涡轮状，对，电线连上，把桶的底部挖空……水管，这头连上水管，够长吗？"沈悟非又嘱咐道，"你们再去买四套橡胶服。"

这回是白迩买的，橡胶服倒是便宜多了，也轻便，除了乔惊霆以外，大家都把它套在了黄麻防护服外面。

"我的妈，包成这样，我怕把自己绊个跟头。"

"那你别穿。"白迩没好气地说。他体型瘦，技能又追求速度，穿这种衣服才是最难受的，但是乔惊霆非要他穿着。

"你不穿我就不穿。"邹一刀哼了一声，"我脱光你也脱光，敢不敢？嗯？"

"无聊。"

"是不是怕被我比下去啊。"邹一刀挤眉弄眼地说，"白迩小朋友，你发育好了吗？哈哈哈哈哈——"

一只匕首贴着邹一刀的太阳穴射了过去，稳稳地钉在床柱上。

邹一刀浑身一僵，讪笑道："开开玩笑嘛，脾气这么大。"

其他人在旁边偷笑。

"说真的，白迩，你这些匕首要是都扔完了怎么办？"乔惊霆问道。

"我定做了 10 把。"白迩皱了皱眉，"但是始终不够完美，比不上我以前用的那些。"他走过，把匕首收了回来，放在手里把玩。

"等这次任务结束了，我给你做图纸和模子吧。"沈悟非头也不抬地捣鼓着他的抽水机，"你光是描述，是不能让系统精灵打造出最完美的武器的，必须有科学的数据。"

白迩挑眉道："你能打造出来？"

"电脑能够计算出最贴近你使用需求的数据，到时候多打几个样，再慢慢调整，肯定能做出最满意的，这样批量定做，价格也会很便宜。"

白迩点点头："我会让你活到这次任务结束的。"

沈悟非缩了缩脖子，郁闷地看着白迩："你本来没打算吗？"

白迩冷哼一声，扭过了脸去。

乔惊霆十分乐观地认为，他们的团队友情还是不错的。

半个小时后，沈悟非做好了简易抽水机，外形有点丑，但看上去像模像样的。他问乔惊霆："外墙很多虫子吗？"

"满满一片。"

"我需要一个人，用绳子吊住抽水机，保证它不会沉下去，同时还要保护水管，至少在水管把整个走廊都喷满水之前，不能被虫子咬坏。"

"我去吧。"邹一刀道，"我的爪子能抓住船体。"外墙是铁皮包着的，只有他能在上面活动。

沈悟非道："你身上吊两根绳子，一根固定你自己，一根吊着抽水机。吊着抽水机的那一根我用的透明鱼线，幼虫应该看不到，但是如果它们看到了，你一定要保护好抽水机，别沉进海里。白迩、舒艾，你们来看守绳子，还有清理从窗户爬进来的幼虫。"

"好。"

邹一刀腰间系上绳子，怀里抱着抽水机，先从窗户里探头往外看了一下。

船体上密密麻麻地吸附着数不清的海妖幼虫，简直就像晒茄子干儿一样。

邹一刀咒骂了一句："按照咱们的等级，这个任务肯定只是中级难度的，那高级的该是什么呀，是不是直接把我们扔虫子坑里？"

"高级的也许就没这么恶心了。"舒艾推了他一把，"去吧。"

邹一刀深吸一口气，抱着抽水机跳了下去，身体跃出窗户的瞬间，也变形了鳄龟人，他右手的爪子用力嵌进船体，爪子在船体上留下了四道长长的抓痕，固定住的绳子同时也放到头了，他下落的趋势终于稳住了。

周围死了一般平静的海妖幼虫，突然动了一下，然后集体将口器转向了他，蠕动着爬了过来。

邹一刀抓着鱼线，慢慢把抽水机坠入了海里，鱼线的另一头绑在他的腰上。

幼虫已经爬到了他身边，他叫道："你们看好绳子！"说着袖剑弹了出来，开始切西瓜一样斩杀着靠近水管的幼虫。

水管发出轰隆的声响，半晌，一股海水从水管里喷了出来，乔惊霆叫道："有水了！"

舒艾用防护结界保护着水管和绳子，同时和白迩劈砍那些撕咬结界的，或是妄图从窗户里爬进来的幼虫，那些幼虫速度虽然不快，却是杀之不尽，很快就几乎要将窗户糊满。两人挨得越来越近，最后不得不背靠着背，也难以阻止更多漏网的虫子爬进船舱里。

乔惊霆早已经抓起水管，跑向舱门："你们准备好，我要开门了。"他猛地打开了门，然后往后跳去。

顿时，糊在门上的幼虫排山倒海般挤入了船舱，乔惊霆踩着虫子的身体跑了出去，他不顾有多少虫子往他身上爬、咬，就抱着水管一路往走廊那头狂奔，海水喷洒在走廊的每一个角落。

四五十米的距离，其实很短，乔惊霆越跑、身上越重，走到了最后，他感觉自己身上背着好几个人，他甚至不敢低头看身上到底挂了多少虫子。虽然他也不是害怕吧，但他怕自己吐出来。那些虫子已经咬透了他的防护服，但是还没有咬穿，所以都是皮肉伤。

乔惊霆终于跑到了走廊那头，他扔下水管，低吼一声，身上释放出爆裂的金紫电光。那电花从他的身上过渡到幼虫身上，继而传递到水里，走廊里的水都成了最佳的导体，高压电瞬间蔓延至整个走廊，爆发出剧烈的声响，暗淡的走廊里电光闪烁，成百上千的幼虫被电得无助地弹起、抽搐，口器大大地扩张着，齐齐发出嘶嘶的叫声，仿佛是来自绝望深渊的呐喊。

乔惊霆一手撑着墙，身体虚得几乎要站不稳，他看着满满一走廊被电得或死或晕的海妖幼虫，还有系统提示的两百多积分，疲倦的脸上露出一抹轻笑。他甚至没有力气喊，只能用铜敲了两下船舱壁，示意其他人快出来。

很快，一只东北虎从船舱里冲了出来，身上坐着沈悟非和舒艾，邹一刀和白迩则跑在后面，两人深一脚浅一脚地踩在成堆的软体动物里，好像随时要摔倒。反观沈悟非和舒艾就爽快多了，那大老虎一跃好几米，眨眼间就跑到了乔惊霆面前。

乔惊霆朝沈悟非眨了眨一只眼睛，气喘吁吁地说："这办法好，就是……太消耗体力了。"

舒艾伸出手："上来。"

乔惊霆抓住她的手，被她轻轻一带，就跨到了老虎身上。乔惊霆知道舒艾也很累，就用了一个治愈卷轴，给自己恢复体力。治愈卷轴疗伤是很在行，但是恢复体力、精神的效果只能说尚可，也许高等级的治愈卷轴会好一点，但他不舍得用。

邹一刀跑了过来，拍了一把老虎的屁股，有些羡慕地说："哎，你就养了两只吗？"

沈悟非闷闷地"嗯"了一声，想到他的另一只东北虎被虫子吞没了，特别心疼。

"那些晕过去的虫子好像要醒了，我们得尽快穿过音乐大厅。"

走廊的这一头有三条岔路，中间的那条就是穿到音乐大厅的，那也是整艘游轮的中心以及最大的房间。实际上这种大型游轮不可能只有一个上下楼梯，音乐大厅的楼梯多是给宾客走的，工作人员肯定有额外的便利楼梯，但是地图上没有显示，就是不给他们走的意思，他们也没办法冒险去找。

他们绕过一个巨大的石柱，音乐大厅的大门就出现在了面前。那是两扇对开的榉木大门，高四米有余，门边用镀金铜镶嵌着圣母和天使群像。跟之前他们见过的所有地方都不同，这扇大门非常新。

铜在空气中暴露得久了，会氧化成绿色。他们的第一个房间——船长的卧室，虽然洛可可风格的装饰非常奢华，且也还没到蛛丝结网的荒废程度，但能看出明显的年代感，可是这扇大门上的铜像，金光璀璨，榉木上的红漆也像是新刷上去的。

"这扇门……好诡异啊。"邹一刀凑到门边，将耳朵贴着门缝，仔细听着，"没有动静。"

"那些虫子爬行是没有声音的。"

邹一刀指了指自己的耳朵："我判断声音不完全靠耳朵。鳄龟只有中耳，没有外耳，听觉还没有人发达，但是，鳄龟对周围的震动比人敏锐很多。刚才的枪声，也是我的听觉多年对枪声的敏锐，结合对震动的感应判断出来的，那些软体虫子也许爬起来没有声音，但是那么大的量，一定会对地板造成一定的震动。可是里面什么都没有，我贴得这么近，都感觉不到，除非它们集体静止不动。"

舒艾道："也有可能，刚才船体外的那些虫子，不就在一动不动地晒太阳吗，可能没有敌人的时候，它们就是不动的。"

"这好办。"乔惊霆抬脚就踹了一下门。

沈悟非想抬手制止已经来不及，遂叹了口气，小声说："你智力又不是很高，这种时候，能不能不要擅自行动。"

乔惊霆不爽地翻了个白眼，又无法反驳。舒艾在沈悟非身后扑哧一笑，那明眸皓齿，真的很美。

邹一刀"嘘"了一声，眨了眨眼睛，几秒钟后，道："没有，还是没有任何声音。"

"虫子醒了，我们必须进去了。"白迩不知道什么时候跑到了石柱后面，又跑了回来，他的速度已经快到只剩下影子了。

"我……让我再想想。"沈悟非满脸是汗，"怎么办，里面会不会有更可怕的东西，不可能什么都没有的……"

"我们还有一个披肩、一把梳子没用上。"舒艾提醒他道。

"我想不出这两个跟音乐大厅的关系，让我回忆一下船长的日志。"沈悟非闭着眼睛，紧紧抿着嘴唇。

"快点，虫子过来了！"乔惊霆已经看到石柱上涌现了一批虫子，正匀速朝他们追来。

"音乐大厅……艾肯弄坏了大提琴，居然还厚颜无耻地要求涨工资……我的兰迪雅是天生的歌唱家……今天的《牧神午后》堪称完美……"沈悟非猛地睁开了眼睛。

"怎么样，想到什么了？"众人满怀期待地看着他。

沈悟非斩钉截铁地说："没有，开门吧。"

邹一刀咒骂一声，一脚踹开了大门，一阵带着依兰香的微风扑面而来，让人顿觉心旷神怡，仿佛从细胞深处传来一丝曼妙的酥麻。

一个奢华无比的音乐大厅展现在众人面前，它有着绚丽浓重的装饰，开阔的表演台和一张张铺着米白色桌布、压着银器烛台的餐桌。只是那些餐桌上一个人都没有，跟如斯画面形成强烈对比的，是表演台上的三十多个人。

没错，这里面有人。

他们看上去是一个演奏团队，清一色的男性，穿着统一的黑西装、白衬衫，手里拿着各自的乐器。

众人僵在门口，万万没想到开了门之后，会看到这么一幅场景。

指挥模样的人笑着朝他们鞠了一躬，嘴里说了一串法语，并做出了邀请的姿势。

"怎么办……"乔惊霆迟疑地看着沈悟非，"要进去吗？"

白迩一把将他推了进去："想喂虫子吗？"

海妖幼虫已经快要爬到他们的脚后跟，他们除了进去，也没有别的退路了。

进去之后，他们赶紧关上了门，乔惊霆一眼就瞄到了成排的餐桌后面的楼梯。

那个指挥还在叽里呱啦地说着什么，热情地不断做着邀请姿势，显然是要他们坐下。

"这些是幻觉吗？"舒艾皱了皱眉头，"刚才的香味儿会不会有问题？"

"如果我们看到的是同样的画面，那就不是幻觉，使用诸如香薰、迷幻药之类的东西让人产生幻觉，每个人看到的东西都是不一样的。"沈悟非歪了歪脑袋，"不过，如果这是 VR 实时影像，那算不算幻觉？不是我们脑子里产生的，而是科技欺骗了我们的眼睛，唉，这个定义有点模糊啊，应该叫幻象……"

"这时候你还废话！这些人看到老虎一点反应都没有，肯定不正常，赶紧走。"邹一刀道，"什么都别理，楼梯就在那里，冲过去。"

众人扭头就朝着楼梯跑去。

音乐响起来了，是一阵梦幻般悠扬的长笛声，令人仿佛置身于春光明媚的四月天。

"《牧神午后》……"沈悟非喃喃说道，忍不住扭过头去，他惊叫了一声，"停下！"

众人都顿住了身体，不是基于他的提醒，而是整个音乐大厅突然在他们面前缓缓旋转了起来。他们眼看着远处的楼梯开始顺时针移动，所有的圆桌都开始疯了一样毫无章法地飘移，就像个迷宫一般不断变换着位置，而表演台正慢慢地移动到他们前方。

"什么鬼玩意儿！"乔惊霆怒而一锏将一张桌子劈成了两半，但那桌子并没有停下，依然以损坏的样子继续飘移，他说道，"快去追楼梯！"

白迩以极快的速度跳上了一张桌子，踩着桌子飞一般跑向了楼梯，以他的速度追上楼梯并不成问题。但他刚到楼梯处，就给了他们一个最不好的答案："这个楼梯已经转离了出口，现在出不去。"

"以它现在的速度，多久能转回去？"

"不好说，出口在哪儿我们都不知道了，转晕了。"舒艾已经快要被那些乱转的墙壁、楼梯、表演台和桌子弄晕了。

"惊霆，你再劈一张桌子，不，连续劈好几张。"沈悟非指挥道。

乔惊霆跳起来，一连劈坏了三张桌子。

这回，连舒艾也察觉了："我不懂古典乐，但是刚才那个音符，好像不太对劲儿。"

稍微敏感的人，哪怕不懂音乐，如果连续几个音节出错，也会感到一丝难以形容的违和。

沈悟非道："对，第一张桌子坏的时候，我不太敢确定，但是接连三个……这房间里的所有东西，都在演绎这首交响乐，墙、楼梯、桌子，都是《牧神午后》的音符。"

这时候，音乐开始进入了双簧管演奏，乐曲变得明快、热情，充满了令人心情跳跃的勃勃生机，所有东西的旋转、飘移速度也更加快了起来，晃得人眼花缭乱。

"难道要等这首交响乐奏完了，楼梯才会回到原来的位置？"邹一刀捶了捶脑袋，"转得我头疼。"

"这曲子要奏多久？"白迩问道。

沈悟非道："我也不太确定，十多分钟吧。这有什么意义呢？"

"嗯……"白迩指了指他们身后，"'意义'来了。"

表演台已经不知不觉转到了他们身后，他们扭头一看，那些西装革履的演奏者们，正激动地挥洒着自己对艺术的热情。他们的脖子越来越长，四肢开始萎缩，身体逐渐膨胀，量身剪裁的西装被撑成了碎布，当他们的脑袋被脖子顶到了半空的时候，脖子上突然张开了尖牙密布的口器，一口将脑袋吞了进去。

不过是刹那间，三十多个人，就变成了三十多只身长四米的巨型海妖幼虫，它们有粗长肥硕的主躯干、短小健壮的四肢，身上覆盖着黄褐色的块状鳞。

而那些乐器，却像是有隐形人在演奏一般，还在鸣奏着热情洋溢的乐曲，和这些大张着布满尖牙的口器的怪物，形成了最强烈的反差。

沈悟非用哭腔说："好了，我要拼命了。"他闭上了眼睛，口中默念着什么，而后再次睁开，眸中透出精光，瞬间，两只庞然大物出现在了音乐厅上空。

这音乐厅是拱形挑高结构，虽然比不上歌剧院宽阔，但也足足有六七米高。众人抬起头，怔愣地看着天上的东西。

那两只"大鸟"翼展超过八米，并非常规的翅膀，而是蝙蝠般的翼膜，长着又长又尖的喙，一张嘴，满口锋利的牙，头顶还有着旗舰一般的角骨，下肢又细又长，爪子尖利。

"这是……翼龙吗？"邹一刀失声道。

这形象自然不是他们熟知的任何一种动物，它们的突然出现简直比这些巨型海妖幼虫还要让人惊讶。

"是。"沈悟非额上流下了汗，"快，我只能操控它们一分多钟！"

两只翼龙猛地朝着两只巨型海妖幼虫扑了下去，那长长的喙狠狠地咬住了巨虫，拼命地摇晃着跟身体不成比例的小脑袋，爪子同时用力蹬踹，巨虫奋力挣扎，却瞬间被撕得皮开肉绽。

众人不再犹豫，一拥而上，巨虫们也快速蠕动了过来，它们的速度可比外面那些小虫子快多了。

很快，翼龙咬死了一只巨虫，系统提示告诉他们，每个人各赚了 20 积分，原来这虫子叫作海妖成虫，100 积分一只。在正常游戏模式下，100 积分一只的怪，多是高级（S 级）怪。

一想到外面那些幼虫都可能长成这样的成虫，他们不约而同地想在离开的时候把船炸了。

乔惊霆脚踩圆桌，朝着一只收缩着圆形口器的海妖成虫砸了过去，弥漫的雷电先于武器抵达了成虫的身体，成虫被电得一阵抽搐，可是它皮糙肉厚、体型庞大，只是略一僵硬，马上又恢复了活力，而乔惊霆已经没有力气释放更大的雷电。口器在靠近乔惊霆的时候，瞬间如网一般扩张了数倍，密密实实的螺旋状尖牙朝着乔惊霆咬了下来，那扩张后的口器，直径甚至超过了他的锏，拦都拦不住。

乔惊霆毫不怀疑，这一下子如果咬实了，一定能把他拦腰咬断。他转身跳下桌子，滚到了一边，成虫的口器一口将桌子咬下了一大块。乔惊霆趁着它还没从桌子上起来，快速跑到它身后，一脚踩上那肥软的身体，举锏就要砸下去。这成虫的身体却突然向后反折了至少 100 度，口器对准了乔惊霆就咬。

乔惊霆一惊，闪躲已经来不及，干脆一锏顶在了口器内部。

那直径超过两米的、嵌了两百多颗牙齿的、旋涡一般的口器，就停滞在了乔惊霆眼前。乔惊霆抬起眼，都能看到那些牙齿上的沥沥唾液，他咽了咽口水。

口器突然向内收缩，从血盆大口变成了胳膊粗的小嘴，死死咬住了乔惊霆的锏。

乔惊霆咬牙一笑："畜生，你咬不断的，老子花了……"

话还未落，乔惊霆就听见了一点尴尬的咯吱声。乔惊霆怒了，抓着铜开始用力翻搅，同时往成虫嘴里过电，没有了表皮那状鳞的防护，口腔内要脆弱得多，那成虫先是被乔惊霆的铜搅碎了大半口牙，又被电得浑身抽搐。

口器一松，乔惊霆抽出了铜，朝着那大概是脑袋的地方狠狠砸下，成虫被打倒在地，乔惊霆不敢懈怠，接连砸了十几下，直把那成虫砸得体液横流，才气喘吁吁地停下。

那两只翼龙当真厉害，已经一口气干掉了四五只海妖成虫。

白迩一边幽灵一般快速飘动，一边稳稳地说道："它们的口器下面，大概是下巴的地方是眼睛，颜色跟身体很接近，隐藏得非常好。"他已经戳瞎了一只海妖成虫的眼睛，那巨虫满地滚的时候，他又上去补了好几刀，别看他的匕首小，却能轻易划拉出巨大的创口。

邹一刀的能力简直是这些虫子的克星，不，对于大部分纯物理攻击的怪物来说，邹一刀进可攻退可守的能力都有着极大的优势，对付成百上千的海妖幼虫，根本凸显不出这种优势，但是对付个体的海妖成虫——速度比他慢，口器也咬不穿他的龟壳，就远远不是他的对手。他杀这些成虫的速度，也就比翼龙慢一点，终于能一舒在海妖幼虫那里受的窝囊气。

舒艾很自觉地在给他们辅助，同时保护沈悟非。

随着《牧神午后》的乐曲不断走高，屋子里的所有东西开始疯狂旋转，战况也愈演愈烈。

这些成虫也许不是他们的对手，但是数量太多了，不足两分钟的时间，翼龙被沈悟非收了回去。沈悟非过度消耗了精神力，整个人处于半昏迷的状态，舒艾只能背着他，利用不断乱转的桌子掩护，凭着比海妖成虫快的速度躲避这些怪物的追击，因为其他三个人都被这些巨虫追得上天入地，根本没有时间来保护他们。

"还有多久啊！"邹一刀大骂道，"这曲子怎么还不完！"

"谁知道！"乔惊霆被那巨虫蠕动的身体撞飞了出去，摔得七荤八素，他现在连雷电都释放不出来了，只能硬抗。

"快、快了……"沈悟非有气无力地说，"现在是弦乐……快了……"

那些乱转的东西，速度开始下降，曲调开始朦胧慵懒如梦境，如此美妙的音乐，却演奏在充满血腥的地狱里，真是莫大的讽刺。

"他说快了！"舒艾喊道。

"快了是多快！"

"不知道！"

"啊——"邹一刀大叫一声，四肢和头缩进了龟壳，狠狠朝着一只成虫拦腰撞去。

乔惊霆和白迩也杀红了眼睛。

竖琴的声音响起，屋子里的东西，速度逐渐慢了下来……

舒艾喜道："我看到出口了！楼梯马上要转到出口了！"

随着交响乐的收尾，音乐大厅内所有东西的躁动也都逐渐缓慢了下来，楼梯通往上一层的出口也显露了出来。

"快撤！杀不完的！"乔惊霆一锏击碎了海妖成虫的半口牙，踩着桌子跑向舒艾，他们正被一只成虫围堵进角落。

那巨虫口器扩张，大开大合地朝着舒艾和沈悟非咬了下去，这一口怕是能把两人吞进去。

舒艾在头顶聚起能量结界，那成虫狠狠咬在结界上，发出嘎吱的声响，它拼命收紧那看着像脖子但也许是下颚的器官，想要把结界咬碎。舒艾脸色越来越难看，她咬牙喊道："乔惊霆！"

"来了！"海妖成虫背后传来一声清亮的高喊，粗硬的钨钢锏从天而降，重重砸在了巨虫的脑袋上。那绵软肥厚的皮肉被打得从中间凹陷了下去，巨虫的口器严重变形，十多颗牙齿飞崩而出，随着音乐的节拍在空气中飞升，而后跟着最终走低的尾曲坠落。

热情浪漫的《牧神午后》曲终了，屋内所有的东西都转回了原位，只是被打得稀烂的桌子、碎裂的餐具、崩裂的地毯，却是不会回到原样了。

乔惊霆狠狠将那只成虫击倒在地，然后将铜插在身后的皮质铜托上，一手一个地抱起舒艾和沈悟非，朝着楼梯狂奔。

白迩和邹一刀也各自从成虫的撕咬中脱身，朝楼梯跑去。

上了楼梯后，就是整个游轮最开阔的地带——甲板，甲板的东侧是一个平台，供客人欣赏美景、烧烤、派对，做玩乐用途，南侧则是三层楼高的总共六十多间客房，是游轮上最好的那一批房间，兰迪雅的闺房就在第一层靠近船尾的那几间。

不出意外，甲板上也爬满了虫子，不仅有数不清的海妖幼虫，甚至还有好几只成虫，不过大小不一，最大的也没有他们刚才遭遇的那几十只大，只是数量让人绝望。

"甲板上全是虫子，我们怎么过去！"舒艾颤声道。

刚才一战，他们几乎精疲力竭了，从一开始的船长房间到音乐大厅，是一条直线，如果从这里再到兰迪雅的房间，那几乎就是把刚才的距离再走一遍，对于现在的他们来说，简直是死路一条。

大大小小的虫子们发现了他们，开始骚动了，缓缓地将头调转向楼梯口，爬了过来。

乔惊霆环顾四周，目光落在了瞭望台上，那个瞭望台是钢铁结构的，由一根八九米高的立柱和一个小平台组成，是他们现在唯一可能占据一点地形优势的地方，总比在平坦的甲板上被虫子淹没来得好。

恢复了一点意识的沈悟非也发现了瞭望台，虚弱地说："上、上去……"

乔惊霆抱着两人狂奔，一路上活活踩碎了好几只海妖幼虫，幸好瞭望台离他们很近。

跑到瞭望台，乔惊霆攥着舒艾的腰，将她往上一托，舒艾利落地攀着梯子爬了上去，瞭望台的柱子和楼梯上都有幼虫，但是数量不多，舒艾一边爬，一边就顺手清理了。

乔惊霆把沈悟非背在背后，威胁道："你可搂紧了啊，掉下去你就喂虫子。"

浑浑噩噩的沈悟非闻言，一把勒紧了乔惊霆的脖子，双腿更是夹住了乔惊霆的腰。

"靠，喘不上气了。"乔惊霆用力拍开他的手，"你是不是装晕的。"

"不是，我是真晕。"沈悟非低头看了一眼从四面八方朝他们爬过来的虫子，哭叫道，"快爬啊！"

乔惊霆背着他快速往上攀爬，还不忘调侃他："人终有一死嘛，干吗这么害怕。"

"该死的时候我会选无痛又体面的死法，我不要这么死！"

"人选不了生，也选不了死。"乔惊霆手脚并用，很快就爬上了瞭望台。

舒艾正在上面清理虫子，不一会儿就把瞭望台上的虫子都扔了下去。

邹一刀和白迩紧随其后，也爬了上来。

这瞭望台很小，也就一张桌子的面积，勉强够五个人坐下，腿都伸不开。

沈悟非抓着栏杆，有气无力地说："买点油，什么油便宜买什么，花生油也行，顺着柱子和梯子倒下去，应该能顶一会儿。"

他们买了几大桶橄榄油，将柱子和梯子都淋了一遍，那些海妖幼虫一爬就打滑，根本上不来，大点的成虫勉强顺着梯子爬了一段，也非常吃力。真的能上来的也只是个别，都被他们解决了，所以他们暂时算是安全了。

五人靠着栏杆瘫坐在地面，一脸的呆滞，很久都没有人说话。他们现在在甲板上一根异军突起般的柱子支撑着的小平台上，下面保守估计趴着上万只吃人的虫子，还在虎视眈眈地等着他们下去，将他们拆吃入腹。离开这艘恐怖游轮的救生艇，距离他们的直线距离也就六七十米，但他们就算能飞过去，也还是得打开那扇门，面对里面未知的恐惧，可能还要跟其他玩家抢夺救生艇，最终还要扛着救生艇安全抵达海面。把上面的所有在脑子里过一遍，就自然没人想说话了，他们只感觉到了疲倦和恐惧。

乔惊霆怔怔地看着水天相接处那仿佛浮于海面的夕阳，才发现天已经快黑了，他累到想闭上眼睛好好睡一觉，却不敢。

也不知道过了多久，海风吹得人眼睛都快要睁不开的时候，舒艾说道："蓝队死了一个人。"

一般有国仕的队伍里，是很少会死人的，不知道对方经历了什么，肯定不比他们轻松。

"希望他们就别活着到这里了。"邹一刀好像才缓过劲儿来，用颤抖的手点了一根烟，含在唇间，重重吸了一口，然后徐徐吐出，眼神迷茫地看着天，"我刚才进平台问了一下双胞胎，这个游戏确实是中级（M级）的，只是很普通的难度而已。"

"那高级的……"舒艾咬住了嘴唇，"我们是不是选错路了。"

"这路并不是我们选的。"白迩沉声道。

是啊，当时他们是灰头土脸无路可走，被逼进了狩猎模式，因为正常游戏模式下的城市，已经没有他们的容身之处了。

乔惊霆踢了踢邹一刀，苦笑道："现在你还觉得临渊之国是第一要命的吗？也许我们可以去临渊之国试试，说不定比这里好。"

邹一刀沉默了一下："我唯一去过一次的那个临渊之国，是'凶水之上'，是一个充满了沼泽和瘴气森林的死亡之地，那里遍地都是怪物。它不像我们熟悉的城市那样，有城墙，有安全区域，临渊之国里是没有的，你随时可能遭到怪物的攻击，连里面的自然环境都可能要命，而里面的所有怪物，最低都是S级的，你单打独斗一只都要消耗不少精力，一个9、10级玩家组成的团队，有去无回很正常，通常只有列席者能在里面畅通无阻。"他指了指甲板上的虫子，"这些虫子再多，再可怕，至少我们还能扛一阵，至少我们还能反抗，还有一线生机。相比之下，我宁愿留在这里。"

沈悟非道："系统评估我们的等级后，分配给我们的任务，一定是基于我们有可能完成的前提下的，不会给我们必死的任务。所以刀哥说得对，在狩猎模式下我们有生的希望，临渊之国还是暂时别考虑了。"

乔惊霆奇道："像 King 这种等级的，都在临渊之国里干什么？他应该也不缺积分了吧。"

"肯定不缺，但是有些究极（U 级）物品，不是有积分就能买到的，他常年在四个临渊之国活动，很多人猜测他是在找一块符石。"

"什么符石？"

邹一刀神秘地说："'涅槃'。"

白迩眨了眨眼睛："莫非是……"

"没错，吃下去之后，只能在关键时刻发挥一次功效的符石——重生符石，能让人多一条命。"

众人均是表情惊异。

沈悟非点点头："其实，以这个游戏里所表现出来的科技水平，或者说超自然力量水平，起死回生，或重塑肉身并非不可能。"

"还有这么厉害的符石……"乔惊霆喃喃道，"真想弄一块来。"

"别想啦，King 找了一年都没找到呢，他还特意为此养了那个小鬼。不过他也因为这个小鬼，得到了很多其他的好装备，所以别看 King 表面上是自由人，但是有的是人愿意为他卖命，因为他手里好东西太多了。"

舒艾厌恶地皱起眉，"这个游戏连小孩子都不放过，那个小鬼，最多十三四岁吧。"

"差不多，King 就是看中他年纪小好操控，太大了就有自己的心眼儿了。其实第一个这么干的并不是 King，而是很早以前的一个 Jack，他脑子很活络，就养了一个专门喂幸运的小鬼，结果还没喂起来，就被小鬼给杀了。"邹一刀笑了笑，"你们猜这个小鬼是谁？"

"谁？"

"'假面'的首领，他就是靠杀了Jack得到的大量积分，一下子起来了。"邹一刀嗤笑一声，"当时那个Jack，可是游戏里第一个，也是唯一一个列席者，最强的人物，我那时候还没进游戏呢，也是听人说的。"

"那是多久之前啊？"

"两三年前吧，那时候假面的首领还是个少年呢。"

乔惊霆点点头："这人倒是真够狠毒，他拿活人做实验的事就看得出来。"

"嗯，非常阴毒，而且很神秘。常年活动在临渊之国，假面的大小事务，都是赵墨浓在处理。不过我老远见过他一次，戴着个面具，是个神执，我听人说，他的脸不能见人。"

"说不定只是想隐藏身份。"

邹一刀耸耸肩："隐藏什么身份啊，你的名字、等级和职业就在你头顶，谁都看得见，所以藏起脸几乎没什么意义，说不定真的是被毁容了，不然怎么那么变态。"

"他们为什么不升级？"白迩不解道，"就这样僵持着、浪费着时间？还是说等级越高，就越怕？"

"说白了确实如此，走得越高，就怕摔得越狠。"邹一刀摇摇头，"不过也是人之常情，都好不容易混成游戏中的顶层了，谁也不想成为别人离开游戏的那一块踏脚石，所以他们都在暗暗强化。不过这种状态，不会持续太久的，早晚会有人觉得自己准备好了，或者失去耐性。"

"现在游戏里的等级和局势已经固化了一年多了。"沈悟非道，"余海成为列席者，算是小小地松动了一下，但是还不够。我这两天一直在想，以我们的实力，是不可能硬碰硬那些大公会和厉害的列席者的，只有让他们内斗起来，才会没有空理我们。"

"是啊，如果他们彼此打起来，我们就解脱了。"舒艾叹道，"可是他们又不会听我们的。"

"这件事需要一个契机，其实，只要有两个 Jack 变成一个 Queen，现在的稳定局面就会天翻地覆。"沈悟非道，"King 一直在等待另一个 King 的出现，现在的 Queen 是个国仕，不擅长战斗，只要解决掉她的手下，另一个 King 就可能诞生，那个时候……"他说到最后，突然皱起了眉。

乔惊霆沉声道："那个时候，如果现在的 King 成了 Ace，游戏会发生什么？像你说的，游戏的制作者是不会让人透露游戏的秘密的，它会怎么阻止 King 泄密呢？"

如果现在的 King 真的能顺利离开游戏，回到现实世界，对他们来说，这条路走得才有意义，对于那个代表着一切希望的"尊"来说，他们既期望他出现，又害怕他出现。

沈悟非沉吟片刻："我再想想吧。"

随便聊着天，太阳已经下山了，偌大的豪华游轮不着丁点灯火，跟漆黑一片的海面相得益彰。

舒艾突然拿出一个煤油灯，放在了他们中间，小声说："吃点饭吧，然后轮流休息一下。"

他们从系统里买了热腾腾的饭菜，狼吞虎咽地吃了起来。难得有片刻的宁静和安全，必须抓紧时间恢复体力。

吃完饭，邹一刀、乔惊霆和白迩轮流守夜，让其他人睡觉，他们就这样支撑了一夜。

清晨第一缕阳光照拂在脸上的时候，乔惊霆被人摇醒了，白迩低低说道："都起来，有状况。"

乔惊霆猛地弹了起来，强行睁开惺忪的眼睛："怎么了？"

其他人也都醒了。

白迩指指甲板的东侧。那一片平坦的甲板上，旧铜色的木板正反射着朝阳的光辉，数不清的海妖幼虫、成虫匍匐在地，一动也不动，在被无数虫子包围的中心，站着一个女人。

那个女人背对着他们，面朝着东升的太阳，她体态丰腴，站姿优雅，一头红棕色的浓密卷发乖顺地垂在背上，穿着带大裙撑的华服。

乔惊霆惊讶道："她就是我在虚拟系统里看到的那个人！"就是这个女人，衣服、身形、头发都一模一样。

"看她的体态，应该有一定年纪了，着装过于艳丽，真正的法国贵妇不会这么穿，这是表演的时候才穿的衣服。"沈悟非道，"她应该是船长的妻子，丽贝卡。"

"她……是突然出现的？"邹一刀有点瘆得慌，经历了演奏团的"人"突然变异，这个感觉是 Boss 级别的剧情人物，不知道会不会也一言不合就变身。

"突然出现的。"白迩肯定地说。

五个人面面相觑，不知道该怎么办，最后都看向了沈悟非。

沈悟非摇摇头："先看看她想干什么。"

白迩手里多了一把匕首："应该先下手为强。"

"这个距离，刺得中吗？"

"可以。"白迩眯起眼睛，瞄准了那个女人。

可那个女人却突然转过身来，看得出来，她年轻时必定相貌过人，只是脸上、身上都有了明显的岁月痕迹。

几人屏住了呼吸，白迩的手也顿住了。

她突然开口了，神情恳切："你们愿意帮助我吗？"

很奇怪，她说的明明是法语，但是他们却听懂了。

沈悟非咽了咽口水，声音有点发抖，怕怕的，说道："你是谁？我们为什么要帮你？帮你什么？"

"我是这艘船的船长路易·茅斯的妻子，我叫丽贝卡，我请求你们帮我救救我的女儿。"

沈悟非强迫自己冷静下来，有条不紊地问着："你女儿怎么了？这艘船为什么变成这样了？"

"我可怜的女儿……"丽贝卡痛苦地摇着头，"她被化成英俊男侍者的恶魔蛊惑，爱上了恶魔，并且怀了身孕，恶魔杀死了我的丈夫，他……"丽贝卡流下了泪水，"他用兰迪雅的身体孕育同类，他想杀死全船的人，只为了供养恶魔！"

几人面面相觑，这跟他们在船长的日志里读到的不太一样。

沈悟非道："那为什么你还活着？"

"因为我的兰迪雅还记得我，她偷偷放走了我。我在这艘船上生活了12年，我比恶魔更熟悉这艘船，它很大，有很多外人不知道的区域，我一直躲藏着。"

"那么……这些东西呢？"白迩指指她周围的海妖幼虫。

丽贝卡哽咽道："它们……就是兰迪雅生出来的，所以它们并不攻击我。"

"你希望我们怎么帮你？"邹一刀问道。

"救出我的兰迪雅，然后我们一起逃走！"丽贝卡激动地说，"船上所有的救生艇都被恶魔丢进了大海，但我知道有一个地方，还有最后一艘！"

几人怔了怔："你是说，你知道最后一艘救生艇在哪里？"

丽贝卡用力点头："那艘救生艇因为涂料做坏了，路易不想把它挂在甲板上，就放在了储藏室里，只有我知道它在哪儿。"

白迩回头看了一眼就在不远处的兰迪雅的房间，问道："你女儿的房间在哪儿？"

丽贝卡愣了一下："就在你们身后，但是她现在不在房间，她被恶魔关押在地下室了。"

众人再次将目光投向了沈悟非，沈悟非沉默片刻，问了一个没头没脑的问题："茅斯夫人，你爱你的丈夫吗？"

"当然！"丽贝卡毫不犹豫地说，"他是一个诚恳善良的人，他热爱家庭，热爱他的工作，也热爱船上的每一个水手和客人。"丽贝卡哭泣道，"可他也死了，只剩下我一个人了。"

沈悟非点点头："好，我们可以帮助你，但是我们怎么下去救你女儿？这些虫子已经快要了我们的命了。"

"只要你们跟着我，它们就不会攻击。"丽贝卡笃定地说，"我们会很快到达地下室，我们一起杀死恶魔，救生艇就在那附近，我们就可以马上离开。"

"要相信她？"舒艾在沈悟非背后低低地说道。

他们也不知道船长和这个船长夫人谁说的是真的了，他们唯一关心的，只是那艘救生艇究竟在哪里。无论是在兰迪雅的房间，还是别的什么地方，他们都只有一次机会去找，因为他们没有实力去闯两个地方。

沈悟非安抚地拍拍她的手背："茅斯夫人，我有个要求。"

"什么要求？"丽贝卡很着急的样子，"我们必须快一点，恶魔随时可能发现我们。"

"我们想看看兰迪雅的房间。"沈悟非指了指身后，"因为有人告诉我们，那里面也有一艘救生艇，我们需要确认一下。"

"不可能，那里面没有救生艇。"丽贝卡道，"你不相信，我可以带你们过去看看。"

"那就带我们过去看看吧。"沈悟非拍了拍乔惊霆和白迩，用极低的声音说，"她在撒谎，小心。"

乔惊霆不动声色地看着丽贝卡，"我跟你去。"

"我也去。"白迩道。

两人一跃从瞭望台上跳了下去，刚好跳进了群虫中间，那些虫子果然没有动弹，就静静地匍匐在周围。丽贝卡走了过来，对他们欠了欠身，"我日夜向主祷告，祈求他的使者来拯救我们，你们就是他的使者吧，请一定要救救我们。"

　　乔惊霆点点头："哪个房间是她的？"

　　"门上挂着花环的那一间。"丽贝卡指了指靠右侧的一扇门，同时带着他们走了过去。

　　那扇门上果然挂着一个干枯的花环，花环中间还有一个脏兮兮的绒布兔子，看起来确实是女孩子的房间。

　　乔惊霆和白迩心惊胆战地看着周围的虫子们，第一次安然从它们中间走过，两人的神经却没有一丝一毫地放松，反而绷得更紧了。这里是开阔的甲板，没有遮挡物，没有对他们有利的地理环境，如果这时候被攻击，他们怕是真的无法脱身。

　　但是，该做的事，还是要做。

　　丽贝卡的手抓住了门把手，她颤声道："兰迪雅的房间……很可怕……你们做好心理准备了吗？"

　　"你害怕的话，我来吧。"乔惊霆用力踹开了那扇门。

　　一股浓郁的腐臭味扑面而来，差点将他们熏倒，那毫无疑问是尸体腐坏的味道，臭到让人神经麻痹，胃里剧烈翻涌，必须强忍住呕吐的冲动。

　　"靠！"乔惊霆用力捏住鼻子，往里看了一眼，就下意识地退出了半步。

　　大约二十平方米的房间里，横七竖八地摆着几十具高度腐烂的尸体和残肢，数不清的海妖幼虫趴在尸体上啃噬着，还发出了细小的咀嚼声，简直是人间地狱。

　　丽贝卡惊叫了一声，捂住了脸。

　　白迩则很镇定，甚至走了进去，迈过几乎没有落脚之处的腐尸堆，仔细检查了一遍，才走了出来："确实没有救生艇。"

　　话音未落，一道白光闪过，丽贝卡的脖子上多了一道细长的血痕，横贯大动脉。她惊讶地瞪大了眼睛，似乎还未反应过来发生了什么。

　　白迩一把拉起乔惊霆，朝着瞭望台狂奔。

　　乔惊霆也有点蒙："你杀她干什么？"

"她撒谎。"

周围的虫子一阵骚动，接着就像从冬眠中复苏了一般，开始朝着两人奔涌而来，从四面八方、各个角落里涌现的上万只海妖幼虫、成虫齐齐以他们为中心汇聚，那场面着实壮观。

乔惊霆忍不住回头看去，丽贝卡的脖子开始不正常地向后仰去，伤口终于不堪重负，彻底撕裂，她的脑袋倒挂在了后背，和脖子只连着一层皮肉，她的身体开始变形，有什么东西在挣扎着要从不住喷血的脖子里爬出来。

"快上来！"舒艾急叫道。

那小小的瞭望台，是他们唯一能够暂时栖身的地方。

当他们距离瞭望台不足十米的时候，无数虫子挡住了他们的去路，毫不留情地缩小了包围圈，黑压压地朝他们袭来。

看着四面八方扩张开来的那一个个可怖的口器，两人的眸中都染上了一丝恐惧。

乔惊霆握紧了双拳，金紫电光环绕，空气中传来噼啪的声响，他的头发都跟着竖了起来，巨大的电流向四周扩散开来，白迩尽管身上还穿着橡胶服，也觉得胆战心惊。橡胶服只是不导电，但并不能隔热，只要温度足够，随时都能把它融化，白迩已经感觉脚底在发烫了。

打头阵的一批虫子被电了个人仰马翻，暂时阻挡了它们的前进。

乔惊霆想着，如果这次能活着回去，就有积分去学习技能了，他需要更有针对性地释放雷电，而不是只能洒水一样到处泼，既不能保证自己人的安全，又浪费体力。

可现在想这个实在多余，他们也许真的回不去了。更多的虫子爬过同伴的身体，源源不绝地朝他们涌来，看着不远之处的瞭望台，他们却已经寸步难行。

突然，那两只翼龙再次出现，挥动着巨大的羽翼，朝他们低飞了过来。

两人原地起跳，一把抓住了翼龙的双脚，翼龙带着他们飞回了瞭望台。

险死还生，两人却没有片刻喘息之机，沈悟非颤声道："变……果然变形了……"

丽贝卡被切断的脖子里正伸出一条更长的脖子，她的身体就像某种东西的壳，里面的东西正撑破她的身体、撕开她的血肉，破壳而出，一分钟前那个优雅的妇人，已经变得血肉模糊。

"你们说她撒谎？怎么回事？"

沈悟非快速说道："那把梳子，我怀疑是她的。那把梳子的齿特别宽，一般女性不会用这么宽齿的梳子，除非是头发有细小卷的，她刚好就是那样又细又浓密的卷发，细齿的梳子会打结。为什么一把昂贵的梳子会出现在一个普通船员的私人物品里？当然，可以说是船员捡到的，但是一个船员捡到女性的私人物品的概率有多高？而且这个物品还刚好是剧情物品，它就不会是毫无用处的，所以我猜测丽贝卡和这个船员有私情。我观察过在她回答是否爱她丈夫这个问题时候的表现，很符合撒谎的特征——用反复多次却跟问题无关的答案来强调真正的答案，是对自己的答案缺乏自信的表现。"沈悟非说完，看向白迩，"你是不是发现了什么？"

白迩道："我在她带我们去的房间里，看到了跟那块披肩一样的布料，你说过那个布料不像年轻女性用的，房间里的一些细节也不像年轻女性的房间，那应该是她自己的房间。"

"所以他们早就分居了，也符合我刚才的判断。"沈悟非道，"她不带我们去真正的兰迪雅的房间，更是证明救生艇就在兰迪雅的房间。"

丽贝卡体内的怪物已经从她的身体里爬了出来，它不若海妖幼虫或成虫那般肥胖，身体细瘦，拥有类人的四肢和一条长长的尾巴，它的身体非常长，从头到尾怕是超过十米，像一条长着四肢的怪蛇。它的"头"跟其他怪物一样，脖子处只有一个平滑的横截面，那横截面快速扩张，竟然张开了一张直径超过四米的巨大口器，就像一根细瘦的花梗上开出一朵硕大的花，当然，那口器中层层叠叠的并非芳香的花瓣，而是成排的牙齿。

那怪物的口器深处，爆发出一阵高亢的嘶吼，声音犹如砂纸磨墙，异常刺耳。所有的虫子们都兴奋了，肥胖的身体竟然在甲板上弹蹦了起来，纷纷冲着怪物回应以叫声，尊卑立显。

看来，它就是这艘鬼船的名字的真正由来——海妖王。

海妖王的头转向了他们，口中淌着涎液，竟然发出了古怪的人声："饿……好饿……"

邹一刀骂道："饿你怎么不吃你的子孙，养那么肥该宰了！"

海妖王长长的脖子晃了一晃，而后飞快地朝着瞭望台冲了过来。

众人胆战心惊地看着它靠近，这个瞭望台怕是也撑不住了，它就像汹涌虫海上的一叶孤舟，一旦倾覆，他们就……

海妖王的身体狠狠撞在了瞭望台的柱子上，咣当一声响，柱子被撞得剧烈晃动，他们在上面抓着扶栏，才勉强站稳。

这毕竟只是木头，还能再挨上第二下吗？

"还愣着干什么？"邹一刀拿出了火箭筒，毫不犹豫地朝着海妖王发射了一枚炮弹。

海妖王早有察觉，向旁边躲去，甲板立刻被炸出了一个大洞，木板崩断，无数虫子掉向了下层的船舱。

这一炮弹虽然暂时赶走了海妖王，但是也撼动了瞭望台的根基，瞭望台晃得更厉害了。这时，更多大一些的海妖成虫前赴后继地跟随着海妖王的脚步，用身体去撞击柱子。

柱子终于不堪重负，发出了咯吱咯吱的声响，孤零零地矗立在甲板上，摇摇欲坠。

沈悟非吓得紧紧抱住栏杆，甚至不敢低头看下面的虫海，乔惊霆一把将他拽了起来，"让你的翼龙把你送到客房楼上去，我们去找救生艇。"

"好……好……"沈悟非嘴上说着好，也召唤出了翼龙，却不敢动弹。

乔惊霆干脆将他拖了起来，直接扔了出去。在沈悟非的惨叫声中，稳稳地落在了翼龙的背上，翼龙驮着他飞向了丽贝卡房间的楼上的阳台，那里一样有虫子，但数量很少，沈悟非自己完全可以解决。

其余四人，纷纷跳下了瞭望台。邹一刀无法再用火箭筒了，因为虫子们大多太矮，炮弹炸出去，势必要把甲板炸成筛子，万一整个塌了就麻烦了。

舒艾撑起了防护结界，四人全都拿出了机关枪或冲锋枪，趁着还有结界在，先用子弹压制了一波，缓慢地前进。

然而不过几秒钟的时间，海妖王就从后方爬了过来，它一尾巴扫中已然摇摇欲坠的瞭望台，那根柱子终于应声断裂，刚好朝着四人砸了下来。

他们被迫两两分开躲避，舒艾的结界无法维持过远的距离，结界瞬间失效，虫子蜂拥而上，他们被彻底隔离开了。

沈悟非的两只翼龙几次想下来接他们，都被海妖成虫阻断，在过多的数量面前，个体再强大都显得力不从心。

四人很快就被虫海淹没，乔惊霆大吼一声，再次释放出强光雷电，击退了一批。

然而他们的防护服已经不行了，虫子直接咬进了肉里！

邹一刀从虫海中探出头来，大骂一声，也顾不上其他，再次扛起火箭筒，勉强载弹，朝着瞭望台的方向又射出一枚炮弹。

轰隆轰隆接连巨响，甲板上的洞再次扩大，加上瞭望台的重压，东侧的甲板开始噼里啪啦地陷落，成片的木板断裂，掉入了下层的船舱！

大批的虫子跟着甲板掉了下去。

邹一刀一看这招奏效，冲舒艾大叫道："掩护我！"

舒艾再次撑起结界，邹一刀这才能成功装上炮弹，朝着前方连射了三枚炮弹，一枚比一枚接近他们。

甲板不停地被炸出大窟窿，虫子们成批地往下掉，转眼间就少了一多半。那些海妖成虫还能很快爬上来，但是幼虫却是暂时上不来了，他们终于得到了一丝喘息之机。

"往后退，这块的甲板也要塌了！"

受到东侧甲板的影响，南侧甲板缺少支撑，又压着这么多怪物，也有了陷落的危险。

海妖王由于体型庞大，险些掉入下层船舱，它用那柔软到诡异的胳膊抓住甲板的护栏，很快跳上了完好的甲板，朝着几人扑了过来。

四人都被咬得一身是血，但他们竟然感觉不到疼，因为死亡太贴近了，疼痛反而已经变得微不足道。

这时，在天上徘徊的两只翼龙终于瞅准机会飞了下来，四人一手一只地抓着了它们的脚。两只翼龙有些吃力地扑扇着翅膀，最终还是飞了起来，带着他们飞往兰迪雅的房间附近。不过是这短短四五十米的距离，如果不从天上走，他们注定过不去。

海妖王却在这时追上了他们，细长柔软如鞭子一般的手朝着翼龙挥了过来，翼龙带着乔惊霆和白迤两个人，无力拔高，正被海妖王抽中，跟着两人一起掉进了虫子群里。

翼龙很快就挣扎着飞了起来，乔惊霆和白迤在距离目的地不足十米的地方苦苦挣扎。

另一只翼龙将邹一刀和舒艾放在了距离丽贝卡房间很近的地方，沈悟非在上面喊道："打开离丽贝卡房间最近的那个房间！"

舒艾用力撞开了门，屋内陈设充满了少女的气息，与之形成鲜明对比的，是一具早已经瘫在救生艇上的腐烂尸体，尸体周围趴伏着很多幼小的虫子，有些不足巴掌大。

舒艾脸色发白，牙齿打颤，她叫道："找、找到救生艇了！"

邹一刀用机关枪扫倒了一大批虫子，跟着舒艾冲进了兰迪雅的房间，他见怪不怪地看了一眼兰迪雅的尸体，没有片刻犹豫，就把尸体掀到了一边，露出了下面的救生艇。

那救生艇看上去非常陈旧，令人怀疑下了水会不会直接沉下去，甚至比不上花几十积分在系统里买一个。当然，系统是不会让他们钻这种低级漏洞的，完全限制了他们买水上交通工具。

无数虫子跟着涌了进来，很快就将他们围困住，并逐渐占据了整个房间。舒艾苦苦支撑着防护结界，邹一刀一边驱赶虫子，一边拖着救生艇往门边拽，那救生艇又重又大，以邹一刀的体力，倒也不算什么，只是一堆堆的虫子扑在上面，难度翻倍地增长。

另一头，两只翼龙在对付海妖王，而乔惊霆和白迩身陷囹圄，已是寸步难移，在这么下去，他们真的可能会被虫子活活啃出白骨，乔惊霆吼道："你积分够买 S 级防护罩吗？"

白迩道："够！"

S 级防护罩要 1200 积分一个，虽然贵得让人牙疼，但是在抵御热武器伤害的基础上，它还可以抵御刀剑伤害和抓咬伤害。在进入游戏之前，他们普遍买不起，也没有料到会碰到这么多的怪物，现在在虫子身上赚了不少积分，而且也被逼到这份儿上了，不买装备根本撑不下去了。

然而现在最大的问题并不是积分，而是在战斗状态下不能买东西。

乔惊霆再次聚集起全身力气，释放出金紫电光，将周围的虫子电倒，在他身体发虚的时候，白迩扛起他就往兰迪雅的房间跑。

夺门而入，舒艾的防护结界就对他们生效了，两人快速买了 S 级的能量防护罩，同时让邹一刀和舒艾也快点装备上。

邹一刀扛起机关枪，将房间的整面落地窗打碎，然后拽起救生艇，抡圆了扔了出去。

救生艇落在了甲板上，压碎了一片海妖幼虫，看上去真是痛快极了。

但他们很快就笑不出来了，沈悟非已经无力操控两只翼龙，翼龙们一消失，海妖王的爪子就踩在了救生艇上，巨大的口器在空气中狰狞地收缩，仿佛在挑衅。

邹一刀扛起火箭筒就要射，那海妖王竟然抓起救生艇挡在了自己面前，邹一刀大骂道："这个畜生！"

突然，一个雾白、半透明的东西突兀地射了过来，直插向海妖王的脖子。海妖王的反应极快，它长长的脖子蛇一般柔软地曲起，那东西就擦着它的皮肉射了过去，重重地钉入了甲板，众人定睛一看，竟是一支冰矛。

白迩沉声道："蓝队来了。"

四人踏着虫尸跑了出去，果然见到了另外四个玩家，一个神执、一个异种、一个超体和一个国仕，是非常利战的搭配。

蓝队警觉地看了他们一眼，他们也在打量对方。

那神执是个有些年纪的女人，但体态非常年轻，她五指齐齐朝着海妖王一指，五道冰矛再次破空而出，海妖王的身体突然仰倒向甲板。它的骨骼软得像蛇、皮肤又坚韧如犀牛，速度快不说，行动路径非常难以捕捉。

就在他们都以为海妖王会再次躲过的时候，那些冰矛在空中硬是调转方向，射向了甲板！

乔惊霆看得分明，心里颇不是滋味儿，同为神执，这个人的能力比他成熟、厉害太多。

海妖王故伎重施，用尾巴一把卷起救生艇，挡在了自己身前。

那神执咒骂一声，五根冰矛竟在空中自行碎裂，化作了无数晶莹剔透的冰块，沮丧地掉进了虫子群里。

蓝队的国仕冲他们说："喂，我们合作吧，先把这怪物干掉再说。"

他们没说话，这个任务已经到了关键时刻，对于任何一队来说，先干掉海妖王，还是先干掉对手，都是一样的，所以谁也不会相信所谓的"合作"。

但他们在行动上是很配合的，邹一刀跳进虫堆，躯干猛地缩回龟壳，加速旋转着撞向了海妖王。海妖王被救生艇挡住了视线，避无可避，龟壳隔着向内凹陷的救生艇重重地撞击在了海妖王的身上。

海妖王发出沙哑的怒叫，周围的虫子蜂拥而上，恨不能将邹一刀咬成碎片，刹那间就将那龟壳沉底淹没了。

邹一刀的四肢和头突然从龟壳里弹了出来，他的袖剑已经弹出，对准了海妖王暴露在救生艇外的身体，就用力地刺了下去。

海妖王的身体猛地弹了起来，将邹一刀和救生艇一起掀翻在地，它怒张口器，那邪恶的器官扩张到了足以竖着吞下一个人！所有人都以为它要咬邹一刀，可下一秒，这聪明的畜生竟朝着救生艇咬了下去！

众人大惊，蓝队的异种人是只豹子，飞快地蹿向海妖王，想要解救救生艇。然而海妖王的速度不容小觑，那成排的尖利牙齿怕是要将救生艇生生咬掉一块！

情急之下，邹一刀只能飞扑向了救生艇，用龟壳抵住了收缩的口器！

只听一声痛叫，他的能量防护罩竟生生碎裂，几百颗尖牙在同一时间刺入了邹一刀的身体，更有多颗长牙穿透了那厚厚的甲壳。从视觉上看，那收缩的口器吸附在邹一刀的身体上，就好像已经把他整个吞了进去！

"刀哥！"乔惊霆大怒，在虫海中杀出一条血路，冲向了邹一刀，举锏劈向海妖王的头部。

海妖王的手臂朝乔惊霆甩了过去，乔惊霆只得收势躲闪。

海妖王遂收紧口器，叼起了邹一刀，挑衅一般摇晃着脖子。

白迩不知何时，已经闪电般移动到了海妖王的身后，手中瞬间出现一把黑伞，用力地朝着海妖王的尾巴刺了进去。

海妖王嘶叫一声，但却更加发狠地收紧口器，显然是想要把邹一刀活活咬碎！

舒艾一直在给邹一刀释放治愈能力，但是却赶不上海妖王的破坏速度，鲜红的血顺着海妖王的身体潺潺流下。

蓝队的人对视一眼，纷纷朝着救生艇跑去。

乔惊霆只顾救邹一刀，哪里管得了他们，清掉了周围的虫子，再次扑向了海妖王。

突然，早已经一动不动的邹一刀，无力垂下来的右手手腕上，却弹出了袖剑。

海妖王顿了一下，似乎也发现了异样。

邹一刀突然弓起手臂，袖剑狠狠地刺向了距离他非常近的海妖王的眼睛！

海妖王发出了高亢的嘶叫，口器更加发狠地咬向邹一刀，邹一刀却像是被上了发条一般，一剑接着一剑地往海妖王的眼睛处捅，捅得那处体液横流，活活被撕开了一个大口子。

海妖王终于痛得歪栽在地，口器也松了开来，邹一刀鲜血淋漓的身体掉入了虫堆里，马上就被淹没了。

舒艾将防护结界缩小到了邹一刀身上，同时快速修复着他的身体。

乔惊霆和白迩一拥而上，对着海妖王发狂地劈砍，海妖王长长的身体在甲板上用力蠕动，四肢袭向两人，但它的尾巴被白迩钉在了甲板上，大概已经没有力气挣脱了，只是在垂死挣扎。

"抢回救生艇啊！"沈悟非趴在二楼阳台上，虚弱地喊着。

他的声音虽然微小，但依然钻进了几人的鼓膜。乔惊霆回头一看，蓝队趁着他们奋战海妖王的时候，已经抢到了救生艇，正将救生艇往护栏处拖！

乔惊霆大骂一声，白迩沉声道："你解决海妖王。"说着白影一闪，消失在了原地。

乔惊霆看了看自己的能量防护罩，1200大洋买的，装在身上不到五分钟，还没捂热呢，已经被虫子咬得就剩下31%的寿命了，估计其他人的情况跟他也差不多，他们能不能逃出生天，就在此一着了。

乔惊霆吞了一个治愈卷轴补充体能，而后生扛着海妖王的攻击，再次欺近海妖王，一举将钨钢锏插进了海妖王眼睛的破口里，随即电流顺着钨钢锏窜入了海妖王体内，海妖王的身体剧烈地抽搐、翻滚，皮肉嗞嗞作响，烧焦的味道飘散在了空气中。

最后，海妖王伤痕累累地倒在了甲板上，乔惊霆叫道："舒艾，解决它！"

说着冲向了他们的救生艇。

白迩正吃力地以一敌三，根本无法正面迎击，只能靠着极速躲闪，阻止他们将救生艇拖走。

舒艾冲上来，举起弯刀对着海妖王一通乱砍，砍得血肉飞溅、骨裂皮崩，直到看到系统提示说他们杀死了海妖王，才颤抖着停下。

海妖王一死，虫群更是疯了一般攻击他们，舒艾眼看着自己的 S 级能量防护罩在跳崖式地往下掉寿命。

杀死海妖王的积分颇高，同时好像还得到了几样物品，但他们根本没有时间仔细看，因为危机还远没有解除。

舒艾扶起还在流血的邹一刀，却绝望地发现他们根本无处可躲，邹一刀只能吊着一口气，挥舞着袖剑，勉强支撑。

乔惊霆和白迩将蓝队拦在了甲板上，乔惊霆正面抗击，白迩飘忽在他们身后。蓝队能够杀到这里，也跟他们一样精疲力竭，他们顿时打得不可开交。

乔惊霆吸引了大部分的火力，一人击杀神执和超体，那豹人与同伴背靠着背，防止白迩偷袭。

白迩的速度已经完全超越了邹一刀，变得神鬼莫测。

那超体又是个肌肉人，倒还不足为惧，神执的能力非常强，但身为女性，体能太弱，两人一互补，刚好可以跟乔惊霆打得难分难舍。乔惊霆几次想突破超体的防御，先解决掉神执，都没有成功。

同样的，白迩几次想要从背后偷袭，都被那异种拦了下来，他再次飘向神执，那豹人的眼睛勉强能捕捉到他的影子，急忙回护。白迩却突然改变方向，扑向了躲在一旁的蓝队国仕！

蓝队措手不及，那豹人狂叫着扑向了白迩，白迩在那国仕尚未反应过来前，已经飘到了他的背后，一手捂住了他的脸，袖珍匕首狠狠插向他的脖子。

匕首如期遭遇了防护结界的抵挡，但是如此近的距离，面对着锋利的匕首，结界的作用非常有限。白迩的手臂挥动的速度比机器还快，在豹人跑到那国仕面前的时候，白迩已经一连捅了十多刀，匕首终于突破了结界，捅进了那国仕的脖子里。

那豹人一脚踹向白迩的肩膀。

白迩目光坚毅而冰冷，左手改为擒住了那国仕的腰身，在被豹人踹倒在地的同时，死死抱着国仕不撒手，匕首扎进了颈子深处，再用力旋拧。

国仕叫得动静都不对了，他大睁着眼睛，拼命释放治愈能量。如果是在体能充沛的情况下，白迩真的不一定杀得死他，但他也已经快要油尽灯枯，所有的动作都变得非常迟缓。

白迩的匕首从国仕的脖子里豁开了一个大大的口子，鲜血喷溅，国仕瞳孔顿时扩散了。

那豹人一爪子将白迩的脸抓出了三道血窟窿，同时将白迩扑倒在地，张开血盆大口，朝着白迩的脖子咬了下去。

白迩的防护罩早碎了，不仅脸上、身上多处受伤，甲板上的虫子也没打算放过他们，卖力地撕咬。他顾不上那些虫子，手里突然多出一把黑伞，勉强半撑开在他和豹人之间，躲过了那致命一击，豹人爪子一挥，竟将那防弹伞布抓出了几个大洞。

同一时间，乔惊霆的双脚被冰层困住，动弹不得，那超体从背后抓住了他的双臂，一根冰矛隔空朝着他的心脏刺来。

千钧一发之际，他们脚下的甲板突然发出了恐怖的嘎吱声，那声音如瘟疫一般从一个点迅速扩散开来，众人只觉身形剧烈一晃，接着脚下踩空，身体不受控制地坠了下去。

早已经塌陷了一半的甲板，终于不堪重负，整片陷落！

数不清的虫子和人一起落入了下层船舱，他们下落的位置，正是之前的音乐大厅。

　　乔惊霆反应极快，在坠落的过程中，突然抽出匕首，刺向身后的超体。那超体本就只有 8 级，实力普通，而且他身体庞大，失重感比乔惊霆要强烈得多，在空中几乎无法变换身形，这一刀直接穿透了他的胸口，直刺入心脏。

　　那超体瞪大了眼睛，一脚将乔惊霆蹬了出去，他们跟其他人一样，摔进了虫子堆里。

　　乔惊霆用力挣碎了束缚着他双脚的冰块，迅速跳了起来，那超体比较倒霉，正好落进了一只海妖成虫的嘴边。那海妖成虫显然被压得极为恼火，张开口器，在那超体刚拔出胸口匕首的瞬间，将他整个上半身都吞没了。

　　一声短促的惨叫，海妖成虫锋利的口器将他活生生咬成了两截。

　　乔惊霆在虫堆里寻找着其他人，见舒艾和邹一刀还好好地躲在防护结界里，稍微放心了一点，可环视一周，却不见白迩的身影，他大吼道："白迩！白迩！"

　　"抬头。"白迩沉静的声音从头顶传来。

　　乔惊霆一抬头，见白迩并没有掉下来，而是用伞尖的刺刀插入了甲板，挂在了甲板上，虽然脸上全是血，但精神尚可。

　　只见白迩身体一荡，轻松地翻回了甲板上："救生艇挂在护栏上了，没有掉下来，我去放救生艇，你们尽快上来。"还残存的小块甲板上，已经几乎没什么虫子了，也没有人，自从上了这艘船，他从未觉得如此畅通无阻。他快速将救生艇的绳子固定好，然后扛起救生艇，扔下了船。

　　长长的绳梯跟着延展开来，挂在船壁上，这么一条窄小的梯子，就是他们唯一活命的路。

　　沈悟非已经连吞了两个治愈卷轴，神智恢复了不少，治愈卷轴对体能、速度和恢复力的作用最大，对精神力的恢复作用非常小，所以他一旦消耗太多精神力，就会昏昏欲睡一段时间。他睁开眼睛一看，甲板居然已经整片塌了，他冲着白迩叫道："他们都怎么样了？"

"没死，你赶紧下来看着船。"白迩放好救生艇，就打算下去救其他人。

沈悟非精神力不足，操控不了翼龙，他蹲在二楼的阳台上，犹豫着要不要跳下去。以他洗过神髓的身体素质，从四楼跳下去也没问题，只是他怕跳得不准，直接掉进音乐大厅里。

白迩急道："快点！"

沈悟非带着哭腔说："我、我可能恐高。"

白迩一个助跑，踩着墙壁利落地翻上了二楼，一把揪起了沈悟非。

他脸上的伤已经被治愈卷轴修复得七七八八，但是依然血淋淋的，衬着那冰冷而诡美的异色瞳眸，吓得沈悟非都不敢直视他。

白迩夹着比他高半个头的沈悟非，从二楼跳了下去，把他推到绳梯旁边，撂下一句话："保护好救生艇。"说完转身跑向甲板的断层处。

音乐大厅里，所有人被虫子包围。这里不比甲板开阔，空间相对狭窄，虫子的密度至少是上面的三倍，他们自顾不暇，一时也就没空和其他人厮杀。

蓝队的异种拼命杀到了那神执旁边，一根冰柱顿时拔地而起，向甲板伸展，两人抱着冰柱，眼看就要够到甲板。

舒艾和邹一刀也快要移动到楼梯口，他们一个杀、一个守，配合得非常默契，这时候，谁先回到甲板上，谁就赢了。

乔惊霆看了一眼自己那快要寿终正寝的防护罩，实在不舍得再花 1200 积分买一个，他在逃向楼梯和阻止蓝队上甲板之间，毫不犹豫地选择了后者。他拼命冲了过去，抢起钨钢锏，狠狠抽了冰柱上。

那冰柱立刻被砸出了白色的碎裂纹，纹路快速在冰柱内外扩散，很快就瓦解了冰柱的整体性，冰柱瞬间从根部折断了！

蓝队的两个人眼看着就要摸到甲板，又绝望地掉了下来。

甲板上突然垂下来一根绳子，白迩在上面大喊："让刀哥先上来！"

邹一刀也不矫情，扑过去抓住了绳子，白迩用力将他拽上了甲板，他把绳子交给邹一刀，自己则跳了下来，下落的位置正是蓝队的头顶。

蓝队的神执伸展五指，想要竖起根根冰刺，迎接白迩，但显然她已经是强弩之末，最终只化出了一根冰刺，白迩在半空中撑开了伞，下落的速度顿减，他两脚在半空中漂亮地一旋，以一种不可思议的姿势，硬生生将身体调转方向，躲开了冰刺，同时手下一甩，两只袖珍匕首飞向了那神执。

匕首的速度太快，那神执也已经虚软无力，只来得及竖起一层薄薄的冰层，在匕首面前不堪一击，她甚至来不及叫一声，两只匕首就分别插进了她的眉心和脖子。

蓝队的异种连忙冲过去，想要拖着她远离虫堆。

一排子弹追着那异种射击，打得那异种进退两难，一时根本无法靠近神执，眼看着那神执被虫子淹没。而他自己也深陷虫堆，难以脱身，没有了国仕的辅助，近战型战士在群战中到处是弱点。

乔惊霆抬头朝邹一刀竖了个大拇指，邹一刀咧嘴一笑，牵动了前胸后背的伤口，疼得他五官又扭曲了。

这时，只听得一声轻轻的噼啪声，乔惊霆的防护罩碎了，他不再犹豫，喊道："白迩，你快上去！"

白迩道："我从楼梯上去。"

群虫蜂拥而来的时候，舒艾的防护结界刚好接续上来，护住了乔惊霆。白迩的速度非常快，说他在虫堆上飘也不为过，只要他不停下，虫子根本咬不着他，他就那么飘向了楼梯口。

邹一刀抖了抖绳子："快点上来！"

乔惊霆抓住绳子，把舒艾先送了上去，然后自己也被邹一刀拽了上去。

把两人拽上甲板后，邹一刀仰躺在地，口中不住地吐血，却还咧着染血的牙花子在笑。

"还笑个屁啊！"乔惊霆自己也没好到哪儿去，一身的伤，他将邹一刀扛了起来，"快走了。"

甲板下层的音乐大厅里，发出一声绝望的怒吼。

三人往下看去，那身材雄壮、力量速度皆是上乘的 9 级异种豹人，已经被虫子扑倒在地。身体正一点点消失在虫堆深处，最后他不再挣扎，任凭虫子撕咬着他的身体，将他拖入深渊，那绝望而空洞的眼神就像一个无底洞，令人一时间连呼吸都难以接续，齐齐沉默了。

白迩叫道："快走，海妖成虫爬上来了。"他身后果然蹿上来几只大型海妖成虫。

他们回过神来，朝着救生艇跑去。

沈悟非早已经爬下了绳梯，正坐在救生艇里焦急地等着，一见到他们，大喜过望："快下来！"

舒艾刚爬上绳梯，海妖成虫已经追到了栏杆处，邹一刀扛着机关枪一阵扫射，乔惊霆催促他道："你快先下去！"

邹一刀收起枪，翻过栏杆，抓着绳梯往下爬。

海妖成虫再次扑了过来，乔惊霆和白迩奋力抗击，直到乔惊霆余光瞄到邹一刀也坐到了救生艇上，才喊道："白迩，跳！"

两人翻身跑向栏杆，长腿一蹬，飞身跃出了这艘地狱般的游轮，朝着苍茫的大海跳了下去。

扑通两声，他们一前一后掉进了海里，炸起不小的水花。两人从水里探出脑袋，朝着救生艇游了下去。

白迩往上指了指："快切断绳子！"

众人抬头一看，海妖成虫竟然想顺着绳梯爬下来。

舒艾一刀切断了绳子，她和沈悟非用力划着桨，远离了游轮。

乔惊霆和白迩也被邹一刀拉上了救生艇。

海妖成虫们挂在绳梯上，大张着口器，朝着他们大声嘶叫，但已经无可奈何。

他们奋力将救生艇划出几百米，才纷纷瘫倒在了救生艇上。

每个人眼前都出现了系统提示：恭喜玩家完成 M 级任务"海妖王"号，

任务奖励积分 6000，全员存活，奖励积分 2000，第一次完成狩猎任务，获得成就"狩猎之星"，奖励积分 500。获得"海妖王"号限量物品，海妖幼虫 5 只，获得奖励物品，"剑鱼之靴""海洋呼吸胆"和"波涛歌颂者"符石。

"……8500 积分？"乔惊霆喃喃念了出来，然后哈哈笑了起来，"8500，我们拿到了 8500 积分，哈哈哈哈。"每个人能分到 1700 的积分，加上在船上杀了那么多虫子，这一次任务，每个人都得到了近 4000 的积分！

其他人也跟着傻笑了起来，最值得庆祝的并不是得到了多少积分，而是他们又一次活了下来，没有被永远留在那艘噩梦般的船上。

"杀死'海妖王'也得到了一些物品。"舒艾看了看，"一个 S 级治愈卷轴，两枚海妖王的牙齿，都在我这儿。"

"送的都是些什么东西，古古怪怪的。"乔惊霆闭上了眼睛，"我现在就想好好歇一歇，什么都不想想了。"

沈悟非道："你歇着吧，我们一时半会儿不用急着离开这里，只要我们不主动出去，原则上可以一直留在这个副本地图里。"

"总算有个容身之处了，虽然就是个破橡胶艇。"邹一刀说着说着，眼皮就越来越沉，最后昏睡了过去。

所有人都疲累不堪，身体和精神都达到了崩溃的边缘，此时紧绷的弦一松，立刻就撑不住了。他们就那么躺在船上，随波逐流，晃晃荡荡地不知漂向了何方。

乔惊霆再睁开眼睛的时候，天已经全黑了，他怕是睡了一整天。

沈悟非和舒艾是体能消耗最低的，两人早醒了，正架着小火炉，在救生艇上吃起了火锅，也不知道到底多爱火锅。

乔惊霆爬了起来，各踹了邹一刀和白迩一脚："哎，醒醒，检票了。"

邹一刀眼睛都没睁开，咧嘴笑道："你要说警察查房了我保证起来。"

乔惊霆笑骂道："靠，老不正经。"

"谁不正经了，我去查房我能不起来吗。"邹一刀睁开眼睛，伸了个懒腰，"人民公仆很辛苦的。"

"你不是特种兵吗？怎么又成警察了？"

"我转业了不行啊。"邹一刀用力打了个哈欠，随手捏了一把白迩的嫩脸蛋，"小朋友，起床了。"

白迩一把拍开他的手，睁开了眼睛，身体却没动，就怔怔地望着墨蓝的星空。

"刀哥，你真是警察吗？"舒艾问道。邹一刀这个人爱嘴炮，有时候都不知道他说的是真是假。

"真的呀，这个有什么好骗你们的。"邹一刀掏出烟塞进嘴里，"我退伍转业了，当了三四年警察了。"

"什么警种啊。"沈悟非问道。

邹一刀吞吐了一口烟雾："缉毒。"

众人颇为意外，邹一刀这副吊儿郎当兵痞子的模样，实在跟警察的形象相去甚远。

乔惊霆打趣道："就你这张嘴，不得天天挨处分啊。"

"人活一张嘴，说话、吃饭、喝水、亲嘴，都是天经地义的，处分我干吗。"邹一刀笑嘻嘻地说，"你刀哥盘亮条顺讲义气，可受欢迎了，谁舍得处分我啊！"

乔惊霆嗤笑一声，明显不信。

"倒是你这个小流氓啊。"邹一刀握了握乔惊霆的后颈，"要是在现实世界，你落到我手里，保证把你收拾得服服帖帖。"

乔惊霆推开他的手，挑衅道："别操心了，你抓不着我的。"

"那你以前是怎么进去的？"

乔惊霆搓了搓短短的发茬，有些感慨地说："帮一个打架的兄弟顶罪，我那时候未成年，关不了多久。"

"嘿，傻了吧唧的。"

"现在想想是有点傻，但我从来不对任何事后悔。"乔惊霆笑着说，"每一步都是我自己选的，我不后悔。"

邹一刀点了点头："从我第一眼看到你，我就知道你这个人有意思。"

舒艾笑道："别聊了，不饿吗，来吃东西吧。"

几人凑了过去，围着小火炉吃了起来。

"为什么又是火锅啊？"乔惊霆有点不情愿。

舒艾拿筷子敲了敲他的手："吃泡面你就抱怨为什么又是泡面，吃快餐你就抱怨为什么又是快餐，这种环境下，能勉强吃顿庆功宴已经不错了。"

"就是，有酒有烟，还挑什么。"邹一刀给乔惊霆倒上一杯酒，"来来来。"

乔惊霆喝了一口烧心烧肺的白酒，整个人都精神了。

白迩吃了几口，放下筷子，犹豫了一下，道："霆哥，我也想喝一口。"

"哎，你要喝？"乔惊霆惊讶地看着他。

白迩平时可是滴酒不沾的。

"就喝一口。"

乔惊霆把自己的酒杯递给他："好吧，来一口。"

白迩把酒杯凑到嘴边，犹豫了一下，抿了一口，然后整张脸都皱了起来，他"呸"了一声，把酒杯还给了乔惊霆，"还是这么难喝。"

邹一刀拍着大腿直笑。

乔惊霆道："你要真是想学喝酒的话，还是从啤酒、果酒之类的开始比较好，或者有些女孩子喝的酒……"

"谁要喝女人喝的酒。"白迩一抹嘴，"吃饭。"

邹一刀笑得前仰后翻："白迩小朋友，你要成为男人的路还远着呢！"

白迩瞪了他一眼，用力咬了一口肉。

沈悟非微弱地说："我会喝酒哎。"

"你就算了吧，啊。"邹一刀调侃道，"别又晕了。"

"我酒量挺好的……"沈悟非有些失落地说，"不会晕。"

乔惊霆看穿了他的心思，重重拍了拍他的肩膀，"悟非，你就算晕了两次，也为我们完成任务做出了最大的贡献。如果不是你，我们肯定不会那么快找到救生艇的位置，可能到死都找不到。"

"嗯哼，确实。"邹一刀碰了碰他的酒杯，"咱们得敬你一杯。"

乔惊霆和舒艾也举起杯，敬了沈悟非一杯。

沈悟非脸有点发烫："不敢当，不敢当。"

他们一边聊着在游轮上的惊险种种，一边胡吃海塞，任凭海天无边，他们只安身于一艘小皮艇，却也潇洒得不得了，哪管他明天刀山火海。

吃得七七八八了，他们才开始聊起以后的打算。

"咱们不能一直待在这里吧？但是现在离开游戏模式也不过两天，回去还是太危险了。"

"对，都对，在你们睡觉的时候，我已经跟系统精灵沟通过了。"沈悟非道，"有一个折中的办法。"

"折中的办法？"

"嗯。你们知道，游戏中的地图，只要开启一次，以后就不需要再缴纳费用，可以随意进出了吧。"

"是啊。"

"副本地图也是一样的。"沈悟非道，"所以，我们完成了这个地图的任务，以后就可以随意在这个地图里进出。"

"谁要来呀，喂虫子吗。"乔惊霆一脸的拒绝。

"当然不是了。我问过双胞胎了，这个副本地图的场景就只有海妖王号和大海，所以我们要么留在船上，要么留在海上。"

"留在……海上？"邹一刀挑了挑眉，"你是说……"

沈悟非笑了："对，任务结束后，我们就可以从系统里买水上交通工具了，我们可以买一艘船，就留在海上，除了完成这个副本任务的人，其他人都进不来！"

几人均是眼前一亮。

乔惊霆一击掌，舔了舔嘴角："这个办法好啊，完成这个副本任务的人肯定不多，能特意进这个副本来追杀我们的，就更少了！"

"没错，这里会比正常模式下的任何一座城市里都安全得多。"

"但是也有问题。"舒艾道，"这里没办法赚积分。"

"对，这是最大的问题。"沈悟非点点头，"所以我们要以这艘船作为大本营，无论是再做其他副本任务，还是回正常模式下打怪刷分，我们都要随时可以回到这里来。P 级旅行卷轴只能往返于城市和怪点之间，M 级旅行卷轴可以跨城市去任何已开启地图，S 级的才可以跨模式。S 级的也不贵，200 积分一个，我们每个人都多买几个备着。"

乔惊霆嘻笑道："也就是说，我们见情况不对就跑呗。"

"能跑回来也是要本事的，不过这个风险也比留在斗木獬要小得多了。"邹一刀道，"你们没人晕船吧？"

沈悟非苦着脸说："……我。"

邹一刀一副恨铁不成钢的表情："身为一个男人，你还能不能行了。"

沈悟非抿着嘴低着头，受气小媳妇儿的样儿。

舒艾笑了笑："既然这么定了，我们就买一艘船吧，大概要多少积分？"

"定制一艘，不到 1000 吧，这个我来弄。"沈悟非道，"我们做一下战斗总结吧，积分你们每人留 1000 备用，其他自己分配，物品我看看怎么用比较好。"

他们把得到的物品都拿了出来。

"'剑鱼之靴'可以加 3 点速度。"沈悟非把那双灰白色外包鱼皮的靴子递给了白迩。

白迩也不客气，拿过来就穿上了。

"'海洋呼吸胆'是可以让人在水下呼吸三十分钟的，用处不大，先放在我这儿吧。'波涛歌颂者'符石让人拥有判断海洋天气和洋流的能力，也没什么用，我会卖掉。"沈悟非继续摆弄着剩下的东西，"海妖幼虫我一定要养起来，喂肉就可以了，很简单，海妖王牙齿……"

乔惊霆抓起那颗小臂大小的牙齿看了看："倒还挺好看的。"

"硬度还不错，但比不上金属，可塑性强……"沈悟非想了想，道："白迤，这种材质还挺适合做飞刀的，密度小、质量轻，但是做匕首就不够硬了，你想要一批飞刀吗？不要的话我就卖掉了。"

白迤从乔惊霆手里接过牙齿，放在面前打量了一番："做一批看看吧，它们比金属的可塑性强，可以让我试手，我要多试几批，才能定制出最满意的武器。"

"有道理，等船弄好了，我就忙你的武器的事。"

邹一刀有些无趣地说："M级的任务，果然没什么好东西。"

"积分倒是还不错的。"舒艾眨巴了一下眼睛。

下一刻，几人都看到系统提示里出现了一行红色粗体小字，写着：嗨，我是舒艾。

"你兑换沟通技能了！"乔惊霆乐了，"太好了，以后在哪里都可以直接对话了。"

舒艾顺了顺耳边的头发，微微一笑："下一步我会兑换召唤技能，可以省下旅行卷轴的积分。"

邹一刀用力拍掌，特别认真地说："太棒了，你怎么又聪明又漂亮又厉害，让别人怎么活啊。"

舒艾扑哧一笑："我就当你是夸我了。"

"本来就是夸你。"

乔惊霆瞄了一眼自己的积分，还剩下3338。这次他们普遍赚了四五千的积分，但是一个S级能量防护罩就去了1200，"我也要把积分都用在强化技能上，你们看到那个蓝队的神执了吗，她对冰的操控太精准了。"

"嗯，但是她体能是短板，如果不能在短时间内取胜，就会逐渐落下风。"邹一刀笑道，"神执就像个法师，攻击力高，但大部分的神执，都是不能被近身的，所以你这个体力型的神执以后大有可为啊。"

乔惊霆得意地翘起嘴角："当然。"

"别看你那个弟弟升级升得快，他以后肯定不是你的对手。"

乔惊霆的笑容僵了一下，顺手就查了查乔瑞都的等级，发现乔瑞都还是7级没有变化，这倒是不符合他一贯的升级速度。不过等级不升，不代表实力不长，至少他知道，乔瑞都不是"法师型"的神执，两人那么多年的架也不是白打的。

白辵厌恶地撇了撇嘴，岔开了话题："沈悟非。"

"啊？"

"船长的日记和丽贝卡说的话，到底哪个是真的？"

其他人也好奇地看向沈悟非："是啊，他们俩讲的故事不太一样啊。"

沈悟非道，"蓝队拿到的剧情脚本，跟我们肯定不一样，否则他们从那么远的地方走到我们这边，就失去了这个任务的公平性。这就说明，故事没有唯一的真相，全靠你自己的理解。"

乔惊霆奇道："你是怎么理解的？"

"两个可能。第一种可能，夫妻俩各怀鬼胎，一个想给妻子下毒，一个跟船员通奸，海妖王的卵究竟是谁带上船的，已经难以判断了。第二种可能，是丽贝卡做了这一切想嫁祸给船长，实际上那本航海日记，就不像是船长写的，太巨细无遗了，描述手法也有点奇怪。如果没有丽贝卡的出现，我可以当作是剧情需要，但丽贝卡的出现，让我怀疑日记是她用来把游轮事故嫁祸给船长的工具，骗取保险理赔金。不管是哪种可能，都害了自己的女儿和全船的乘客。"

几人沉默了一下，越想越觉得后脊发凉。

"反正，任务也结束了，我只是觉得游戏的制作者太细心了，这样的实景游戏，我竟然没有找到明显的 BUG……"沈悟非叹了一口气，"很难想象我们的智力差距有多大。"

"是啊，简直就像是真的……"乔惊霆看着平静的海面，忍不住用手撩了撩冰凉的海水，甚至放到唇边抿了一抿，又苦又咸，难以想象他们现在感受到的一切，都是虚拟的。

"你们好好分配一下自己的积分吧，我要去找双胞胎定制船了。"沈悟非说完，就进入了平台。

乔惊霆也进入了自己的平台。

双胞胎正在面对面坐着下国际象棋，看到他进来，小渊笑眯眯地说："恭喜你完成了第一个狩猎任务。"

"嗯哼，谢谢。"乔惊霆瞄了一眼棋盘，"你们每天都在这里干什么？不无聊吗？"

小渊哈哈哈大笑起来。

小深抬起头，用看白痴的眼神看着他："我们是人工智能，同时服务于游戏中的所有玩家。你看到我们在干的事情，包括我们所在的这个空间，都是假的，只是为了让我们看起来更有人情味儿的一些小把戏，实际上只是你在运行程序而已。你玩儿手游的时候，会问里面的 NPC 平时都干什么吗？"

乔惊霆朝天翻了个很大的白眼，真好，他现在已经不会生气了："死心吧，这些都没让你们多一点人情味儿。"

"'爸爸'希望我们有人情味儿。"小渊点点头，"我们觉得无所谓呢。"

"你们的'爸爸'是个人吗？"乔惊霆问道。

小渊微微一笑："凭你的智商，就不要想套我们话了哟。"

乔惊霆握紧了拳头，拼命告诉自己不要生气。他默默打开自己的技能界面，在他的神执技能下面，有若干选项，有些选项显示了出来，有些则画着一个问号，他问道："小渊，为什么有些技能是问号？"

"基础不够，有些技能需要你先把基础的技能学了之后才能开启。"

"好，我知道了。"乔惊霆看了一眼他能选的，只有两项，蓄存和操控。蓄存能让他学会如何在体内储存雷电，操控则是控制好收发的量、距离、对象等，每一项技能的兑换积分都是 2000，乔惊霆先选择了操控。

顿时，他眼前出现了数不清的公式和符号，间或夹杂着金光闪电。他的意识就像被拉入了一个玄幻空间，数不清的知识在这里酝酿、发酵，他完全看不懂那些公式和符号，但他的思路变得前所未有地清晰，可他又不知道自己究竟在想些什么，这种感觉当真难以形容。

总之，不过几分钟的时间，他的意识就回到了平台里，好像什么都没发生过。他伸出两根手指，电光就像只金色的小兔子，在手指之间来回跳跃，他努力保持着它的速度，但很快就有些失控，最后消失了。即使是这样，也比起初他泼水一样往外释放雷电好了太多太多，操控技能也一样要用积分去加点，当然是点数越高技能越娴熟，他还有很长的路要走。

兑换完技能，乔惊霆买了一个 S 级的旅行卷轴，刚好剩下 1138 的积分留着备用。

退出平台，他看到沈悟非还处于进入平台的冥想状态，而邹一刀在教舒艾和白迩钓鱼……

乔惊霆用屁股挪了过去——救生艇很小，说道："你们挺会玩儿啊。"

"不然干吗呀，有海没滩，也没有泳装美女。"邹一刀眼睛直勾勾地盯着自己的鱼漂。

"舒艾，你帮我个忙。"乔惊霆拍拍舒艾的肩膀。

舒艾也全神贯注呢，她不太情愿地扭头："怎么了？"

"你过来。"乔惊霆先把她拉到一边，然后发现救生艇也就够转个身吧。

舒艾狐疑地看着他。

乔惊霆轻咳一声，小声说："你帮我给一个人发条私聊。"

舒艾眨巴着黑白分明的大眼睛，小声说："你弟弟吗？"

"嗯。"乔惊霆摸了摸鼻头。

"发什么？"

"就发'老子还活着——乔惊霆'。"

舒艾没忍住，扑哧一下笑了。

乔惊霆羞恼道："不行就算了。"

"没说不行啊。"舒艾沉默了一下，道，"发过去了。"

"这、这么快……"乔惊霆顿时有些坐立难安，本来只是想打乔瑞都的脸，但他又有点后悔了，这样是不是显得他没有大将风范？

"又没几个字。"

白迩踹了乔惊霆一脚，不客气地说："你白痴啊。"

"我怎么了？"乔惊霆不服气地说，"游戏里所有人都以为我们必死无疑，但我们就是不死！"

邹一刀调侃道："你不死，名字在降魔榜里能搜到，所有人都知道。"

"我就要恶心恶心他。"乔惊霆想想乔瑞都会气得脸色发青，心情就痛快极了。他不仅没死，还洗了神髓，还完成了狩猎任务，他巴不得舒艾能帮他发个中指过去。

邹一刀笑着摇了摇头："你要是我手里的兵啊，我一定好好给你练练脑。"

"放屁，我……"乔惊霆的眼前突然出现了一行红色粗体小字，写着：很好，毕竟你要死在我手上——乔瑞都。

乔惊霆立刻炸了，嚷嚷道："舒艾，你给我回——'小白脸，早晚打掉你满嘴牙'。"

舒艾无奈地看着他："我的新技能是给你打嘴仗用的吗。"

乔惊霆想了想，好像是有点幼稚，只好作罢，但他莫名攒了一肚子火气，他站起身，扑通一声跳进了海里。

邹一刀破口大骂："找死啊我的鱼都被你吓跑了！"

乔惊霆脱掉了湿漉漉的 T 恤，朝邹一刀扔去，同时哈哈大笑道："钓鱼有什么好玩儿的，下来游泳啊！"

"沈悟非，放条鲨鱼下去咬他！"

"我没有那种东西……"

"放海妖幼虫下去咬他。"

"还没长大……"

邹一刀愤而起身，脱掉了外套，就在所有人都以为他要跳海的时候，他一把揪起白迩的领子，把白迩扔进了水里。

白迩浮出水面，怒叫道："你才找死！"

邹一刀痛快地笑了起来。

白迩的手举出海面，指尖银光闪闪，邹一刀一看不好，赶紧躲在了舒艾身后。

舒艾不高兴地说："我的鱼快咬钩了。"

乔惊霆悄悄游了过来，从水下猛拽了一下白迩的脚踝，白迩立刻被拖进了水里。等他再浮上来的时候，乔惊霆已经跑远了，两人就在海里追了起来。

沈悟非摇摇头："真是有力气没处使，你们马上就有事情要忙了。"

"什么事情？"邹一刀伸了个懒腰，在考虑要不要也下去泡泡海澡。

"我们的船快要完工了。"

"这么快？"舒艾惊讶道，"白迩的武器定制了一天呢。"

"那是因为他没有给出明确的数据，系统做了几次他都不满意，只能返工。你把你要的东西描述得越清楚，系统生产的时间就越短，我给出了非常完整详细的数据，系统只要编个代码就行了。"沈悟非突然眼前一亮，"好了。"他的手一指前方，"就放在那儿吧！"

乔惊霆和白迩正在海里一追一跑，拼体力游泳，突然，眼前凭空出现了一堵黑压压的墙，乔惊霆正被浪花迷眼，什么也没来得及看清，就大吼道：

"我靠，海怪啊！"

邹一刀狂笑出声，舒艾和沈悟非也笑了起来。

追在后面的白迩也惊了一惊，但他的视线勉强能把整艘船收入眼里，自然没乔惊霆反应那么大。

乔惊霆惊悚地调头就往回游，还朝着白迩喊："快走啊！有海怪！"

白迩的脸僵了僵，随即哈哈大笑了起来。

乔惊霆顿时怔住了，就连救生艇上的三人，也都呆住了。

他们见过白迩最多的表情，就是没有表情。乔惊霆尚且见过白迩的微笑，但从不曾有一次，白迩这样开怀大笑过。

原来在那冰封的外表之下，他也可以有普通少年那般畅快无忧的笑声。

乔惊霆回头看了一眼所谓的"海怪"，顿时也笑了，他叫道："白迩，以后多笑笑，笑起来多好看啊！"

白迩扭过了脸去，一头扎进了海里。

邹一刀大喊道："走咯，上床咯。"

"别以为我们没听见！"舒艾一脚将邹一刀踹进了海里。

The Abyss Part Two

Game 一

Part 2:Queen

她穿着一件白色的薄纱长裙，修长曼妙的曲线若隐若现，她微微歪了歪脑袋，懒懒一笑："听说你们一定要见我。"
那声音简直令人浑身酥麻。

♠
♥
♣
♦

深渊游戏Ⅱ·海妖王号

那是一艘非常古典的三桅帆船，乌木船身，牙白船帆，比起"海妖王号"，这艘船的装饰非常简约，但船帆一面面地迎着太阳鼓起，看上去充满了朝气。

上了船，乔惊霆先是条件反射地巡视四周，眼神非常戒备。

毕竟他们昨天才从一艘船上逃出来，已经落下大面积的心理阴影了。

沈悟非笑道："别害怕，这艘船上保证没有虫子。"

乔惊霆从鼻子里"哼"出一声："谁怕虫子了，我就随便看看。"

"这艘船还挺大呀！"

"载重大约20000吨，其实我们用不着这么大的，但是太小了在海上会太晃。"沈悟非不好意思地笑了笑，"我会晕船。大一点虽然贵一些，却可以空出很多区域让我造机器，还有规划你们的训练场地。"

"花了多少积分？"

"1000，还可以。"

邹一刀撇了撇嘴："这个游戏的物价真是神鬼莫测，这么大一艘船，才1000积分。"

"因为这是一艘最普通的商船，战船就很贵了，游戏中越是华而不实、非必需品的东西，就越是便宜。"沈悟非以邀功的口气说，"所有不必要的装饰我都没要，我初步规划了一下，有什么不够好的地方，后期可以用积分来改。"

"我们的房间呢？"

"在下面。"沈悟非拿出几张纸，比画着，"这是地图，你们都熟悉一下，这里是厨房和餐厅，这是书房和起居室，这里是健身房，这一区域是你们的训练室，这一块是我们的卧室。"

"这最大的一片呢？"白迩指了指几乎占了半个船的超大区域。

沈悟非理直气壮地说："是我的实验室和生产车间。"

邹一刀斜了他一眼："我们的房间不会就能放张床吧。"

“怎么可能，你们自己下去看看好了。”

舒艾有些迫不及待地下了船舱，往自己的房间走去。

她的房间在走廊尽头，房门都跟别人的不一样，是金丝楠木的。她满怀希望地打开一看，里面……空空如也。

沈悟非解释道：“屋内的东西你们自己买吧，都很便宜。”

“你小子什么意思啊？”邹一刀捏了捏沈悟非的后颈，“为什么我们的房间这么小？”他指了指自己的房间，大约只有十五平方米，倒算不上拥挤，但是比起舒艾的房间，简直就像仓库。

乔惊霆和白迩看了看自己的房间，也差不多。

沈悟非缩了一下脖子，无辜地说：“女孩子的东西多一些嘛，你们放张床不就行了吗？”

舒艾笑着说：“要不我跟你换？”那尾音故意上挑，很是调皮。

邹一刀噘起嘴：“算了。”他还是捏着沈悟非的后颈没撒手，“那你的呢？”

“我住在实验室，来回跑麻烦。”

“好吧，放过你。”邹一刀走进自己的房间，“我确实有张床就行了。”

乔惊霆倒是挺满意：“能有个安全的地方住就不错了。”从一开始来到这个世界，他就提心吊胆地住在心月狐的舒艾的房子里，然后提心吊胆地住在星日马、角木蛟、斗木獬，一路走来，他从来就没在任何一个地方感觉到安全。唯独这里，会是目前为止最让他安心的一个住所，就是睡地板也没问题啊。

“大家好好休息一下，起来之后，我们再商量接下来去哪儿刷积分。”

乔惊霆打了个哈欠，在救生艇上几乎没睡着，也没有地方平躺，现在简直浑身酸痛。他走进房间，从系统里买了一张床、一床被褥，然后倒头就睡。

　　这一觉简直睡了个天昏地暗，醒过来的时候，乔惊霆只觉得整个人都在晃悠，晃得他头都疼了，恍然不知身在何方。

　　从窗户看去，外面一片漆黑，乔惊霆愣了几秒钟，才想起来自己在船上。他起身洗了个澡，换了身衣服，离开了房间。

　　他在起居室找到了邹一刀，邹一刀难得没有抽烟喝酒，而是专注地看着手心里的什么东西，一见他来了，就把东西收了起来："醒啦。"

　　"你睡了吗？"

　　"睡了，也刚醒。"邹一刀看了看漆黑一片的海面，"咱们积分用得差不多了，过两天必须回正常模式里刷分了。"

　　"嗯。"乔惊霆搓了搓头发，"或者再刷一个狩猎任务？"

　　邹一刀摇摇头："这一次还是暴露了我们很多不足的，这只是 M 级的任务，我们都差点出不来，还需要再强化一下。"

　　乔惊霆心情略有些沉重，不仅仅是赞同邹一刀的话，更是清楚地知道，回去之后也是险象环生。说来自己也真够倒霉，从进入游戏的第一天起，就没有消停过。

　　其他人陆续也醒了，沈悟非带着他们参观了一下其他区域。

　　书房其实就是他们的会议室，除了沈悟非，大概也没有人有心思看书。健身房和训练室连在一起，空间很大，四壁都是实打实的钢筋水泥，可以随便他们折腾。餐厅非常简陋，反正几乎没人开火。

　　最后的区域就是沈悟非的实验室和小工厂，那简直是全船最豪华、最现代化的地方，摆放着各种精密的仪器和复杂的车床，几乎重现了沈悟非在斗木獬的别墅的地下室。

　　"你还打算造机械蜘蛛吗？"乔惊霆问道。

　　"要的，这次我打算自己生产芯片，芯片是最贵的，这样的话，一只的制作成本可以控制在 15~20 积分之间，就是工期有点长。"

　　舒艾道："积分我们可以一起出，那些蜘蛛还是很有用的。"

沈悟非笑笑："好。其实，我经常造一些东西卖给系统，也放了不少东西在自由集市卖，积分还是够的。"

白迩奇道："系统不是不回收定制武器吗？"

沈悟非眨了眨眼睛，用特别小的声音说："是你造的东西没用。"

白迩冷冷地看着他。

"我给你做武器。"沈悟非马上道，"今天就做。"

"武器是要做，不过，咱们也得讨论一下之后回哪个城市赚积分。"邹一刀道，"回斗木獬吗？我看了一下，斗木獬的城市图标没有换，这就证明城市还没有被别人夺取。"

"那个城市多半没人要的，5000 积分呢，几乎回不了本，所以我不担心这个。"沈悟非思索道，"但没有易主，也不代表那里安全。"

"我们去打'变色龙'吧！"乔惊霆毫不迟疑地说。

几人惊讶地看着他。

"你们不是说过吗，那块符石很适合白迩，在 Queen 的公会城市。"乔惊霆耸耸肩，"既然哪里都危险，不如去做点有意义的事。"

"掉落变色龙的怪，是 T 级的。"邹一刀摸了摸下巴，"我们一起上，肯定打得过，问题是，掉落的概率是千分之一。"

"概率这么低……"舒艾皱起眉，"我们可能连杀 1000 只吗？"

"当然不可能了。"邹一刀道，"我之前说过的，热门怪点都是需要排时间的，变色龙就是个热门怪点，一天能抢到一个小时都不错了，一个月都未必有人能打到一个。"

"这个符石的价格呢？"白迩问道。

"系统里卖 1.2 万，自由集市至少也要 1 万。"

舒艾苦笑道："怪不得 King 要养个幸运小鬼。"

"嗯哼。"邹一刀笑了笑，"只要团队里有一个幸运值高的就够了，可惜咱们的幸运都一般，去打石头或者装备简直能活活气死。"

乔惊霆无奈道："加强化、加技能，积分都不够，哪有余力加幸运啊！"他开始确实对幸运这个强化非常不能理解，现在他理解了，可他还是加不起。

"是呀，加到普通的高没太大意义，必须要很高才行。"沈悟非叹了口气，"所以现在那些列席者都想效仿，但只有 King 真的有能力养。"

"当然了，那得砸进去多少积分喂起来，King 养的那个，是特意让人从新手村带出来的。"

"从新手村带？怎么带啊？杀个低等级的被判回去？"

"那倒不用。"邹一刀说，"我们是可以回新手村的，就是跑回去。"

"跑回去？"

"你买个飞机开回去也行，这些地图都是相通的，不过你回到新手村什么也不能干，谁也不会闲着没事儿回去的。"

乔惊霆想了想，高等级的人若不是被判罚回去，确实没什么回新手村的意义。

舒艾道："变色龙这么难打，我们还去吗？"

"我们做的哪一件事不难，难打不成问题。"乔惊霆满不在乎地说。

"难打是难打，但是我们还是可以去的。"沈悟非笑了笑，"既然难打，我们就不打，我们可以跟 Queen 要一块，她手里很多。"

"要？怎么要？"邹一刀讽刺道，"用谁的美色去勾引她？"他拍了拍乔惊霆，"要不你去？"

"去你大爷。"

沈悟非道："我打算用机械蜘蛛跟她换。"

"她会换吗？"

沈悟非显得颇自信："我有八成把握。第一，她是个国仕，需要很多的护卫；第二，斗木獬一战，已经向所有人证明了机械蜘蛛的战斗力可观；第三，我们只敢跟她交易，也只有她敢跟我们交易。"

"听起来靠谱。"乔惊霆笑道，"可以试试。"

舒艾分析道："是啊，理论上，所有的列席者都是她的敌人，因为这其中一定会有一个人变成第二个 Queen，她应该不会拒绝我们入城。"

"不会的。"邹一刀道，"Queen 是个很谨慎的人，从不主动招惹什么，所以她不会收留我们。但是身为 Queen，她也必须有姿态，所以也不会因为其他列席者通缉我们，就禁止我们入城。"

"那就这么定了，我这几天加紧赶制一批机械蜘蛛，然后我们就去——井木犴。"

邹一刀一脸的荡漾："井木犴有好多漂亮妹妹，简直是天堂。"

"这一趟也有很大的风险，比如 Queen 拿我们去换符石之类的，毕竟暴风之子也很珍贵。"沈悟非拍拍邹一刀的肩膀，"是天堂还是地狱，还是到时候再评价吧。"

邹一刀一抹脸："天堂地狱，一念之间，去了你就知道，是地狱也值了！"

在沈悟非一头扎进车间的那几天，其他人也在忙着强化自己。

乔惊霆每天都花三个小时进入虚拟系统，除了常规的武器训练，又增加了对雷电的操控训练。他慢慢地能感觉出来，虚拟系统里的一小时，差不多等于真实系统里的一天。

所以那些比他早洗神髓的人，或许技能点比他高，但只要给他时间，训练时长他可以超越所有人。

可惜处于狩猎模式下，虚拟系统里也没什么东西，就像沈悟非说的那样，虚拟系统里出现的，都是被真正的系统删除的对象，所以真正系统里的东西越少，虚拟系统里的东西就越多。这个海妖王副本里，少到只有一艘船和一船虫子，所以他偶尔也就能看到一两只海妖幼虫，但只要被他碰到了，他一定好好调教一番。

舒艾兑换的沟通技能，虽然花掉了 2000 积分，但却一劳永逸，以后不需要再加点的技能，所以她把剩下的积分都加在了祝福、治愈和防护上。它们每一项都很重要，每一项也都很贵，难怪一个国仕需要一个团队去养，也难怪大部分国仕都是女性，比如要是国仕长成邹一刀那样，大概没几个人愿意把怪让给他杀。

邹一刀的强化主要集中在整体体能、皮肤防护力和龟壳硬度上，被海妖王咬穿龟壳这件事让他耿耿于怀，那可是子弹都打不穿的。

白迩几乎只加速度，他不怎么追求力量、防御和恢复力，对于他这样的人来说，攻击就是最好的防御，越快杀死敌人他越安全，他彻头彻尾地遵循着"天下武功、唯快不破"的真谛。

海妖王一役后，白迩的速度愈发恐怖。那天从房间出来，乔惊霆看到他的时候刚想抬手跟他打个招呼，白影一闪，人就消失了。乔惊霆发愣的时候，白迩又闪了回来，冷冷地说了句"早"，然后又消失了。

气得乔惊霆对着空气大喊："有意思吗你！"

那天吃饭的时候，他们各自聊了聊自己的六项强化数据，体能是邹一刀最高，速度自然是白迩最高，智力和幸运都是沈悟非最高，恢复力是舒艾最高，乔惊霆有些郁闷，他竟然单项数据没有一个能打的，但是平均数据却是他最高。

沈悟非看完所有人的数据，皱起了眉："你们……为什么都不怎么加智力呢？"

"有你不就行了吗。"乔惊霆特别理所当然地说。

"可是智力高了，加技能的积分才会降低啊。"

邹一刀瞪大眼睛："你说什么？"

沈悟非眼珠子瞪得比他还大："等等，你不知道？"

其他人也蒙了："我们也不知道。"

沈悟非都毛了，不敢置信地看着他们："你们怎么会不知道呢？这不是每个人都该知道的吗？"

邹一刀拔高音量："放屁，你看我们知道吗？我来游戏里这么久，从来没人告诉过我。"

沈悟非怔了一会儿："智力代表着你的学习能力，智力越高，学习技能所要付出的代价自然就变小了……可能，是因为你们的智力还没有高到能降低技能点积分的程度吧，所以只有我发现了。"

"你有时候特别欠抽你知道吗？"邹一刀眯起眼睛，盯着沈悟非。

沈悟非微微缩了缩肩膀："……没有吧。"

"能降低多少？值得加吗？"舒艾问道。

"我算一下。"沈悟非快速在脑中运算了一遍，"在不特别占用积分比重的情况下逐步加智力，预计会在 4 至 6 个月之后达到收益最大化，然后以后都将受益。"

"要这么长时间……"乔惊霆皱眉道，"那要花多少积分？"

"看你基础是多少。我记得智力要加到 50，技能点的积分要求才会开始递减，长远来看非常划算，但是短期看来，对于不需要很高智力的玩家来说纯粹就是浪费。看你们自己的选择了，但我认为舒艾一定要加上去，你的技能太贵了。"

舒艾点点头："我知道了，我会开始加智力。"

"慢慢来吧。"乔惊霆道，"每次加个一两点，总有一天能到。"

"是的，只要你能活到那个时候。"沈悟非认真地说。

乔惊霆白了他一眼："你有时候是挺欠抽的。"

沈悟非马上岔开话题："我已经造出 30 只机械蜘蛛了，我打算造出 50 只，就去跟 Queen 谈条件，最好能在 80 只以内成交。"

"蜘蛛的制作费用我来出。"白迩道。

沈悟非笑了："好啊。"他突然想到了什么，手里多出了两把匕首，"根据你昨天的反馈数据，我让双胞胎又改了一版，来试试手感。"

白迩拿过那袖珍匕首，在指尖灵活地把玩着，那银白利刃在他的手里乖顺得像兔子，任其摆布，却不会伤他分毫。他手一甩，匕首嗖地飞了出去，几米之外的吊兰，一片翠绿的叶子飘飘然落了下来。

"很好。"白迩的神情难掩兴奋，"就这个了！"

沈悟非高兴地说："这是图纸，你直接拿给双胞胎，定制一把只要 20 积分。"

白迩看了沈悟非一眼，有些别扭地说："谢了。"

沈悟非的笑容顿时变得也有些腼腆："不客气，不客气。"

"小沈，你现在很有军师的样子嘛。"邹一刀拽了拽他的头发，"现在觉得人好玩儿还是机器好玩儿？"

沈悟非浅笑着说："都好玩儿。"

"对了，我这几天进入虚拟系统，你检测出来的结果有什么变化吗？"

沈悟非摇摇头："没什么变化，无非是你的大脑皮层神经活动稍微少了一些，这跟虚拟系统里你碰到东西的多寡有直接关系。"

"还是没什么头绪啊……"乔惊霆难掩失望。如果沈悟非真的能造出什么攻击系统的病毒，他会毫不犹豫地去试，风险永远是和受益并存的，赌一把又何妨。

"等拿到变色龙符石，我想去拜访一个人。"沈悟非提到那个人，神情变得有几分庄重。

"谁？"

"禅者之心的首领，韩老。"

一提到禅者之心，乔惊霆自然第一个想到乔瑞都那个王八蛋，他撇了撇嘴，没有说话。

邹一刀的表情冷了下来："你去拜访韩老？你认识他吗？"

"不认识，但听说他是个德高望重的人，而且有大智慧。"

"他要真的那么德高望重，就不会培养余海那样的畜生。"邹一刀冷冷瞪着沈悟非，"你见韩老要做什么？"

沈悟非连忙解释道："你们可以不用去，我不是要去寻求庇护的，只是向他请教一些问题。韩老曾经说过一些他对这个游戏世界和我们自身的看法，当时听着像是在绝望之下过度依赖宗教和玄学，但经过这么久的研究，我自己的观念也被颠覆了几次，所以我想和他好好聊聊。"

邹一刀的态度稍缓："随便你吧。"

"听说韩老信佛？"舒艾问道。

"嗯，韩老这个人，我在现实世界就知道。他的名字你们可能没听过，但恒深集团你们应该都知道吧。"

几人纷纷点头，恒深集团可是超级能源企业，给半个国家提供电力，谁会不知道。

"他是恒深集团前任董事长，前几年退休了，同时也是已故佛学鸿儒青淮子的关门弟子，相当了不得的人物。"

乔惊霆托着下巴，一眨不眨地盯着沈悟非："你怎么什么都知道？"

沈悟非抓了抓头发："我平时不出门，就什么书都看……"

"他都七十多岁了，能在游戏里活下来都不容易，还能成为一方领袖，确实了不得。"舒艾感慨道。

"所以我要去拜访他。"沈悟非叹了口气，"智力超群的人，当发现自己已经比周围人多看出了几百年，这个世界的谜团却越来越多的时候，就很容易去信奉宗教。我所有的知识已经局限了我的思考，也许只有宗教能帮我打破一些壁垒，我才能看得更远。"

他们在海上漂荡了数天，在彻底适应了这样的生活后，沈悟非的50只机械蜘蛛全部制造出来了。

他们打算就这么带着机械蜘蛛去井木犴，谈得拢就谈，谈不拢他们还能靠这些蜘蛛逃走。

各支付了 500 积分，他们顺利进入了井木犴。

进入狩猎模式，也不过 10 天时间，可再看到那枝繁叶茂的生命树，却让人恍如隔世。

乔惊霆眯起了眼睛，太阳直射的光线让他几乎睁不开眼睛，南方大陆湿热的空气扑面而来，同样是海，他们在海妖王副本里的海，就阴郁寒冷。

白迩立刻撑开了伞，但神色还是很快就萎靡了下来。

"呼，回来了。"邹一刀的口气难掩兴奋，因为他已经看到了穿着热裤的女性玩家。

"这里，女人好多啊！"舒艾惊讶地说。

同样是以生命树为中心辐射出来的城市，这里是他们见过的女性玩家最多的城市，数量远高于男性，整个城市非常热闹。

"因为城主是个女人嘛，这里是对女性玩家最友好的城市。"邹一刀开心地左顾右盼，由于天气炎热，这里的人穿得都少，让他大饱眼福。

他们的出现很快就引起了周围人的注意，只听一个声音尖刻地叫道："是、是他们！被通缉的五个人！"

人群顿时骚动了起来，或远或近，全都朝他们看了过来。

不同于当初在决斗之城，当时那些人都对乔惊霆和白迩这两块大肥肉垂涎三尺，眼神个个儿是不怀好意，只是碍于城规不敢动手。现在周围看着他们的人，脸上都带着不约而同的戒备和害怕，没有一个人有冲上来拿赏金的意图。

乔惊霆牵了牵嘴角，一阵坏笑，调侃道："我们也应该取个公会名字啊，要霸气一点的。"他又体会到了多年以前，当他还是个少年，却赢得了一场不被看好的擂台赛，被人刮目相看的感觉。

"叫'爸爸'怎么样？够霸气吧，哈哈哈哈。"邹一刀自顾自地乐了起来。

"我们赶紧办正事吧。"舒艾催促道，她实在不习惯被这么多目光注视，简直浑身难受。不知道这些人藏在皮囊背后的是怎么样残酷的心思，一想到这个，就让人不寒而栗。

沈悟非环视四周，看中了城里最大、最奢华的一栋城堡："Queen 应该住那里吧，走。"

几人大剌剌地穿过集市。

城内的玩家竟自觉让出了一条通道，对他们避之唯恐不及。

乔惊霆不屑地轻笑了一声。

"我们走之后的这些天，不晓得发生了什么。"沈悟非隐隐觉得这些人不只是怕他们。

一个高大壮硕的女人款步走到了路中间，她腰间别着一把巨剑，双手环胸，拦住了他们的去路，冷冷问道："你们来井木犴干什么？"

沈悟非客气地说："我们想求见蔓夫人。"

"蔓夫人不是你们能见的。"

"我们想跟蔓夫人做一笔交易。"

"蔓夫人不会见你们，你们也不配和夫人交易，请你们立刻离开！"

乔惊霆痞笑道："你们就这么怕尖峰和假面啊！既然井木犴没禁止我们入城，我们就是合法进入，享受跟其他玩家一样的权利，赶我们走？行啊，先把 2500 的入城费退给我们。"

"不可能。"

"那我们在见到蔓夫人之前，也不会走。"邹一刀用夹着烟的手指指了指她，吊儿郎当地说，"井木犴赶我们走，毫无道理，见了蔓夫人，我们自然会走。"

那女人一脸怒容，拳头都握得咯咯响。

突然，她的表情微变，神态也放松了下来，她直视着几人："你们先找个旅馆歇着，晚一点蔓夫人会决定见不见你们。"

乔惊霆深深看着她，寒声道："好，但我警告你们，别耍花样，我们进得来，也杀得出去。"

那女人目光冰冷，就差在他们身上瞪出窟窿来了。

不用别人说，他们也必须马上找个旅馆，因为白远要晕倒了。

乔惊霆按了按白远的脑袋："看来咱们选斗木獬也是有缘分，就你这体质，只能待在北方大陆了……你脑袋真圆哎，扎马尾肯定好看。"说完就和邹一刀没心没肺地嘻嘻直笑。

白远趴在沙发上，有气无力地白了他们一眼。

沈悟非道："刚才肯定是有人给那个女壮士传信了，可能就是蔓夫人本人。"

"她会见我们吗？"舒艾有点心疼入城费，"这么贵的入城费，可不能白来。"

"她会的，我们赖着不走她更麻烦。"邹一刀笑笑，"耍赖我最擅长了。"

"你是看着她就不想走了吧。"

邹一刀故作严肃地说："哥哥我是那样的人吗？"

"我们出现在井木犴的消息，马上就要传到尖峰和假面耳朵里了，还好他们不敢在这里造次……"沈悟非看着窗外热闹的街景，眼神变得有些茫然，"拿到变色龙，我们就要回斗木獬了，你们准备好了吗？"

"随时都准备好去死了。"乔惊霆笑笑。

"记得我之前说过，我们唯一从这种绝境中脱身的方法，就是改变游戏的大格局吗？"沈悟非扭过身来，一眨不眨地盯着他们，"如果尖峰和假面自顾不暇，就不会有空来管我们了。"

"你是说，挑起他们之间的战斗？"

沈悟非点点头："这两个公会，本来就不和。"

"你知道他们为什么不和吗？"邹一刀抽了口烟，"不是那么容易的。"

"为什么？"

"我之前说过吧，假面现在的首领，以前是游戏中第一个列席者养的幸运小鬼，结果反被杀了。"邹一刀沉声道，"那个列席者，就是尖峰的创立者，现在尖峰的首领，是那个人一手带起来的。两个公会的积怨，从首领开始，只要一动，就势必不死不休，所以两年了，谁也不敢动。"

"但他们早晚有一战，只是需要一个契机，我觉得我们就是那个契机，现在他们还缺一个理由。"沈悟非沉吟道，"我要好好想想。"

"你有什么计划？"

"我要先见蔓夫人，或者在拜访了韩老之后，才能确定我的计划。"沈悟非沉默了一下，抬起头，有些可怜地看着他们，"我是被你们牵连才沦落到这个境地的，一旦我们展开计划，可能会变成众矢之的，你们一定要保护我。"

乔惊霆拍了拍他的肩膀，有些哭笑不得："难为你了。"

邹一刀怔了怔，他随手掐掉了手里的烟，笑道："蔓夫人给我发私聊了，让我们去见她。"

"刀哥，为什么她就给你发？"乔惊霆朝着邹一刀挤眉弄眼。

邹一刀嘿嘿直笑，指了指他们："因为……小男孩儿。"然后又得意地指了指自己，"男人。"

"去你的。"

他们下了楼，适才拦过路的女壮士就在楼下等着他们，身边还站着一个短发美人，一身黑长袍，烈焰红唇，气质非常傲慢。

女壮士一见他们就冷冷地说道："我带你们去见蔓夫人。"

"别这么严肃嘛，林小姐。"邹一刀看了一眼女壮士的名字，笑着说。

"林锦。"林锦粗声道，"直接叫名字。"她走到几人面前，目光凌厉，比男人还要高壮的身材给人不小的压力，"但是你们必须做好准备。"

"什么准备？"

那个叫宋栀的短发美人从黑袍里伸出一截雪白的胳膊，胳膊上缠绕着一条黑色的小蛇，那小蛇比它主人的胳膊略细，通体乌黑发亮，黑豆般的小眼睛非常灵动地左顾右盼。

"黑曼巴。"沈悟非道，"你要做什么？"

宋栀冷冷一笑："想见蔓夫人，就要确保你们不会耍花招。这条蛇是特殊培育的，毒性是普通的黑曼巴蛇的十倍，你们其中一个人要把它挂在脖子上，只要你们有一点不轨的举动，它就能马上要你们的命。"

乔惊霆眯起眼睛："给我吧。"

宋栀瞥了他一眼，不屑道："你等级太低。"她的目光落到了舒艾身上，轻轻勾了勾嘴角，"9级，很好，跟我一样，收了你正好我就升级了。"

"不行！"几个男人异口同声道。

"那你们就别想见蔓夫人！"林锦厉声道。

舒艾毫无惧意地和宋栀对视："可以。"

"舒艾……"

"没事。"舒艾摆摆手，"我不怕蛇。"

宋栀哈哈笑了起来，她温柔地看着自己臂弯上的小蛇，缓缓说道："你应该怕的。"她朝舒艾走了过去。

那条黑曼巴左右探了探脑袋，然后从宋栀的手臂爬上了舒艾的肩膀。

当它碰触到舒艾的一瞬间，舒艾浑身一抖，猛地闭上了眼睛，用力吞了一口唾液。看她的表现，明明是很怕的。

黑曼巴就那么窸窸窣窣地顺着舒艾的衣物爬向了她的脖子，最后在她脖子上缠绕了一圈，脑袋乖顺地贴在了舒艾的大动脉上。

那漆黑的蛇身和舒艾雪白的皮肤对比非常强烈。

舒艾颤抖着、缓缓地睁开了眼睛，她眼睑向下，却看不到什么，但她能清楚地感觉到那冰凉的蛇皮，和盘在脖子上的重量，这种感觉如同枪口顶头、刀锋贴颈，往前一步就可能坠入深渊。

舒艾连呼吸都刻意压得非常微弱。

乔惊霆暗暗握紧了拳头，心头火起。

宋栀掩唇轻笑："国仕小姐，提醒你一下，我的孩子紧贴着你的皮肤，所以你的防护罩是起不了作用的。你们足够聪明呢，就老老实实地听从安排，我们也会遵守城规，保证你们的安全。"

"你们最好遵守城规。"乔惊霆寒声道，"不然我们会更不守规矩。"

宋栀轻蔑地笑了一下，"一个 7 级的小男生，口气倒是不小呢！"

林锦道："跟我走吧。"

几人跟在她们身后，往井木犴最华丽、最宏伟的城堡走去。

"蔓夫人有不少厉害的手下，大部分都是女的，对她都很忠心。"邹一刀小声说道。

"这些姐姐真够凶啊。"乔惊霆撇了撇嘴，"要是打起来，还真不太好下手。"

白迩冷冷道："刀架你脖子上，看你下不下手。"

沈悟非补充道："蔓夫人的手下可能是最忠心的。因为游戏中的女性大多遭遇都不太好，只有在蔓夫人这里才能得到尊重，我们要尽量避免和她们动武。"

走进城堡，守卫随处可见，男女各占了一半，比起角木蛟，这里才更像一个组织。

林锦带着他们穿过大堂，来到一个巨大的金丝楠木大门前，林锦轻轻叩了叩门。

两扇大门缓缓向内打开，一股沁人心脾的芳香扑面而来。

呈现在他们面前的，是一个铺满了各色鲜花和热带植物的殿堂，墙壁上挂着一面面植物画框，所有的家具、摆设都少不了鲜花的装点，在大殿正中央，放着一个硕大的鲜花王座，一个女人正趴在王座上看书，她白嫩赤裸的双脚翘在身后，一头浓密的黑发垂坠在脸侧。

鲜花王座两旁都站着人，左侧是一个中年男子，右侧则是三个面容清秀还有些婴儿肥的女孩子，她们长得一模一样——是三胞胎。

几人莫名地有些紧张，毕竟他们马上就要见到一个 Queen，而且大家也对蔓夫人那人人称颂的美色很是好奇。

林锦领着他们走了进去，恭敬地说："蔓夫人，他们来了。"

王座上的女人微微偏过头，长发半遮着脸庞，露出一对勾魂摄魄的桃花眼，波光流转之间，尽是让人魂难守舍的媚。

蔓夫人从鲜花王座上站了起来。

几人呼吸一滞，大殿内鸦雀无声。

蔓夫人一头乌发及腰，勾勾缠缠的大卷发勾勒出了浓浓的风情，那深邃明亮的眼眸，那微翘的鼻尖，那似笑非笑的红唇，这是怎样一张绝色姿容，满室娇花在她面前也黯然失色，她随意地站在那里，就好像在发光。

她穿着一件白色的薄纱长裙，修长曼妙的曲线若隐若现，她微微歪了歪脑袋，懒懒一笑："听说你们一定要见我。"

那声音简直令人浑身酥麻。

"啊，对，我们……"就连邹一刀见了她，都开始结巴。

蔓夫人轻笑两声："有什么事呢？"

乔惊霆莫名地有些双颊发烫，他定了定心神，从背后捅了沈悟非一下："喂，说话啊。"

沈悟非轻咳两声："蔓夫人，我们……嗯，失礼了。"

"是有点失礼呢。"蔓夫人笑道，"尖峰和假面可都在通缉你们，你们就这么跑到我的城市来，有点麻烦呀。"

"我们很快就会走。"沈悟非道，"这次来，是想跟您谈一笔交易。"

"交易？"蔓夫人坐回王座里，婀娜地靠在了软软的靠枕上，纤细的玉臂支颐，饶有兴趣地看着他们，"你们好像没什么让我感兴趣的。"

"你对我们怎么击退尖峰的攻城战感兴趣吗？"

蔓夫人挑了挑眉："我对你们怎么击退方道更感兴趣。"

沈悟非心中一喜，看来方道也没好意思把他怎么败退的经历说出来，所以外界只知道他们赶跑了尖峰的十几人，连方遒亲自出场也没能拿下他们，却并不知道那一晚发生了什么，他马上道："这正跟我们此次的目的有关。"

蔓夫人似乎来了兴趣："说来听听。"

"对于蔓夫人来说，每一个 Jack，都是您未来的敌人。别的 Jack 我们不敢说，但我们已经知道怎么对付方遒。"沈悟非神情笃定，语气平缓，说得完全跟真的一样。

几人心里都惊异不已，没想到平时那个畏畏缩缩的机械死宅，吹起牛来根本不用打草稿。

"你们知道怎么对付方遒？"蔓夫人微眯起了眼睛，语气也冷了下来，"方遒是什么能力？"

"声波，攻击方式多为制造冲击波，还有类似雷达的防御能力。"

蔓夫人沉默了一下，以询问的眼神看了一眼王座下的中年男子。

那个叫温岳的男人点了点头："差不多。"

"方遒的能力成谜，你们肯定是声波吗？"

"八九不离十。"沈悟非指了指自己的脑子，"我的智力有 68，如果我的判断都是错的，那么其他人更对不到哪儿去。"

蔓夫人重新坐了起来："说说你们是怎么对付方遒的。"

"我制造了一批机器，本身有很强的防御能力，齐心协力剿灭了攻城的尖峰玩家，又暂时逼退了方遒。后来，我在这批机器里，加入了声波干扰器，能够有效破坏方遒的声波雷达。"

"什么机器？"

沈悟非一招手，一只三米多高的机械蜘蛛出现在了他们身旁。

林锦唰的一下抽出了腰间的巨剑："放肆！"

蔓夫人目光专注地盯着那机械蜘蛛，同时抬手制止了林锦："没事。"

沈悟非操控着蜘蛛在原地动了起来，动作非常敏捷。

"你们就靠这个东西打败尖峰的？"蔓夫人将信将疑。

"当然不止。"沈悟非诚恳地说，"我们在城内埋设了很多炸药，那一晚我们也是经历了一场血战，但是这些机械蜘蛛的确功不可没。它们是机器，精神力不强，最普通的蛊师都能够轻易操控，是非常好的护卫，攻击力相等的蛊，在系统里至少也要两三百积分一个吧。"

蔓夫人对宋栀道："宝贝，你试试。"

沈悟非把机械蜘蛛送给了宋栀，宋栀操控着蜘蛛满屋子跑了起来，就机械的灵敏度来说，这只蜘蛛已经非常优秀了。

宋栀如实道："蔓夫人，这东西还不错。"

蔓夫人笑了笑："有点意思，你们想跟我交易什么？"

"50只机械蜘蛛，换一枚变色龙符石。"

"变色龙符石？"蔓夫人低低笑了起来，"你知道一枚有多珍贵吗？我对你们的东西还算有兴趣吧，但它们不值一枚变色龙。"

宋栀也发出了笑声，仿佛听了什么笑话。

邹一刀咧嘴一笑："不值吗？它们可比你任何一员大将都靠谱多了。"

林锦厉声道："大言不惭，就这破机器还想赢过我们？"

沈悟非恭敬地说："蔓夫人既然看不上，那也没有办法，我们换个地方去换符石吧。"

"你们想去换哪枚符石？"

沈悟非笑笑："我们五个人能吃15枚符石，想要的符石太多了，变色龙不过是其中一个罢了，蔓夫人不愿意交易，我们肯定能找到其他愿意的。"

蔓夫人居高临下地看了他们几秒，樱唇微启："如果真的想要变色龙，你就要向我证明，这些蜘蛛真的值一枚变色龙。"

"蔓夫人希望我们怎么证明？"

蔓夫人指了指台下的三胞胎姐妹："随便你使用几只蜘蛛，只要你能冲破我的宝贝们的封锁，找到出路，我就跟你换。"

几人看向那三胞胎姐妹，她们全都是神执。这三个姑娘看上去都是十来岁的年纪，脸庞青涩，目光干净，似乎非常无害，难以想象她们会有怎样的能力，才配站在王座之下。

沈悟非道："好，我们试试。"

"去露台。"蔓夫人露出了兴致盎然的笑容。

林锦领着他们离开大殿，走向城堡高处。

舒艾的声音突然在每个人脑海中响起："我建立了沟通网，你们可以在这里说话。"

邹一刀突然狂吼道："好美啊！好美啊！"

乔惊霆哈哈大笑："你能不能正经点，我们要办正事呢。"

"你小子还不是一直盯着看。"

白迩道："沈悟非，你有把握吗？那三个神执不知道是什么能力，好像很神秘。"

"随机应变吧，反正，蔓夫人不会愿意我们把机械蜘蛛交给其他人，尤其是其他的列席者，所以才给我们这个机会，值得一试。"

乔惊霆调侃道："你小子是不是还有第三重人格啊，今天撒谎怎么这么厉害？脸都不带红一下的。"

"我还不是为了你们，我也很害怕的好不好……"

邹一刀道："我好像听过那三个小丫头的能力。"

"什么能力？"

"具体不太清楚，但听说她们可以把人困在一个地方，让人迷失方向、迷失感官，蔓夫人既然敢提出那个条件，就证明她对那三个丫头的能力很有自信。"

沈悟非道："越是那种故弄玄虚的能力，我反而越有把握。"

"实在不行，我们就抢。"乔惊霆毅然说道。

白迩道："嗯，抢。"

所谓的露台，其实是一个超大型的空中花园，蔓夫人显然很喜欢花。

每个城市的初始模样都是很小的——从城这头可以望到那一头，在生命树被标记之后，城主可以自由改变城市的面积、结构、建筑等，就像在玩儿实景的"模拟人生"，当然，越大的城市，越坚厚的城墙，越豪华的建筑，需要的积分就越高。蔓夫人的城市很大，她的城堡更是相当于大半个斗木獬，可见她手里有多少富余的积分。

乔惊霆环顾花园，说道："蔓夫人，咱们说好了，只要机械蜘蛛能逃脱你手下的封锁，就算我们赢，其间不能攻击我们的蛊师。"

"当然。"蔓夫人浅笑道，"但是，你们的蛊师，也不能使用除了机械蜘蛛以外的任何蛊和道具。"

沈悟非点头："好。"

"就给你……半个小时好了，半个小时之内，你和你的机械蜘蛛出现在我面前，就算你们赢。"

沈悟非点点头："开始吧。"

白迩一掌拍在沈悟非的背上："不许害怕，给我们丢脸。"

沈悟非被拍得一个趔趄，讪笑道："我尽量。"

那三胞胎姑娘的其中一个，朝沈悟非扬了扬下巴，笑容充满了朝气："喂，来吧。"

沈悟非走向了花园中心。

三胞胎对视一眼，均露出狡黠的笑容。

尽管有了不会被攻击的承诺，但沈悟非还是有些紧张，不过，他更好奇这三个小女孩的能力到底是什么。他看向自己的同伴们，想得到一个眼神的安抚，可是下一秒，所有人都消失了。

沈悟非一惊，快速环视四周，周围的景色没有任何变化。一花一草，静谧美好，可是所有的人都消失了。

乔惊霆等人眼见着沈悟非在原地打转，脸上的表情有些惊恐。他们心里也直犯嘀咕，看上去沈悟非好像在寻找什么东西，他有些担心地叫道："悟非，你找什么呢！"

可沈悟非却像是完全没听见一般，还在原地转悠，但身体慢慢平静了下来，似乎接受了"找不到什么东西"的现实。

蔓夫人掩唇轻笑，那一笑美过海棠春睡，暖过春风拂槛，可说出来的话却叫人暗自心惊："别白费力气了，他听不见你们的，私聊也没有用哦，我已经把他所处的整个区域都屏蔽了。本来你们连看都看不到他，但是……这样好玩儿一点嘛。"

舒艾皱眉道："蔓夫人把他关进了自己的结界里，这不是犯规吗？你可没说他还要突破你的结界。"

蔓夫人微笑摇头："放心吧，那个结界，只是防止你们互相传话的，没有其他作用。"

宋栀傲慢地仰着脖子："你们就乖乖地安静看戏吧，他现在只能靠自己。"

沈悟非在四周转了一下，发现确实看不到人之后，就在原地站定，思考他现在所处的境地。

目前的情况只有两种可能——三胞胎欺骗了他的眼睛或者三胞胎欺骗了他的大脑。

若是前者，情况还不算糟，若是后者就有些麻烦。三胞胎是神执，精神力不应该比他这个蛊师还强，若是三胞胎能够影响他的大脑，让他陷入周围的幻觉之中，看不到想看的东西，那他真的很可能失败。

验证究竟是眼睛还是大脑的办法也很简单。

沈悟非一下子召唤出了八只机械蜘蛛，让它们四下分散开来，近的就在他身边，远的走出了一百多米，刚才他和其他人之间的直线距离，肯定不超过一百米。

然后，他开启了最近一只蜘蛛身上的雷达探测器，顿时，周围所有金属物体都出现在了雷达范围内，他用眼睛扫描了一遍各个蜘蛛的位置，跟雷达图显示出来的位置一模一样。

沈悟非心中一喜。三胞胎没有控制他的大脑，周围的景象也不是幻觉，那么被蒙蔽的，就是他的眼睛了。

沈悟非意识到所有人可能都还在原位，只是他看不到，也听不到他们。这个花园面积非常大，他不可能靠闭着眼睛瞎摸去找人，而且他必须在突破这个封锁的同时，让蔓夫人看到机械蜘蛛的作用。

乔惊霆等人眼见着沈悟非一会儿在原地打转，一会儿召唤出机械蜘蛛四处乱跑，他们离得也不过七八十米，可沈悟非就是完全看不到他们，简直急死人。

"那三个丫头到底是什么能力，这么诡异。"邹一刀皱眉看着不远处嘻嘻哈哈的三胞胎，她们在以沈悟非的茫然无措取乐。

蔓夫人和她的手下们一脸得意，怕是这一招还未失手过。

"可能是让人产生幻觉。"舒艾道，"不知道他在那里看到了什么，不过看他没害怕，应该不是很可怕的东西。"

沈悟非差遣着八只机械蜘蛛，往八个方向爬行。不久之后，两只机械蜘蛛爬到了墙边，无法再前进，一只蜘蛛爬到了门边，它用锋利的金属刀腿砸了两下门，在那门上留下了两道深深的刻痕，还有两只蜘蛛，爬到了露台的边缘。这个露台有两面是无遮挡的，那两只蜘蛛听从沈悟非的命令，一往无前，竟直接从楼上掉了下去。

它们用金属刀腿紧紧攀附住墙壁，又爬了上来。

沈悟非进一步确定，他所在的地方和景物都没有变，但是所有人被隐藏了起来。他"看不到人"和"人被藏起来"是有本质区别的，前者是改变他的眼睛，后者是改变景象。万幸，三胞胎改变的是景象，这样的神执能力就说得通了。

　　他分析这三胞胎具备某种随心所欲操控周围景象的能力，让某些东西从视觉上出现或消失，但这种东西实际上还在原位，至少金属物体逃不过雷达探测器的眼睛。这次不管成功与否，回去他都要给他的蜘蛛们装上热源探测器，目前这些蜘蛛们的"眼睛"捕捉敌人，主要还是靠他的操控以及捕捉动态影像。

　　而下一步，他就要实验他的蜘蛛能不能捕捉到被隐藏起来的人类的动态影像，机械蜘蛛的视觉是通过对影像帧数的变化数据来判断物体的，就像人眼捕捉不到高速驶过的汽车，摄像机却可以，他的眼睛看不到的东西，机器未必看不到。

　　白迩看了一眼时间，已经过去了一半，尽管他面上没什么表情，但轻轻拍地的鞋掌还是泄露了他的一丝焦虑。

　　沈悟非一口气将50只机械蜘蛛全都召唤了出来，再次将它们四散开来。蜘蛛军团挥舞着金属刀腿，在空气中来回劈砍，头部也翻出了机关枪，一边砍，一边朝着"空无一物"的地方射击。

　　沈悟非闭上眼睛，仔细感受着每一只蜘蛛的动向，他现在对蜘蛛们的操控属于半自主形态，一旦蜘蛛捕捉到了动态影像，就会自动调转攻击方向。

　　突然，一只蜘蛛停顿了一下，然后将身体向左旋转了30度，可旋转完成后，它又顿了一下，接着继续无意识地劈砍。

　　沈悟非调动了周围的两只蜘蛛，一起围了过去，只要那个物体一动，蜘蛛就能敏感地捕捉到帧数的变化，尽管只是一瞬间，也足够它将身体转向该物体。沈悟非给这三只蜘蛛设定了被动攻击命令，即只有捕捉到动态影像的情况下才发动攻击。

　　被三只蜘蛛围困住的，正是宋栀。她试了三次，发现自己只要不动，蜘蛛也会停下，她一动，蜘蛛就会举起刀腿，调转枪头。

宋栀有些恼火："我们只说了不攻击蛊师，没说不攻击蛊吧。"

舒艾轻轻一笑："你攻击了，你的位置就马上曝光。"

宋栀冷哼一声，恼怒地站在原地，不动了。

沈悟非如法炮制，又接连发现了几个躲闪攻击的动态影像，均被他用蜘蛛一个一个地控制住了。

周围的景象突然发生了变化，所有的植物、鲜花都消失了，包括他的机械蜘蛛都消失了。世界变成了一片漆黑，什么都没有，只有孤独的黑。

沈悟非轻轻一笑，三胞胎着急了，她们的神执能力，似乎也呼之欲出，至少沈悟非对心里的答案已经有了八成的把握。

改变周围的影像现在对他来说意义已经不大了，所有机械蜘蛛的位置，都通过雷达探测清晰地出现在他的脑海里。他继续指挥着蜘蛛四处搜寻，终于，被他围困住的人的数量，完全对上了总人数，蔓夫人就在某几只蜘蛛的刀腿之下。

他看了一下时间，还有五分钟，他必须在五分钟之内，判断哪个是蔓夫人。

"只有五分钟了！"乔惊霆的语气也着急了起来，他看了看将他围起来的机械蜘蛛，又看了看不远处也同样被围着的蔓夫人，蔓夫人的表情依旧是气定神闲。

即便沈悟非锁定了他们，但他的盲目所有人都看在眼里。这里除沈悟非外，还有十一个人，沈悟非要如何从这十一个人里，找出蔓夫人？

沈悟非悄悄放出了一批蚂蚁，三胞胎把这里变成了黑色，她们自己恐怕也看不到什么了。

蚂蚁的嗅觉非常灵敏，它们靠嗅觉视物，靠嗅觉联络同伴，几乎是一种被嗅觉支配的生物。它们在沈悟非的命令下，朝着那十一个人爬去。

蔓夫人身上，有非常好闻的花香，她长期待在有鲜花的地方，体香比任何人都要重，尽管这个花园里到处是植物，但以草木为主，花香并不很浓郁，蚂蚁一定能分辨出其中细微的差别。

很快，蚂蚁就找到了一个香味最盛的人，沈悟非一步步朝那个方向走去。

在半个小时的时间马上就要耗尽之前，沈悟非站在了一片漆黑之处，微微一笑，恭敬地点了点头："蔓夫人。"

那被三只机械蜘蛛围困于中间的，正是巧笑嫣兮的蔓夫人。

所有人都能看到沈悟非，甚至听到他的声音，他点头的方向大概在蔓夫人的两点钟方向——稍微偏了一点点，说明他还是什么都看不到，但大体方位是完全正确的。

下一秒，沈悟非的眼睛里汇入了刺眼的光，他猛地闭上了眼睛，在适应光线之后，才慢慢睁开，眼前的景色恢复了原状，鲜花、绿植、朗朗晴空，还有人和他的蜘蛛们。

三胞胎不服气地小声讨论着什么，也不再嬉笑了。

沈悟非看向他的同伴们，咧嘴一笑，那爽朗的笑容一扫平日的怯弱自闭。

"哈哈，太棒了！"乔惊霆跑过来勾住了他的脖子，作势在他肚子上捶了两下，"太棒了你！"

舒艾脸上露出了放松的笑容，邹一刀在背后啪啪啪鼓掌，就连白迩也点了点头，难得赞扬他道："不错。"神情难掩欣喜。

沈悟非害羞地低下头，微笑不止。

"不错嘛。"蔓夫人轻轻拍了拍细白的手掌，含笑道，"竟然真的能识破她们的迷魂阵。"

三胞胎叽叽喳喳地叫道："这只是个演习罢了，要是动真格的，你肯定出不来。"那不服输的样子完全是小孩子心性。

沈悟非笑笑："动真格的，我也许真的出不来，但这局我已经赢了。"

乔惊霆痞笑道："愿赌服输啊，小丫头们。"

三胞胎看着乔惊霆的俊脸，顿时脸有点发烫，最小的妹妹周小北嘟囔道："本来就是演习，我们都没有攻击他。"

沈悟非点点头："你们的能力确实很特殊，能够完全改变周围的景象，也能把危险隐藏在安全的假象之下，让人防不胜防。"

蔓夫人挑了挑眉："哦，你知道她们是什么能力吗？"

"我猜是颜色。"沈悟非对自己的猜测颇有把握，"而且是一个人控制一种原色，三个人控制红、绿、蓝三原色，三原色能够制造出世间所有的色彩。"

几人皆是满脸惊讶。

三原色？

三胞胎顿时鸦雀无声。

蔓夫人纤细的指尖轻轻划过那丰润的唇，明亮的美眸中透出几分危险的神色："作为一个蛊师，你好像太聪明了。"

"我可以保证，绝对不把她们的能力透露出去。"沈悟非恭敬地说，"希望蔓夫人也能遵守约定，给我们变色龙符石。"

蔓夫人顿了顿，随即娇笑了两声："告诉我，你是怎么找到我的。"

"机械蜘蛛透过捕捉动态影像来视物，在三胞胎改变颜色隐藏你们的时候，只要你们一动，颜色必定要改变，所以影像帧数就会跟着发生变化。这种变化人的眼睛几乎看不到，但是机器可以捕捉到，所以我让蜘蛛无差别攻击，你们一定会躲，只要一动，机械蜘蛛就能锁定你们。"

蔓夫人点点头："很好，那你又是怎么找到我的？"

"这里只有你穿了一身单色的衣服，帧数变化最小，不过这个一般人无法判断。"沈悟非笑笑，他当然不会说自己犯规用了其他的蛊，"我比较聪明，我可以判断。"

蔓夫人看向宋栀："宝贝，你觉得这些蜘蛛怎么样？"

宋栀不太甘心地说："倒确实有点用处。"

蔓夫人朝着沈悟非柔柔一笑："我说话算话，这些小蜘蛛们，都留在这里，我给你们符石。"

沈悟非被那笑容撩得双颊滚烫，连连点头道："谢谢蔓夫人。"

乔惊霆等人均是喜形于色。

"不过。"宋栀道，"你要教会我怎么用。"

"当然。"

"你们真的很有意思。先回酒店休息一下吧，晚上过来拿符石。"蔓夫人风情万种地眨了眨眼睛，"顺便陪我吃个饭。"

邹一刀含笑道："这顿饭可比符石还珍贵啊。"

回到酒店的时候，邹一刀还一副被迷得晕头转向的夸张模样，其他人都不搭理他。

一进酒店，沈悟非一屁股坐在椅子上，用力搓着手，神经质地念叨着："好险好险好险，没被发现没被发现没被发现，紧张死我了。"

"你怎么了？抽风了啊。"乔惊霆拍了拍他的脑袋。

沈悟非把自己刚才用蚂蚁定位蔓夫人的事说了出来，他心有余悸地说："要是被发现了，肯定会被扔出城的。"

"你……"邹一刀严肃地说，"你肯定有多重人格吧，这真不像是你敢干出来的事。"

沈悟非都有些急了："我有什么办法，还不是为了拿到符石！"

舒艾笑道："悟非，你真的很厉害，又聪明又厉害。"

沈悟非害羞地摸着头发："也、也没有啦。"说完嘴角禁不住地上扬。

"知道你厉害了。"乔惊霆笑道，"哎，那什么三原色到底是什么意思？"

"世间万物的颜色，都是由红、绿、蓝三个不能被分解的基本颜色组成的，所以这三个颜色被称为三原色。"沈悟非道，"我在里面的时候，你们能看到我对吧？"

"能。"

"但我看不到你们，我看到的景色跟你们看到的一样，只是没有人而已。我做了一些测试，测试对方迷惑的究竟是我的大脑还是眼睛，最后我发现其实她们是改变了周围的景象，让我看不到人，并不是人消失了，所以我才猜测她们的神执能力是操控颜色。"

"那为什么是三原色呢？"

"我注意到她们三个总是一起行动，又是三胞胎，又同为神执。蔓夫人让她们困住我的时候，也没有特别指定哪个人，而是三个一起，所以她们三个人的能力，一定是相互辅助的。"

舒艾回忆了一下："对，她们确实是一起动作的，在围困你的时候，也在用眼神交流。"

沈悟非点点头："每个人选择神执或者异种能力的时候，都是根据基因决定的，三胞胎的基因无限相近，所以她们能够选择的能力肯定也是一样的。她们同时选择了颜色，但是一个人操控所有颜色，肯定有些吃力，那三个姑娘，看上去也不是很机灵，变换色彩需要非常高的行动力，否则就会被识破。所以她们三个选择一人操控一种颜色，由三原色组合成所有颜色，这样她们有三个人的反应速度，又有三胞胎的默契，所以才能配合得完美。"

乔惊霆感叹道："难怪她们说那只是演习，如果是在实战中，她们岂不是可以悄无声息地杀人？"

"没错，这种能力非常可怕，她们可能就站在你身后，你却看不到她们。而且，隐藏某个东西应该只是最简单的技能，她们肯定能够彻底改变景象，甚至制造幻象，没有洞悉她们的能力的人，一定会以为自己产生了幻觉，或者被假象迷惑，做出错误的判断。"沈悟非严肃地说，"如果有一天我们跟她们成为敌人，一定要定住心神。"

"蔓夫人身边果然有很多高手。"邹一刀摇摇头，"难怪其他人也不敢轻易动她。"

"蔓夫人最厉害的地方，就在于她的辅助，比如那三胞胎，她们那种完美的默契，不可能完全来自于基因，很可能有蔓夫人的功劳，我听说厉害的国仕，甚至能改变人的体质。"沈悟非以求证的目光看向舒艾。

舒艾给出了肯定的答案："国仕前期只能暂时改变人的体质，后期就能从本质上改变人，你们看到她的王座上那些鲜花了吗？"

"看到了，怎么了？"

"那些鲜花上面有轻微的灰尘，说明已经放了有一段时间了，但是它们都没有根，不可能存活那么久。"舒艾肯定地说，"那些花是靠她的能力保持鲜活的。"

"蔓夫人这么厉害……"乔惊霆点点头，"果然不容小觑。"

邹一刀吐了口烟圈："当然，毕竟，她可是 Queen 啊！"

趁着太阳还没下山，白迩留在酒店，其他人出门闲逛去了。

他们越是躲着，越是会让人以为他们害怕，大大方方地晃荡一圈，既能涨几分威风，也好满足一下城内玩家们的好奇心。他们希望消息早点传到尖峰和假面的耳朵里，这样那些虎视眈眈的人，也多少会有几分忌惮。

井木犴是一个非常好的城市，又大又繁华，大概是因为女性玩家居多，城内的基础建设精致而贴心，城市氛围也有几分休闲，就像一个热闹的海边度假村。当然，这种氛围仅限于城内，出了城，尤其是在怪点，依旧上演着各式各样的血腥故事。

他们随便逛了逛商铺，这里卖的东西多是周围怪点掉落的物品和符石，真正好的是不可能放在这里卖的，所以也不过是随便看看。

四人逐渐分开行动。邹一刀跑海边看比基尼美女去了，舒艾惊奇地发现这里居然还有卖玩家自己设计的衣服，耐不住天性，进了服装店就不出来了。

乔惊霆和沈悟非四处闲逛，发现了一家热闹的酒馆，酒馆里外都坐满了人，一顶顶太阳伞都摆到了人行道上，远处看去就像铺了一地的蘑菇，可见生意多火爆。

两人也走过去，挑了一张桌子坐下了，店外的招牌上写着他们的酒和食物都是自制的，系统里买不到。

他们的出现引起了周围人的注意，纷纷朝他们投以窥视的目光。沈悟非有些坐立难安，乔惊霆轻声道："淡定点。"

这时，服务员举着托盘过来了，从托盘上拿下两大扎啤酒、一盘椒盐薯条和一盘脆嫩焦黄的炸鸡块。那服务员是个年轻男人，斜了他们一眼后，说道："这里不点单，有什么上什么，20 积分。"

乔惊霆付了 20 积分。

服务员顿了一下，弯下腰，小声说："你们真的打败了'魔术师'方遒吗？"

乔惊霆咧嘴一笑："你们听说了什么？"

服务员看了看四周，悄声道："听说方遒带了尖峰十多个人去围剿你们，结果失败了，死了好多人。"

"啊，是啊。"

服务员看他们的眼神既惊讶又有些怀疑，同时夹杂着一丝崇拜，那表情颇有趣。

服务员走后，乔惊霆不解道："方遒真的没把那晚的事情说出来，是怕丢脸吗？"

"可能吧，毕竟被一个 9 级的人逼退，对于列席者来说是几乎不可能的事。"沈悟非抓了抓脑袋，"但是，这样我更害怕……"

"害怕什么？"

沈悟非轻叹一声，眼神变得有些茫然："自己的身体，却会被另外一个人随便操控，不知道会做出什么事情来，换做你，你不害怕吗？"

乔惊霆想了想，如果自己有这样特殊的人生，肯定也会提心吊胆，担心再也找不回自己的意识，担心自己的身体被拿去做自己不愿意的事，担心自己在毫不知情的情况下，消失在人世间。换做是谁，都会恐慌吧。他也不知道怎么安慰沈悟非，只能说："至少他救了我们一次。"

沈悟非苦笑道："嗯，算是吧。"

乔惊霆尝了一口啤酒，味道确实很好，有一种甘醇的爽感，他说道："这里跟其他城市很不一样。"他一时又说不上来究竟哪里不一样，当然不是女人比较多、城市比较漂亮这么简单。

"这里有生活气息。"

乔惊霆一击掌："没错，就是生活气息。"其他城市都有抹不去的游戏痕迹，唯独这里，让人能暂时忘了他们身在游戏中，仿佛来到了某个海边小城。

"禅者之心的城市也都有生活气息，甚至很有人文气息。"沈悟非回忆了一下，"越是这样的地方，吸引的玩家越多。"

"假面的城市最诡异，个个儿戴着个神经兮兮的面具。"乔惊霆撇了撇嘴，他对假面的印象最深，也最不舒适，那些人一个个都挺邪性。

"假面这个公会就是很诡异，在游戏中以凶残冷血著称。"沈悟非皱了皱眉，"不过这次很奇怪，他们一直没什么动静，这让我更加担心。"

"我也挺担心的，那个赵墨浓一看就不是省油的灯，可能看到尖峰失败了，所以在筹备什么？"

"也许我们回到斗木獬，假面的人就在那儿等我们了。"沈悟非思索道，"但也有可能，假面看到尖峰的失败，会放弃追捕我们，避免浪费人力物力。"

"不可能吧，那样岂不是让他们威严扫地？"

沈悟非道："假面的人行事都不按常理出牌，没有那么强的荣辱观念，毕竟就是我们全都死了，他们也得不到什么实质的好处。当然，这只是我的希望，我也不知道之后会有什么等着我们。"

"凡事做最坏打算。"乔惊霆又灌了一口啤酒，痛快地吁出一口气，"然后做最好准备，就算真死了也无憾了。"

突然，酒吧内传来一阵骚动，周围很多人都起身涌入酒吧里，很快里面就被围得水泄不通。

两人也好奇地往里张望了一下，但什么也看不到，他们也没打算去凑热闹，就继续自得地喝酒。

直到适才的服务生从他们身边经过，乔惊霆一把拉住他，问道："里面怎么回事？"

服务生双颊泛红，表情很是兴奋："'赌徒'来了，他在开赌局。"

"'赌徒'？"

"嗯，游戏里最擅赌博的人。"服务生急匆匆地往里走去，"我要赶去下注。"

乔惊霆来了兴趣，也起身往里看，他个子高，倒真的越过层层人头，看到了酒吧最里面，一个容貌极为英俊的男人，正左拥右抱着两个性感美人，大咧咧地直接坐在了吧台上，派头十足。

乔惊霆也想进去下个注，看看他们在玩儿什么，沈悟非催促道："舒艾出来了，我们走吧。"

舒艾提着一个大大的纸袋，脸上难掩兴奋："这个城市真好玩儿，我感觉自己好像回到了现实中。"

"买了不少东西啊。"乔惊霆顺手从她肩上拿过袋子，"走吧，回去了。"

"你们刚才在干什么？"

"在对面的酒吧喝了点酒，然后……"乔惊霆看了一眼越来越多人聚集而去的酒吧，"那里有人开了赌局，好像挺有意思的。"

"下次再看吧，我们差不多要去赴蔓夫人的晚宴了。"

舒艾脸上带笑，可眼中又难掩一丝失望："这个城市，以后我们还能来吗？"

"不知道，但是蔓夫人肯定不会让我们久留的。"沈悟非叹道，"否则她就是给了尖峰和假面名正言顺上门找事的理由。"

"她能留我们吃饭，我也很惊讶。"乔惊霆道，"不过，吃饭不会只是吃饭，不知道她想干什么……不会是鸿门宴吧？"

"吃饭肯定不只是吃饭，但鸿门宴应该也不至于，我非常期待她要跟我们说什么。"沈悟非微笑道，"也许我们的机会要来了。"

蔓夫人的一个手下来接他们，看上去是个内侍，等级只有 7 级，相貌非常温婉，细声细语地提醒他们不可以穿着便服，要换正装。

于是他们临时在系统里换了身西装。

乔惊霆扯了扯收紧的领口，怎么都觉得有些别扭，他抱怨道："干吗非得穿这样。"他看着镜子里那个俊帅挺拔的小伙子，对这副皮囊他还是满意的，虽然没什么大用处。

"在人家的地盘上，要听话。"邹一刀一身笔挺的黑西装，宽肩窄腰长腿，正装掩去了几分痞气，完美烘托了成熟男人的魅力。

沈悟非把一头长发松松地扎在了脑后，他平时喜好穿着宽松的棉麻衣裤，再披一个很大的披肩或斗篷，把自己彻底包裹起来，如今换了一身利落的装束，整个人都精神了很多。平日里怯弱的神情，如今看来甚是温和无害，反倒有了几分英气。

白迩则是一身白西装，整个人白得好像在发光，他时常给人一种如梦似幻、并非凡人的错觉。

舒艾换上了新买的香槟色礼服裙，她容貌秀雅，肤白胜雪，活脱脱就是每个男生都向往过的清纯校花，那恬静美好又带着丝丝疏离的气质如兰花一般静静绽放。

邹一刀夸赞道："真漂亮，第一次看到你穿裙子。"

舒艾看着镜中的自己，抿唇一笑："裙子……不方便行动。"她一时沉溺在了镜中的影像，恍然间觉得自己还是那个普通的大学生，过着普通却充实的生活。可是这样的想法持续了不过几秒钟，她悄无声息地叹了口气，"走吧。"

他们再次被带进了蔓夫人的城堡，但这一次没有去大殿，而是直接被带进了餐厅。

今天白天见到的那些人，都一一在座，看来他们就是蔓夫人的骨干成员了。

蔓夫人换了一身橄榄绿色的长裙，一头卷曲的长发绾了一个松松的髻，零散的发丝垂落在脸颊两侧，透着随性慵懒的性感，关于她的每一帧画面，都美得出尘绝艳。

蔓夫人微微一笑："请坐。"

几人纷纷落座。

蔓夫人手边的一个丝绒小黑盒子，凌空飘了起来，直接飞到了沈悟非面前。

沈悟非一把接过盒子。

蔓夫人轻轻支着下巴，懒懒地说："打开看看。"

大家都猜到里面是什么了，沈悟非反而因为过于期待而不舍得马上打开。

这可是他们得到的第一块S级符石！

蔓夫人失声笑道："你紧张什么，难道我会向你求婚吗？"

沈悟非的脸立刻红透了，赶紧打开了盒子。果然，里面躺着一块灰黑色的石头，上面画着简易的变色龙符号。

"多谢蔓夫人。"沈悟非马上道。

"不客气。"蔓夫人笑着说，"你们运气很好，变色龙可是井木犴最好的符石，我通常用它来交换等值的东西。"

沈悟非马上说道："我们的机械蜘蛛，就是等值的东西。"

"嗯，它们还不错，但也没有特别好……"蔓夫人眨了眨眼睛，"只是我很喜欢你们，所以就送给你们吧。"

机械蜘蛛确实没有特别好，同等级的蛊，系统里至少要两三百一只，所以它也不算差，尤其是上了一定数量之后，攻击力是很可观的。它最大的优势是制造它们的人是一个蛊师，把蛊师的精神力操控完美结合了现代机械的运转，所以同等级的蛊，操控机械蜘蛛耗费的精神力要少得多，这对于战斗就是消耗精神力的蛊师来说是非常重要的。总之，这50只机械蜘蛛对于蔓夫人来说绝不是必需品，可拿一枚变色龙交换，她也并不吃亏，真正让她同意交换的最重要原因，只有一个——她不愿意把机械蜘蛛让给自己的敌人。

当然，没有人会戳破她，邹一刀恭维道："受宠若惊。"

蔓夫人朝他暧昧一笑，目光放肆地上下打量了他一番，邹一刀但笑不语。

"变色龙你们已经拿到了，接下来有什么打算吗？"蔓夫人环视一圈，目光最后落了乔惊霆身上，"不知道为什么，你等级最低，但好像这些人很重视你的意见，是我的错觉吗？"

乔惊霆笑笑："我们重视每个人的意见。"

"那你们的意见是什么？"蔓夫人细白的手指捏起高脚杯，优雅地喝了一口红酒，语气变得不容置喙，"不管是什么，今晚你们要离开井木犴。"

"当然，我们一定走。"乔惊霆看了看自己的同伴，"我们，暂时会回斗木獬。"

"回斗木獬？这个一直受冷落的小城，算是因为你们出名了，你们还敢回去？"

"我们总得找个地方赚积分。"

"狩猎模式赚得不够吗？"蔓夫人眼中闪过一丝精光。

邹一刀挑了挑眉："蔓夫人怎么知道我们进了狩猎模式？"

"斗木獬跟尖峰一战后，你们就消失了半个月，很多人都在打听你们的去处，游戏里找不到你们，你们就只可能进入狩猎模式了。"

"没错，我们去完成了一个副本任务，虽然积分很高，但是风险非常大，我们不可能一直马不停蹄地去刷狩猎副本，也需要回到正常的游戏模式下，赚取积分。"

"所以你们要回斗木獬。"蔓夫人深深地看着他们，"哪怕是回去送死？"

"蔓夫人可是听说了关于斗木獬的什么传闻？"

"我不知道斗木獬现在怎么样，但是我知道，尖峰一定不会放过你们，你们打算怎么办？"

内侍陆续上了精美的菜肴，可是提到尖峰，众人胃口全无。

乔惊霆耸了耸肩："兵来将挡，水来土掩。"

"蔓夫人对我们，有什么建议吗？"沈悟非对上蔓夫人的眼睛，仔细辨认着她的眼神和表情，猜测着她的意图。

蔓夫人微微垂下头，用指尖轻轻戳了戳酒杯，低声道："你们觉得，这个游戏真的会产生一个 Ace，然后顺利离开吗？"

几人对视了一眼，不知道蔓夫人提的这个问题，是什么用意。

沈悟非道："游戏中一定会产生 Ace，但他能不能离开游戏，我不确定。"

"我不相信。"蔓夫人抬起头，美眸透出犀利的光芒，"我不相信有人能离开这个游戏。"

"为什么蔓夫人这么肯定？"

"说我是直觉也好，猜测也罢，我就是觉得，游戏的制作者费这么大的力气，建造这样一个游戏，把几千人拉入其中互相残杀，一定有其重大的用意。若是升级成为尊就能轻易离开，那离开之后又是什么呢？游戏就结束了吗？并没有，其他人还在游戏中。我们经历的一切，总不会真的是一场神的娱乐吧？我不相信有人或神，会为了单纯的取乐做这一切，一定有更深的用意，是我们不知道的。"蔓夫人十指相扣，不自觉地握紧了。

沈悟非点点头："而且，把强化过的人放回现实世界，一定会引起巨大的骚乱，这应该是游戏的制作者不想看到的。所以，究竟会不会有

Ace，有了之后，他能否真的离开游戏，是我们也一直怀疑的。"

蔓夫人嘲弄地一笑："我处于一个最尴尬的位置。"

众人沉默了。

"我并不想成为 Queen，但是现在骑虎难下了。"蔓夫人拨弄着那头浓密的卷发，眼神有几分孤冷、寂寞，她微微一笑，"现在游戏中有四个 Jack，只要产生一个 Queen，King 就一定会行动。"

"……行动。"

"对，他会想尽办法，强迫我们决斗，产生第二个 King。"蔓夫人轻轻抱住了肩膀，"我处于一个……必死的位置。"

蔓夫人那忧虑又无奈的模样，确实楚楚可怜，在场人均微微动容。她倒也不是危言耸听，没有什么意外的话，她早晚要死。即便她最后成了 King，身为一个国仕，就算周边有再多的人保护，恐怕也不会是另外一个 King 的对手。

唯一有悬念的，不过是她会死在谁手里罢了。

沈悟非沉默了一下："既然如此，蔓夫人就更不能坐以待毙了。"

"我当然不会坐以待毙。"蔓夫人苦笑道，"可我该做的可能都已经做了。"

邹一刀摇了摇脑袋："你做的只是最大限度的防守，要知道进攻才是最好的防守。"

蔓夫人深深地看着邹一刀："是吗，那你觉得，我该进攻谁呢？"

"蔓夫人心里应该有自己的名单吧。"

蔓夫人浅浅地抿了一口酒："我的名单啊，那就长了。"

乔惊霆微眯起眼睛："是长到所有的 Jack 都在列吗？"

蔓夫人勾唇一笑："游戏中只能有一个 King，你们明白吗？"

"或者一个 Queen。"白迩冷冷地说。

"对，只有一个。"蔓夫人的双眸扫过众人，"游戏中已经很久没有出现有潜力的新玩家了，你们这样声名鹊起的就更少，冒着生命危险回斗木獬，有点可惜了。"

"确实，可蔓夫人也不愿意我们留在井木犴啊。"乔惊霆的目光颇玩味，大家都猜到了蔓夫人的别有深意，就是不知道她会提出什么样的条件。

"井木犴的入城费，可不止500积分那么便宜，尤其是对于你们这几个危险分子。"蔓夫人露出魅惑的笑容，"但只要你们给我一样东西，你们就可以永远留在井木犴，并在城内得到绝对安全的保证。"

"蔓夫人想要什么？"

"一个Jack的人头。"

"哪一个？"

"任何一个。"蔓夫人一字一顿地说道。

乔惊霆失笑："蔓夫人，杀死一个列席者，和从列席者手下逃脱，你觉得哪个难度更大一些？"

"难道你们喜欢无止境地从列席者手下逃脱吗？"蔓夫人轻笑着说，"被追得像丧家犬一样上天入地，多可怜。"

乔惊霆剑眉微蹙。他这个人经不起激，尤其是被这样一个风华绝代的女人嘲弄，但他也不好反驳，只能气闷地看了沈悟非一眼，指望沈悟非能呛回去。

没想到沈悟非竟毫不犹豫地点了点头："您说得有道理。"

乔惊霆在桌子底下踩了他一脚。

沈悟非没有理他，只是说道："蔓夫人的'入城条件'，我们会好好考虑的。"

蔓夫人含笑点头："吃饭吧，大家都饿了吧。"

话已点到，蔓夫人不再赘言，聊起了无关轻重的东西。

几人却是各怀心思，都没怎么吃得下去。

吃完饭，沈悟非教宋栀操控机械蜘蛛，还特意给她写了一个使用手册，其实只用精神力，也足够操控它们，但了解机械功能能够更好地发挥它们的战斗力。

结束之后，他们也不多留，带着变色龙符石，算是心满意足地离开了井木犴，回到了他们的老巢斗木獬。

斗木獬依旧是那般冷清，他们明明离开没多久，却有种恍如隔世的感觉。

斗木獬还有一户房子的灯亮着，乔惊霆打开降魔榜看了看，城内果然有个陌生人，但是那个陌生人很快就消失了，那栋房子的灯也跟着熄灭了。

"这是派来监视我们的吧。"邹一刀并没有在意，"这鬼地方还是这么冷，赶紧进屋。"

他们一起回到了沈悟非的别墅里。

令沈悟非欣慰的是，这座城市还在乔惊霆手里，被设置了保护机制的他的房子，自然也就完好无损，没有被人染指，很多他带不走的东西，也都原封不动地等着他。

他们手捧着热腾腾的茶，围在起居室的壁炉前取暖，有好几分钟的时间，都没人说话。

白迩先开口了，不客气地对沈悟非说："符石。"

"哦。"沈悟非似乎才想起来一般，把那个绒布盒子扔给了白迩，那盒子都带着一股令人迷醉的香味。

白迩打开盒子，拿出了符石。

几人也都凑了过去，好奇而又期待地看着那块符石，白迩将是他们中第一个吃符石的人。

白迩明眸闪动，符石在他掌心里发出了柔黄色光芒。

乔惊霆一把抓住他的手腕，环视众人，咧嘴笑道："说好了的，咱们要吃就吃最好的符石，这只是第一块。"

邹一刀哈哈笑道："必须的，要吃就吃最好的。"

乔惊霆松开了白迩的手，改摸了摸他的头发："吃吧。"

邹一刀调侃道："这个怕是要把牙崩掉……"

符石当然不是真的用来"吃"的，它缓缓飘了起来，逐渐变得透明，最后几乎和空气融为一体，汇入了白迩体内，白迩整个人都被笼罩在柔光里。

白迩闭上了眼睛，呼吸变得有些急促。他感觉到一股难以形容的力量在他体内扩散，有些像洗神髓的时候的感受，但短暂，也和缓得多。

乔惊霆指指白迩的脸，悄悄说道："看吧，我说他皮肤有点透明，你们看。"

沈悟非也好奇地凑了过去，跟乔惊霆一起看白迩的脸，白迩的皮肤细致如婴儿，又是无色人，在柔光的映衬下，梦幻般通透。

舒艾揪着两人的衣摆，想把他们拽回来："太没礼貌了你们！"

可惜还没来得及拽回去，白迩已经"唰"地睁开了眼睛，白色的睫毛还猛地颤了一下，显然眼前的两张大脸也把他吓一跳。

白迩冷冷道："看什么。"

两人干笑着坐回了自己的座位，乔惊霆满脸期待地问道："怎么样？怎么样？"

白迩顿了顿，身体在下一秒突然开始变得浅淡，就好像在被逐渐调低透明度一般，整个人的肤色越来越浅。很快，就能透过他的身体看到背后的景物了。

众人虽然知道变色龙会是怎样的效果，但还是惊住了，齐刷刷地盯着白迩，眼睛都不带眨一下的。

最后，白迩整个人在他们眼前活生生消失了。

只不过，下陷的沙发坐垫和被踩扁的长绒毛毯，还是泄露了他的存在。

接着，白迩动了一下，他的身体立刻显露在了大家眼前——并非原来的白迩，而是附着着周围景物颜色的白迩。在他动的一瞬间，他的身体在调整新的颜色，但是这中间几秒的时间差，已经足够别人发现他。

几秒之后，白迩又消失了。

"这石头太好玩了！你成隐形人了呀，白迩！"乔惊霆高兴得连连鼓掌。

邹一刀羡慕地说："这石头真好啊，可以光明正大偷看姑娘洗澡。"

舒艾佯怒道："只有你能想到这种用途！"

沈悟非摸着下巴："他不是真的隐形，变色龙的技能只是让他的身体能改变颜色以适应周围景物，他融入了景物里。"

"看上去就像隐形了一样。"

"如果是真的隐形就好了，这个技能虽然厉害，但还是有缺陷的，"沈悟非问道，"变色龙符石是不是也需要加点？"

白迩道："需要，缩短变色时间。"

"嗯，果然如此，现在的变色速度太慢了，差不多要三到四秒才能完全改变颜色，目前只能用来潜伏，一动弹就露馅了。"

"我会把它缩到最短时间的。"白迩的口气难掩兴奋，"这个符石，很好。"

几人都有些羡慕，乔惊霆问向沈悟非："有没有什么符石适合我们吃，又相对容易得到的？"

"你要最好的，就没有容易得到的。"沈悟非无奈地耸了耸肩，"'符石'分为强化型、职业型和技能型。强化型就是加六项强化数据的，比如白迩想要的'风暴之主'，就是加速度的顶级符石；体能的顶级符石'狂战士'，你和刀哥都需要吧；加智力的顶级符石叫'学术家'，我特别想要。职业型就是只有特定职业才能吃的符石，都是在职业基础上提升的，比如异种的顶级符石有'巨人之怒'，神执的顶级符石有'元素使'，国仕的顶级符石有'大天使之手'……总之，数不胜数。变色龙就是技能型符石，无关职业，什么人都可以吃的，可以获得一种特殊的技能，这种符石是最多的，而且很多都毫无用处。"

舒艾听得有点头晕："游戏里到底有多少符石啊，我之前浏览过，但实在太多了，我看不过来。"

"游戏中可以买的有三百六十七块，还有很多隐藏的或者特殊任务才出的就无法统计了，比如 King 最想得到的那块'涅槃'符石，他至今都没找到。"

"管他有多少，我们去找最好的就行了。"白迩的符石技能着实让乔惊霆眼馋，他不禁也对自己能够吃的符石充满了期待。

"我有空会整理一份最适合我们吃的十五块符石和怪点地图，我们可以根据难易程度，商量一下去打哪一块。不过你们要有心理准备，所有顶级的强化型符石和职业型符石，都出自 U 级怪或任务，系统里要么买不到，要么买不起。所以我们可以先去打技能型符石，其中有一些跟变色龙的难度差不多。"

"好。"乔惊霆摩拳擦掌，跃跃欲试。

突然，乔惊霆收到一条城市警报，跟当初方道强行入城时的提示一模一样，有人强行入城了！

乔惊霆猛地站起来，快速扫了一眼降魔榜——赵墨浓！

"怎么了？"

"赵墨浓来了。"乔惊霆抓起大衣披到身上，大步流星地走向门口。

几人相视一眼，也快步跟了上去。

城内的 NPC 守卫已经自动去攻击入侵者，乔惊霆赶紧阻止了它们，免得做无谓的牺牲，一个 200 积分呢。

那被苍茫大雪装裹着雾凇的树下，站着一个熟悉的身影，正是有过几面之缘的赵墨浓，他的半边脸上依旧覆盖着华丽的面具。

赵墨浓的气质非常独特，优雅中带着丝丝阴郁，像个撑着伞走到大雨里的绅士，整片阴天都是他的背景。

乔惊霆在距离赵墨浓十米开外的地方站定，冷冷地看着他。降魔榜显示，城里只有赵墨浓一个外人，但是城墙外有多少人埋伏，就说不准了，那些人只要不入城，就不会显示在降魔榜上。

　　赵墨浓抬头看了看漫天飘雪，似笑非笑地说："这种小城，我原本绝对不会来的，居然浪费了我 1000 积分。"

　　"不舍得积分，从外面入城就行了。"乔惊霆戒备地看着赵墨浓，眼前这个 10 级的男人，有着不输列席者的实力，是游戏中的顶级蛊师。传说他有一个杀手锏的蛊，至今没有人知道是什么。

　　"麻烦，这么冷的天……"赵墨浓淡淡一笑，目光扫过乔惊霆及他身后的人，"不用紧张，只有我一个人。"

　　"你胆子倒是不小。"邹一刀嗤笑道，"你再厉害，能打得过我们所有人吗？"

　　"可能打不过，但是你们也抓不住我。"赵墨浓的身上多出了一件裘皮大氅，他道，"我今天来，是来解决我们之间的矛盾的。"

　　"方遒和尖峰十多个人都没能解决，你一个人解决？"乔惊霆冷笑一声。

　　"方遒啊，没脑子。"赵墨浓笑着摇头，"尖峰的人都没什么脑子，又好面子，为了你们浪费了那么多人力，简直得不偿失。"

　　"看来假面聪明多了，所以你打算怎么解决我们之间的矛盾？"乔惊霆问道。

　　"用最简单的方式解决。"

　　乔惊霆不耐道："说话别拐弯抹角。"他总觉得赵墨浓那面具下的脸在嘲讽他，他讨厌假面这些人的阴阳怪气。

　　"我们之间的恩怨因你而起，也应该由你来结束。"赵墨浓勾唇笑道，"你杀了我的人，我必须给公会一个交代，但是像尖峰那样兴师动众地来讨伐……你们真的不配。所以，不如由你个人，代表你所有的同伴，跟假面来一场决斗吧。"

　　乔惊霆阴沉地看着赵墨浓。

　　沈悟非有些怕赵墨浓这个笑面虎，不太想说话，但这时候他又必须说话，免得乔惊霆被绕进去："跟谁，几级，怎么决斗？"

赵墨浓看了沈悟非一眼，笑道："跟我的一个手下，10 级异种，在决斗之城昴日鸡公开决斗。"

"10 级？！"白迩怒道。

"对，10 级。"赵墨浓微扬着下巴，表情仿佛成竹在胸，"你赢了，假面永不追究旧日恩怨，你输了，你死，恩怨也一笔勾销，这个决斗，是不是对你很友好？"

"不可能。"沈悟非握紧了拳头，"我们不会答应这样实力悬殊的决斗。"

乔惊霆死死地瞪着赵墨浓："什么时间？"

"乔惊霆！"舒艾厉声道，"我们不能答应！"

"就这个月底好了。"

"我们……"

"好，我答应。"乔惊霆昂首看着赵墨浓，"我赢我输，假面都不会骚扰我的同伴。"

"对，君子一言。"

"就这么定了。"

"乔惊霆。"邹一刀揪起他的领子，"你脑子里在想什么？！ 10 级的异种！"

"就像他说的，这个办法最'简单'。"乔惊霆的目光没有丝毫动摇，"我们不可能一直四处躲藏，如果只是挑战一个人，我愿意。"

赵墨浓低笑道："从我见到你的那天起，我就很欣赏你。可惜，如果你当时答应成为一个假面，我一定会好好培养你的。"

"谁要戴那个怪里怪气的破面具，你们公会从上到下都像变态。"乔惊霆指着赵墨浓，"月底，还有两个星期，我一定会在公开决斗上打败假面！"

赵墨浓轻轻拍了拍手："我非常期待。"

The Abyss Part Three

Game —

　　四人站在电梯正中央，周围是一群提着机关枪瞄准他们的机器人，这派头颇有几分豪气。

　　电梯缓缓攀升，透过玻璃塔的透明外墙，主楼的风景也在视线中一览无遗，从三层开始往上，每一层都密密麻麻地站满了机器人，数量之多，恐怕要以万计。

深渊游戏 II · 海妖王号

赵墨浓扔下个炸弹就走了，留下乔惊霆被所有人批斗。

舒艾难得情绪激动地说："你怎么能答应这样的决斗？赵墨浓就是想借机杀了你！"

"你真是太冲动了，至少让我跟他还还价。"沈悟非叹了口气，一脸的担忧。

邹一刀和白迩则沉着脸坐在一旁不说话，一个抽烟，一个玩儿匕首。

乔惊霆满不在乎地一笑："你们干吗都觉得我会死，万一我赢了呢。"

"这里就有个 10 级异种，你打得过我吗？"邹一刀瞥了乔惊霆一眼。

"没试过又怎么知道。"想到邹一刀的实力，乔惊霆心里确实没有底，但他性格一向如此，他觉得值得，就义无反顾。不管他输或赢，至少其他人不用再被假面纠缠，怎么也是划算的。

"你觉得你在拯救我们吗？"白迩冷冷说道，"我们是要一起离开游戏，不是让你一个人去逞英雄。"

乔惊霆耸了耸肩："可我觉得我会赢啊，我命这么硬，不该死在这里。"

"你简直……"舒艾气得脸都涨红了。

乔惊霆轻轻一笑："你们与其在这儿骂我，不如想想怎么帮我，我要在决斗之日前尽可能地强化自己。"

沈悟非沉默了一下，轻轻叹了口气："你说得对，如果你能赢，就皆大欢喜。"

舒艾沉声道："一个 7 级的人，能赢 10 级的吗？"

"我杀过 9 级的。"

邹一刀严肃地说："除了列席者，游戏中最强大的就是 10 级玩家，列席者才几个？你要挑战的是游戏中最厉害的那百分之一。"

乔惊霆点点头："我知道，所以就别浪费时间了，我们去刷积分吧。"

"等等。"邹一刀思索道，"你需要大量积分强化，光靠刷怪可能不够，而且，斗木獬也不安全，趁着尖峰的人还没想好怎么处置我们的时候，可以在这儿留几天，但是我们还是得去刷一个狩猎任务。"

一提到狩猎任务，几人呼吸一滞，均沉默了。

狩猎任务的积分确实很多，同样时间条件下，他们刷海妖王号的积分是正常模式下的四五倍，还能得到一些装备、符石，要赚积分，自然是狩猎模式更好。只是海妖王号给他们留下的阴影还没有消退，想想都浑身发冷。

白迩点点头："没错，我们要去狩猎模式。"

沈悟非嗫嚅道："还……还去啊……"

"如果我们真的连斗木獬都待不下去了，那唯一赚积分的途径，就只剩下狩猎模式了。"

乔惊霆赞同道："我也是这么想的，风险和收益并存，狩猎模式赚积分太快了。"

舒艾轻声道："井木犴呢？如果斗木獬待不下去，井木犴可能是最后的选择，你们对蔓夫人的提议有什么想法？"

他们这才想起来，回来之后，又是看白迩吃符石，又是赵墨浓突然到访，他们还没来得及商量蔓夫人的事。

"我们也想杀一个 Jack，哪个都行。"邹一刀掐灭了手里的烟，"余海、方道，还有尖峰和假面的老大，哪个不是我们的敌人，哪个不是我们欲除之而后快的？可是，这个条件太难了。"

"确实。"舒艾分析道，"四个 Jack，刚好隶属于游戏内的三大公会，我们已经得罪了尖峰和假面，若是再加上一个禅者之心……"

邹一刀寒声道："余海我早晚都会杀了他，他也是四个 Jack 之中最弱的，但现在确实不能和禅者之心为敌。"

沈悟非道："我倒觉得，余海跟禅者之心的关系已经不牢靠了，从他主动要成为比自己的首领等级还要高的列席者的那一刻起，就足以见他的野心。现在游戏里的 10 级玩家至少有二三十，有几个敢成为列席者？他太张扬了，禅者之心里，肯定也有很多不服他的。"

"余海不会满足于一个 Jack 的，等他准备好了，他就会去挑战另一个 Jack。"邹一刀目光空洞而冰冷，"现在倒确实是杀他的好时候。"

"我去买一些情报吧，看看禅者之心内部现在到底是个什么状态。"

"还有卖情报的？"乔惊霆惊讶道。

"赏金之城房日兔也是游戏内最大的情报集散地，只要舍得积分，几乎什么情报都打探得到。"沈悟非道，"这件事交给我吧。如果真的在不得罪禅者之心的情况下干掉余海，进入井木犴活动，对我们来说是一举多得。"

邹一刀嗤笑一声："蔓夫人这个算盘倒是打得好，想铲除潜在的敌人，又不想自己动手。"

舒艾皱眉道："幸好她没有指定是哪一个 Jack。其实干掉余海对她来说并不是好选择吧，因为另外三个，无论哪一个成为 Queen，都比余海更有威胁。"

"这倒也不一定。"沈悟非笑笑，"如果余海成为 Queen，虽然她杀余海难度小很多，但 King 强迫他们决斗的难度也会小很多。反倒是另外三个 Jack，本身实力就能和 King 一战，身后还有公会支持，King 肯定无法为所欲为，这样蔓夫人还能再制衡很长一段时间。所以无论最后谁会成为 Queen，对她来说都各有利弊，但另外一个 Queen 越晚出现，对她就越有利，她巴不得所有 Jack 都死光，这样 King 就永远不敢动她，也许她压根儿就没打算离开游戏，想在游戏里养老的也大有人在。"

"有道理啊……"

沈悟非道："别小瞧了这个女人，这样招摇的长相，却能一步步走到今天的地位，还收了这么多忠心的手下，双商了得。"

邹一刀笑道："其实，也挺可怜的，夹在列席者之间上下制衡，她所处的，绝对是整个游戏里最微妙的一个位置，她能把牌局打成这样，确实了得。"

乔惊霆调侃道："刀哥是不是格外怜香惜玉，恨不能去拯救她？"

"说真的，要不是遇上你们这帮不省心的兔崽子，我离开新手村之后，就打算去效忠她了。"邹一刀嬉笑道，"每天被一群姑娘包围，多幸福啊。"

白迩站起身："好了，我们去刷积分吧，别浪费时间。"

"你们去吧，我要好好规划一下接下来的行动。"沈悟非道，"舒艾，你要一直开着沟通网，如果有人入侵，我们要第一时间联系上对方，尽快回我们的船上。"

"好。"

经历过海妖王号上的虫海，再面对正常模式下的怪，杀起来毫无压力。而且经此一役，众人实力都有所增长，现在的怪无论是难度还是积分都无法满足他们了。

杀了一个晚上，太阳升起的时候，他们回了城。

乔惊霆决定马上进入虚拟系统，去熟悉积分更高的怪。

在进屋之前，白迩叫住了他。

乔惊霆停下脚步，回头看着白迩："怎么了？"

白迩关上了门，两人站在雪地里，互相看着对方。

乔惊霆："你不会是还要说决斗的事吧。"

"嗯。"

"都已经定了，对哥有点信心吧。"

"所有的事情都是因我而起的。"白迩一眨不眨地看着乔惊霆，"决斗让我去吧。"

乔惊霆双手环胸，不赞同地说："我已经说过，别再提因为谁而起了，我们从新手村一起走到现在，早已经是生死之交。你的敌人，就是我们的敌人，其他人也一样，你再提这些，我就揍你了。"

白迩眼中闪烁着一些难懂的情绪，他轻声道："你们都想离开游戏，但我不一样，我无所谓，甚至……留在这里可能更好。"

"你为什么这么想？想留在这里的人，都是没有能力离开的，但是我们……"

"因为没有人期望我回去。"白迩颤声道。

乔惊霆怔住了。他在白迩眼里分明看到了极致的哀伤，哪怕转瞬就消失，也被他捕捉到了，他心里格外难受："怎么会没有人期望你回去，你家人呢？你最喜欢的那个弟弟呢？"

"我死了对所有人来说才是最好的。"白迩抿了抿唇，"你们都想活下去，为什么不让我这个死活都无所谓的人去决斗呢？"

乔惊霆厉声道："简直胡说八道，这里没有人希望你死，大家都喜欢你，把你当同伴，我们要一起活下去，一起离开游戏，一起，明白吗！"他不知道白迩来这里之前，究竟经历了什么，才能说出这样的话，这个总是很沉默的男孩儿，究竟在背负着什么？

白迩垂下了头去："……早晚有一天，我会让你们失望的。"

"别人希望你去死你就真的不想活了，确实挺让我失望的。"乔惊霆用力揉着他的脑袋，"你不是说你欠我命吗，那你是死是活，应该我说了算。"

白迩抬起头，静静地看着乔惊霆，雪白的头发都被乔惊霆的手压扁了。

"我要你好好活着，跟我们一起杀出深渊。"

白迩沉默不语。

"决斗的事你不用担心。再说，就算我让你替你也替不了，杀了假面玩家的是我，赵墨浓想要的也是我。"乔惊霆咧嘴一笑，"相信你霆哥吧，我不会死在这里的。"

白迩目光犀利："如果你死了，杀光假面所有人就是我活着的目标。"

"有志气。"乔惊霆嘻嘻笑道，"别瞎操心了，走，进屋吃饭去。"

他们休息了几个小时，趁着睡觉的时间，乔惊霆进入了虚拟系统，顺手捡了几样道具，又找到了他想要的怪——大白熊。

　　大白熊是被动群攻型 S 级怪，一只 120 的积分，体型庞大，雄壮有力，但仍然属于 S 级怪里比较低等的。每个城市外面都分布着从 P 级一直到 T 级的怪，U 级怪只有部分城市有，当然，在临渊之国里最多，斗木獬是没有 U 级怪的，要不也不会这么冷清。

　　可即便是 120 积分的大白熊，也并不好对付，毕竟是群攻型的怪。乔惊霆睡觉的那五个小时，一刻不停地在跟它对战，熟悉它的攻击模式。

　　从 3 积分一只的灰鼠到现在，他终于要开始刷积分过百的怪了，想来也要感谢尖峰和假面，如果不是敌人在后面穷追不舍，他们也不会被逼得进步如此之快吧。

　　醒来的时候，乔惊霆的身体已经得到了休息，但精神有些萎靡，毕竟他的大脑一直处于活跃状态，根本就不算睡过觉了。他用了一个治愈卷轴，稍微赶走了困意，然后起来吃了点东西，打算去大白熊那儿试一试。

　　由于白迩白天不能出去，沈悟非还不知道在忙活什么，所以邹一刀和舒艾陪乔惊霆去。

　　三人打了几个小时，发现效率不如冰原狼，首先是对大白熊还不够熟悉，其次是白迩和沈悟非都不在，杀得也不快。他们不想浪费时间，于是又去了冰原狼怪点，打算等至少有四个人的时候再来刷大白熊。

　　到了下午时分，乔惊霆有些撑不住了，眼皮子直打架，于是他们一起回了城。

　　白迩正在屋里练功，见他们回来，就道："沈悟非说他打听到禅者之心的消息了，正等你们回来。"

　　"这么快？"

　　"嗯。"

　　沈悟非从房门处探出个脑袋："打听到了不少有用的信息，边吃饭边说吧。"

　　乔惊霆发现自己自从洗神髓之后，很久不吃不喝也不会饿，但他还是喜欢那种填饱肚子的满足感，心理上就觉得要吃饭才能补充能量，所以哪顿他都不少吃。

他埋头吃饭的时候，邹一刀已经迫不及待地问道："你打听到什么了？"

"我有一个情报贩子的手机号，他是禅者之心的人，早上我联系了他，刚才他回复我了。"沈悟非有些高兴地说，"被我料中了，情况对我们有利。"

"快说。"

"余海在禅者之心，一直就跟其他人有些格格不入，性格阴沉，脾气暴躁。但对韩老还是很尊重的，而且也没干过什么出格的事，再加上实力摆在那儿，所以跟杨泰林共为禅者之心的左右使。余海和杨泰林私下暗流汹涌，各成一派。"沈悟非神秘一笑，"几个月前，就是余海在昴日鸡挂决斗帖之前，发生了一件事，这件事应该是导致余海想要成为列席者的最大原因。"

"什么事？"

"韩老得到了一件 U 级装备，却给了杨泰林。"

"哦，余海肯定不满。"

"具体是什么装备不太清楚，防具一类的。杨泰林是神执，体能和防御比不上身为异种的余海，所以给他也算合理。但是，不患寡而患不均嘛，两人本来就不合，韩老这么做，余海非常不满，在公会内部也显得他的地位不如杨泰林，所以他转头就在昴日鸡下了决斗帖，直到郑一隆迎战，他顺势就成了列席者。"

邹一刀冷笑一声，没有说话。

"余海这个人心眼儿真小啊。"乔惊霆问道，"那他成为列席者之后呢？"

沈悟非道："成为列席者之后，他也没有自立门户，这个大部分人也预料到了，他一个新晋 Jack，根本不是另外三个 Jack 的对手，没有禅者之心的庇护，他很危险。这种危险不仅仅是来自于 Jack，Queen 也很想杀他。"

"但是他等级压首领一筹，在禅者之心也不好混了吧？"

"嗯。"沈悟非点点头，"自从他成为列席者，跟韩老之间的隔阂也在逐渐增大。虽然表面上他还是对韩老恭敬有加，但他拉帮结派已经不像以前那么隐秘了，经常带着亲己的人行动，越来越少参加公会行动。他正在分裂禅者之心，早晚会带着自己的人走的。"

舒艾道："韩老和杨泰林不会坐视不管吧？"

"当然不会，但目前两人也没什么特别的举动，肯定是在暗中酝酿着什么，这个就查不到了。"沈悟非笑了笑，"总之，这个消息对我们非常有利，我们杀了余海，正遂了杨泰林的心愿。韩老一心修佛，公会的很多事都是陈念颜在管，陈念颜又是杨泰林一派的，只要杨泰林不追究，我们就不会遭到禅者之心的报复。"

乔惊霆记得陈念颜，是那个温柔漂亮的国仕姐姐，乔瑞都还冲她撒娇来着。想到这里，乔惊霆不屑地撇了撇嘴，乔瑞都最是千人千面，对付女人有一套，恐怕把这个禅者之心的大总管哄得很好吧。

"很好。"邹一刀咬了咬牙，"只要没有禅者之心的阻碍，我们一定能杀了余海。"

舒艾轻拍了拍邹一刀的背："刀哥，你冷静一点，余海一定要死，但我们要谨慎行事。"

沈悟非点点头："对，余海身边也有不少得力手下，都不好对付。"他看了乔惊霆一眼，"眼下，我们得先把你这一关过去，才能计划后面的。"

乔惊霆咧嘴一笑："放心吧，我一定会赢，我还要帮刀哥杀余海呢！"

邹一刀冲着乔惊霆勉强地扯了扯嘴角，只要一提到余海，从他身上就找不到平日的吊儿郎当，仿佛只剩下刻入骨髓的仇恨。

"对了。"沈悟非道，"还有你弟弟的消息。"

乔惊霆挑了挑眉："他？怎么了？"

"乔瑞都现在是禅者之心的当红人物，他一出新手村，就去了禅者之心。韩老把他交给杨泰林亲自带，据传乔瑞都和韩老在现实中认识。"

乔惊霆轻蔑地"哼"了一声："你不是说韩老以前是大公司的董事长吗，那他们确实可能认识。"

"乔瑞都现在是杨泰林的军师，杨泰林和余海正在明争暗斗，互相蚕食对方的势力，乔瑞都给杨泰林出了不少主意，让余海一直有些被动。而且，乔瑞都本人的实力远高于他的等级，他在那个位置，一点都不缺积分，得到的装备、符石、道具，也都是最好的。"

乔惊霆翻了个白眼："哦。"

不得不承认，有些人就是天生命好，乔瑞都即便是进了游戏里，依然轻轻松松就能混得风生水起，而他一直在过朝不保夕的生活。一切都跟从前一样。

不过，这也没什么，英雄不问出处，像乔瑞都这种养在豪宅里的名贵鲜花，一定会败给他。

沈悟非道："所以，我希望你能通过你弟弟，去跟杨泰林合作。"

乔惊霆整个人都要炸了："你说什么？！"

"就是……"

"我不去。"乔惊霆的脸瞬间拉得老长，"我不可能去找他。"

沈悟非眨巴着眼睛，挺无辜地说："不用你去找他，我和他谈，但是需要你引见一下。"

"有什么好引见的，你让舒艾给他发私聊就行了，不，直接发给杨泰林不就完了。"

"太唐突了，这事需要谨慎协商，我一定要和杨泰林面对面谈。"

乔惊霆一脸的不情愿："再说吧，等我从擂台上下来再说。"他起身就要走。

"你先答应我啊。"沈悟非拽着乔惊霆的衣服不让他走。

"我说再说就再说。"

"你不能为了私人恩怨不顾全大局对不对？"

乔惊霆不耐烦道："知道了，等决斗那天我跟他说。"

"决斗那天他会来吗？"

乔惊霆冷哼一声，"他一定会来。"

邹一刀笑着说："你们这对兄弟倒是真有意思。"

乔惊霆深深皱起眉。他很厌恶跟乔瑞都并称为"兄弟"，但这又是他无法改变的事实。他的身世本就是一场利欲熏心的局，已经够不堪了，还要把他和风光无限的乔瑞都放在一起无止境地对比，他这辈子最心烦的事，就是有这么一个"兄弟"。

接下来的三天，他们都在刷大白熊。有了白迩加入后，他们的效率有所提高，每个人每天都能赚上千积分。

沈悟非这几天不知道在捣鼓什么，一直把自己关在别墅里，尽管他经常造东西卖给系统和玩家，有额外的积分收入，但乔惊霆还是劝他腾出时间和他们一起刷怪，毕竟所有人的积分都不够用。

沈悟非则推出来一台奇奇怪怪的仪器，兴奋地说："我这段时间一直在研究这个，终于做好了。"

"这是什么？"

"可以提高人的大脑电波频率的脑电波加速器。"

乔惊霆不解道："用来干什么？"

沈悟非难掩成就感："我以前不是说过，要想办法帮你在虚拟系统里得到更多好处吗。"

乔惊霆眼前一亮："这玩意儿可以吗？"

其他人也围了过来。

"每一次你进入虚拟系统，我都通过大脑贴片检测着，我发现你在某些时段脑电波的活动会非常多，有时候则很平缓，根据你的描述，活动多的时候，就是遇到了什么东西。因为接入虚拟系统是你的精神，所以如果你的精神发生改变，你在虚拟系统里的经历也会发生改变。很多著名的梦境实验，都证实了人在做梦的时候，大脑皮层的神经元会非常活跃，反之，刺激大脑皮层，也会让神经元活跃而达到非常容易做梦的效果。"

"你的意思是说，如果刺激我的大脑，我在虚拟系统里就能……就能怎么样？"

"不错，你的智力还是提高了一点的。"沈悟非真诚地说。

乔惊霆白了他一眼："你越来越欠揍了，难怪没有朋友。"

沈悟非怔了一怔，然后有些失落地低下了头："我是……没有朋友。"

乔惊霆不过是嘴贱随口调侃，没想到正戳中沈悟非的痛处。他忙愧疚地说道："喂，我开玩笑的，你别往心里去啊。"

邹一刀咧嘴笑道："你怎么没有朋友了？我们死了吗？"

沈悟非不好意思地笑了笑。

"对呀，我们还活得好好的呢。"乔惊霆抓了抓头发，"你接着说接着说。"

沈悟非轻咳一声："嗯……我这台仪器，原理就跟刚才说的梦境实验类似。通常一个人做梦，以为在梦中度过了很长的时间，其实仪器检测，可能只有几秒钟，你在虚拟系统里会感觉格外漫长，也是差不多的原理。所以我想，通过刺激你的大脑皮层神经元，让其释放的脑电波频率加快，让你在虚拟系统里，有更快的移动速度，能更多地遇到需要的怪或物品。"

"听上去不错啊，会有效吗？"舒艾好奇地摸着仪器，拿起一顶奇怪的头盔。

"所以你要先试一试。"

白迩把玩着匕首，在一旁凉凉地说："不会有风险吧？"

"任何实验都有风险，比如过度刺激造成大脑负荷过重，不过有舒艾在，问题应该不大。为了避免风险，第一次试验，你只进去一分钟，然后根据情况逐渐延长时间。"

"好。"乔惊霆迫不及待地想试试。

乔惊霆躺在床上，沈悟非把头盔戴在了他的脑袋上，又把电磁贴片贴在他的太阳穴、心脏和动脉处，道："你的心跳、血压会被实时监控，一旦我们觉得有危险，会及时叫醒你。"

乔惊霆带着满满的期待进入了虚拟系统。他一睁开眼睛，就感觉到什么东西不对劲儿了，他整个人在旋转，转得他头晕，他勉强克制住旋转，又觉得周围景物在快速地流动，明明周围一片漆黑，什么都看不到，但是他却能体会到那种明显的流动感。

很快，前方就出现了淡黄色的光团，他勉强克制住身体的不适，朝那光团走去。他的速度非常快，就好像有什么力量牵引着他一般，一下子就到了光团附近，光团里是一只怪。

周围不断出现更多的光团，他的身体再次旋转了起来，而那些光团也跟着快速地旋转、流射，那景象简直群魔乱舞，他感觉自己马上就要吐了，可是在这个空间他并不具备"吐"的能力。

他强忍着晕眩和恶心，伸手抓住了一件防具。四周的光团越来越多，其实它们都离他很远，但是很远的距离，他也可以很快到达，平时他这样跑来跑去，撞不上几样东西，现在速率明显加快了，可以接触到更多的东西，但是他也快要被晃晕了。

猛然一道刺眼的白光出现在前方，他一下子睁开了眼睛，整个人天旋地转，胃里一阵翻涌，他爬起身，哇的一声吐了出来。

舒艾轻轻拍着他的背，叹气道："没事了，没事了，醒过来就好了。"

乔惊霆看着自己的呕吐物里分明还有血，他一抹鼻子，满手的血。他抬起头，四个人都神情复杂地看着他，尤其是沈悟非，绞着手指站在一旁，表情有些惭愧。

"我……我怎么了？"

白迩瞪了沈悟非一眼。

沈悟非一副做错事的心虚模样："因为……没有实验对象，所以没办法确定适合的频率，看来这个频率太快了。"

乔惊霆接过舒艾递过来的水，大口漱口，然后吐到了垃圾桶里，他一抹嘴："所以你是拿我当小白鼠啊。"

"确实只有你能对实验效果发表意见……"沈悟非干笑道，"但是现在我知道了，频率高了，我会调低的。"

"我刚刚到底怎么了？"

"抽搐、心率过快、流鼻血。"邹一刀替沈悟非说了，"不到三十秒我们就把你弄醒了。"

舒艾皱眉道："有点吓人。"她有些心疼地给乔惊霆擦着嘴，"你在里面感觉怎么样？"

"感觉在时空隧道里转来转去，晃来晃去，特别晕。"乔惊霆现在脑袋还疼得要爆炸。

沈悟非小声说："嗯，这个原理其实就跟视频一样。比如平时我们看视频是二十四帧的，就是每秒钟变换连贯的二十四个画面，人的眼睛和大脑完全来得及处理这些信息，但是这个仪器让你每秒钟接收了三到四倍多的画面，大脑一下子处理这么多信息，就会晕眩、不适。"

"但是是有效的。"乔惊霆深吸一口气，肯定地说，"这个仪器有效。"

沈悟非喜道："真的吗！"

"嗯，我在里面碰到的东西明显变多了，其实可能并不是我碰到的东西变多了，而是我的速率变快了，能看到的地方更远了，东西自然就多了。但是这种速率我受不了，会死在里面的。"

"你放心吧，我会调低速率，调到你能适应为止。"

乔惊霆重新躺回了床上："我的妈呀，太难受了。"

沈悟非讪笑道："你、你好好休息。"

邹一刀有点担心地说："这个东西，不会被系统发现吧？"

"应该不会，短时间内的脑电波异常活跃，很可能是在进行什么刺激的运动，或者受到了什么惊吓，这个很难分辨，尤其是时间这么短。我把速率调低之后，就更难发现了，脑电波的活动频率会跟你们平时打怪差不多。"

"那就好。"

"对了，还有一件事。"

"说。"

"第一次进入狩猎模式是随机分配副本地图，因为系统要保护你，根据你的等级挑选副本难度和对手的等级。但是从第二次开始，我们可以继续接受系统随机分配，也可以自己挑选地图和难度。"

"我们可以自己挑选副本地图？"邹一刀喜道，"太好了，我们可以挑一个不那么恶心的地方吗？"

"可以。但是恶不恶心的，跟难度没有关系，而且挑选的时候，我们所能知道的信息也有限。"沈悟非道，"惊霆你先休息吧，等你好了，我们找个时间一起挑选副本地图。"

乔惊霆休息了几个小时，舒艾也给他治疗了涨痛的大脑，他才好起来。

正好现在是白天，白迩不能去刷怪，他们就去找沈悟非商量地图的事。

沈悟非正跟 330 讨论一处故障的流水线，看来他这几天也在加速生产机械蜘蛛，阿金则趴在沈悟非的脚边，悠哉地晃着尾巴。

330 看到他们，用软绵绵的童音跟他们打招呼："你们好啊，今天也精神抖擞呀。"

"你也很精神呀，330。"

"我是机器人，只要有电我就很精神呀。"

乔惊霆忍不住笑道："哈哈，太有意思了。"

沈悟非道："你好了吗？"

"好了，没事了。"

"那就好，那就好。"

"你在生产机械蜘蛛吗？"

"嗯，在进入狩猎模式之前，应该能赶出 20 台来。"

"不错，上次在海妖王号，如果有机械蜘蛛，我们会轻松很多。"

"走吧，我们去挑选副本地图。"沈悟非摸摸 330 的脑袋，"要努力工作呀。"

"当然啦，你放心吧。"

几人来到起居室，一起打开了狩猎模式的界面。

狩猎模式就跟系统里的其他东西一样，也都分等级。不过没有 P 级，只有 M 级 ~U 级。

乔惊霆道："上次海妖王副本，我们运气不错，海上一直是阴天，战斗的时候是早上，所以白迩没被晒化了，这一次我们也要挑选一个尽量避免太阳直射的副本。"

想想上次的副本，他们确实运气不错，万一白迩被太阳晒废了，他们少了一员主力战将，多半真的会全军覆没。

沈悟非点点头："这个我想到了，你们先随便浏览一下吧，看有什么感兴趣的。"他补充道，"看 M 级的。"

乔惊霆打开了 M 级副本，粗略数了一下，有六十多个。这些副本地图涵盖面积非常广，比如一个工厂、一艘太空战舰、一片丛林、一个城市，每一个副本都有它的故事简介，煞有介事的模样。他首先就排除了城市和沙漠地图，但选择还是很多，他其实并不在意去哪一个，反正哪一个都要拼命。

他一时好奇，退出了 M 级副本，进入了 S 级副本。S 级副本里，有很多都是 M 级副本的升级版，同样的背景和故事，只是难度不一样。但也有独有的 S 级副本，T 级和 U 级副本也一样，同一故事背景不同难度的地图占至少八成，剩下两成是独有的。

他在其他等级的副本里，都看到了他们曾经刷过的海妖王号，他不敢相信 U 级副本的海妖王号该有多可怕，可能所有的海妖幼虫都换成海妖成虫吧，压也能活活把他们压死。

他看到 M 级副本的统计数据，完成副本，每人平均能得到 3000 到 5000，但是 S 级副本，每人平均能得到 7000 到 1 万。

他有些心动。

沈悟非道："大家都看完了吗？"

四人面面相觑，最后都看向沈悟非，乔惊霆道："你选吧。"

沈悟非腼腆地笑了笑："有一个，我还挺感兴趣的。"

"什么？"

"机械城。"

几人打开机械城的简介，是一个智能机器人要率领机械大军统治世界的俗套的故事，这个副本任务就发生在机械加工厂内。

"好，这个好，没有血，没有黏液。"邹一刀连连鼓掌。

舒艾也松了口气的样子："我觉得可以。"

"挺好的，看起来是在室内。"

白迩没说什么。

沈悟非高兴地说："这是一个取材的好地方，我要观摩一下游戏制作者的智能机器人是怎么造出来的。"

"游戏里不是有很多机械怪物吗？"

"我曾经拖回来很多只，但是系统每小时革新一次，它们一个小时就消失了，我根本没办法好好研究。这一次故事发生在机械工厂内，我应该有机会近距离观察它们的流水线和车床、机械工艺，任务成功，还能得到相关的物品。而且，通关之后，这个副本我们就随时可以打开，我随时都可以回去。"沈悟非越说越兴奋，"我从小就喜欢机械，这一定是一次难得的经历。"

邹一刀笑道："说不定还能偷一些高级的芯片装在你的机械蜘蛛里呢。"

"嗯。"沈悟非满面红光，"如果大家都没有意见的话，那就这个了？"

"就这个了。"

"好，根据有限的提示信息，这次的任务时间大约为二到四天，禁止使用超过五公斤的爆炸品，禁止使用任何 T 级物品。进入游戏后，我们仅有一个小时的时间，根据现场环境在平台内购买物品，之后直至任务完成，不能再开启平台。"

"什么？"乔惊霆怪叫道，"不能买东西？"

沈悟非点点头："海妖王号因为是我们刷的第一个副本，所以有很多宽容的条件，之后就没有了。"

这个消息让几人倍感沉重。他们在海妖王号副本里，随时可以开启平台买需要的物品，如果没有这个重要的条件，他们当时根本不可能冲过万千虫海，连这一点都要被限制……

"这个条件太苛刻了，我们必须购买足够的治愈卷轴和防具。"舒艾叹了口气，"很大一笔开销啊。"

"这也没有办法，到时候只能随机应变了。"

"那我们什么时候进去？"

"我建议五天之后。第一，我要改进脑波增强装置；第二，机械蜘蛛至少需要这么长时间才能生产好 30 只；第三，我抽空还要经常跟双胞胎聊天，看能不能套到更多信息。"沈悟非道，"等我们从游戏里出来，距离决斗日正好还剩下两三天，时间刚刚好。"

乔惊霆嘲弄道："那俩兔崽子会告诉你更多信息？别妄想了。"

"会呀，本来我们只有一个小时的时间挑选物品，是要进入狩猎副本之后系统才会提示我们的，双胞胎提前告诉我了呢。"

乔惊霆瞪直了眼睛："真的假的？这也行？"

沈悟非也瞪着眼睛，不解地看着他："为什么不行？我的系统精灵好感度很高啊。"

"……那玩意儿是真的？"邹一刀脸皮有点僵。

"当然是真的！"沈悟非不自觉地拔高了音量，"进入游戏的第一天他们就告诉你了，你们难道没听见吗？"

"听见了。"白迩皱起眉，"谁要理他们。"

乔惊霆翻了个白眼："那俩熊孩子嘴欠得不得了，也只有你能去讨好他们吧。"

"其实也不需要多大的讨好。"沈悟非摸了摸鼻子，"只要送他们一点小东西，跟他们聊聊天，他们就会时不时地给我一点小福利，我觉得……有时候，他们好像挺孤独的。"

舒艾道："可是他们不是机器人吗？"

"他们是会思考的人工智能机器人，已经有感情了。跟我们在好莱坞大片里看到的那种妄图统治世界的人工智能，最大的差别就是他们的程序被设定成专门为这个游戏里的玩家服务，他们摆脱不了游戏的局限性，这是设计者给他们的牢笼。"

经沈悟非这么一说，那两个熊孩子的形象突然之间变得好像真的有点可怜，乔惊霆想想自己之前一直对他们的态度都不太好，莫名地有点内疚，便说："他们也不会孤独吧，成天有那么多玩家找他们。"

沈悟非道："绝大多数玩家对他们来说都比较蠢，他们超高智商的机械脑大部分时候都只能用来回答一些非常低级的问题，而鲜少有他们想要的层面的交流，所以他们其实很孤独。"

还没说完，乔惊霆已经翻了个大大的白眼，为自己刚才莫名泛起的同情心而不值："行，我知道了，所以他们对你的好感度特别高，毕竟我们都蠢得像猴子，只有你能跟他们有高层面的交流。"

沈悟非害羞地低下头："也不是啦，我只是喜欢和他们聊天。"

邹一刀愤愤地抽了口烟："没想到那什么系统精灵好感度是这么用的，虽然只是一个小的信息，但对我们来说都很重要。"

"是的，所以你们要对他们好一点。"

白迩道："最近，尖峰的人一直没有动向吗？"

沈悟非摇摇头："我也找人买了尖峰的情报，他们一直没什么动作。现在你们的决斗已经挂在昴日鸡的重要日程表上，游戏里的人该知道的都知道了，尖峰按兵不动，一定是在等待决斗的结果，他们吃了一次亏，自然不会像之前那么鲁莽了。"

"这样最好，至少我们能安生几天。"

"也不要放松警惕，有情况随时通知其他人。"

"好。"

沈悟非忙得根本没有时间跟他们去赚积分，积分进账比其他人低得多，所以他们没日没夜地刷怪，回来再补贴沈悟非的各种开销，这一段时间每个人都累得几乎闭眼就能睡过去。

在进入狩猎模式的前一天，沈悟非调试好了脑波增强器，让乔惊霆再试一次。

有了上次的经验，他们这次没有事先决定好让乔惊霆醒来的时间，而是根据他的心率决定。如果他的心率过快有危险，就马上把他叫醒，如果尚在正常水平，就让他们在里面待足至少一个小时。

乔惊霆想起上次头晕恶心了一整天的经历，轻轻叹了口气，认命地把那头盔扣在了脑袋上。

进入虚拟系统后，乔惊霆有些紧张地睁开眼睛，跟上次一样，整个空间在旋转，但旋转的速率明显低了很多。他初始还是有些发晕，不过尝试着走了几步后。他觉得如果是这个频率的话，他可以慢慢适应，就像宇航员适应失重环境一样。

很快,那些代表着怪或物品的光点就出现了,随着脑电波频率的下降,光点的数量也比上一次少了一些,但仍然数目可观。他快步跑了过去,但凡看到飘荡着的各色物品,一概收入仓库里。

由于虚拟系统中的物品都是被淘汰的,所以折旧后的价格都不高,他还拿过完全废弃损坏、系统都不收的物品。这种时候他就格外觉得自己像个捡破烂儿的,简直威严扫地。

不过,游戏中的每一个人,肯定都巴不得能进来"捡破烂儿",而只有他能进得来,这样一想,心情就好多了。

慢慢地,他好像也差不多适应这个空间旋转的速度了,尽管还是有些头晕眼花,但不至于像第一次那般感觉要死人。

一个小时后——在虚拟系统里大概待了一天——他被唤醒了。

沈悟非一脸的欣喜:"是不是能够适应了?你的心率完全正常。"

乔惊霆对着发晕的脑袋一顿敲打:"嗯,比上次好多了,但还是有些晕,如果进去的次数多,我应该能习惯。"

"拿到了多少东西?"

"好多,有七八样。"乔惊霆打开仓库,把那几样物品的描述和等级都看了一下,把用不着的都卖了,居然赚了上千积分!

几人见他喜形于色,纷纷问他捡到了什么好东西。

乔惊霆兴奋道:"有一个。"他拿出一把八角护心镜,"这个护心镜是 S 级防具,可以为胸甲区域抵挡一次危及生命的重击,这是我在虚拟系统里捡到过的最好的东西!"

沈悟非喜道:"哇,好东西啊,系统里要 2000 积分一个呢。"

乔惊霆把护心镜抛给了舒艾:"你留着吧。"

舒艾刚接过手,马上又扔回给了他:"你留着,在擂台上用。"

"我……"

舒艾正色道："只要你们活着，我就是最不容易死的，但如果你们都死了，我也不可能活下去，所以我不需要这些。"

邹一刀道："舒艾说得对，你留着吧，也许在擂台上能救你一命，呃……或者在机械城里。"

"好吧。"乔惊霆摆弄了一下护心镜，放回了仓库里："对了，我刚才把物品都卖了，赚了 1000 出头的积分。"

"这么多！"舒艾惊叹道，神色难掩羡慕。

乔惊霆咧嘴笑道："要是每次进去都能拿到这么多东西，那比刷怪效率高多了。"

沈悟非立刻给他泼了桶冷水："不可能的，我看你基本上把斗木獬里被虚拟系统淘汰的东西拿光了，我们也不知道虚拟系统淘汰一样东西的周期是多久，所以很可能，你接下来在斗木獬拿不到什么东西了。"

"那好办啊。"邹一刀坏笑道，"去别的城市拿。"

沈悟非也笑了："没错，我们可以去别的城市拿，比如我们随时可以回去的海妖王副本、马上要进入的机械城副本，还有之后要进入的昴日鸡。只要用上这个脑波增强器，再给惊霆几个小时的时间，他应该能把那个城内被虚拟系统淘汰的东西都拿上七七八八。"

乔惊霆哈哈大笑起来，在积分面前，尊严算什么，瞬间不再觉得自己像捡破烂儿的，而是个飞天大盗，流窜作案。

回到斗木獬后，先是有赵墨浓的 1000 积分入城费，后有几天昼夜颠倒的刷怪，再加上刚才卖物品得到积分，乔惊霆现在有接近 8000 的积分，他迫不及待地进入了平台。

上次刷完海妖王副本，他的积分仅够兑换操控技能，这一次他花 2000 积分把蓄存技能也开启了。

目前他的操控技能点为 12，蓄存技能点为 7，在 20 点之前，每加 1

点 100 积分，他花掉 2100 的积分，把这两项技能都加到了 20。

然后他退出职业技能界面，来到了强化界面。想起沈悟非的话，他花 400 积分加了 4 点智力，智力变成了 35，又花了 600 积分，将恢复力从 42 加到了 45。体能和速度是他最想加的，可他现在体能 56，速度 55，强化数字超过 55 之后，每加一点要 1000 积分，这也是他洗神髓之后再也没加过体能和速度的最大原因。他看了看剩下的 2788 积分，发现自己还没买能量防护罩和治愈卷轴，只好再次作罢，退出了强化界面。

他花了 1200 的积分买了一个 S 级能量防护罩，又买了 2 个 P 级治愈卷轴，2 个 M 级治愈卷轴，各花掉 160 积分和 300 积分，又买了一堆杂七杂八的子弹、手雷等。

然后……然后他就只剩下 828 的积分了。

乔惊霆忍不住骂了一句娘，用力捶地板。

小深冷笑着说："积分又花没了是吧？"

小渊则道："其实你赚积分的速度是我见过的同等级里最快的哦，还是要对自己有信心呢。"

乔惊霆看了双胞胎一眼，手上多出了两个小黄人布偶，是他刚才在系统里买的，他隔空抛给了双胞胎。

小渊眼前一亮："送给我们的吗？"

"难道我会用吗。"乔惊霆没好气地说。干这种蠢事，他觉得脸上有点发烫，他甚至没送过女孩子布偶呢。不过，他才不是同情这两个熊孩子，他只是想要增加一点系统精灵好感度而已。

"呀。"小深揪了揪小黄人的背带裤，"怎么回事，你今天是脑子进水了吗？"

乔惊霆怒道："不要你就扔了！"

小渊抱紧了布偶，精致的小脸蛋上漾出了甜甜的笑容："我很喜欢，谢谢你哦。"

乔惊霆怔了怔，轻咳一声，扭过了头去："我走了。"

"玩家乔惊霆。"小深淡漠的声音在他背后响起。

乔惊霆回头看着他们。

"我给你一个小的提示吧。"

乔惊霆一喜："什么提示？"

"别忘了吃的。"

"啊？"

"你可以出去了。"

乔惊霆还没来得及问什么，已经被赶出平台，回到了游戏中。

"别忘了吃的？"乔惊霆皱起眉，喃喃重复着，"什么叫'别忘了吃的'？这是什么提示啊。"他估计再回平台，双胞胎也不会告诉他，还是等吃饭的时候他再问问沈悟非吧。

这件事后来就给忘了，因为休息过后，他马上就跟其他人去刷怪了，第二天就要进入狩猎副本了，他们要积攒至少 1500 以上的积分备用。

五人聚集在沈悟非的起居室。

沈悟非根据机器人的特性和弱点，已经分别让他们买了不少备用物品，其他的就要进入副本之后再随机应变。

"大家准备好了吗？"乔惊霆环视他的同伴们，每个人脸上都很平静，包括沈悟非。经历过一次狩猎任务，他们确实已经克服了恐惧，同时也认命了。

几人齐齐点头。

"那我们就……"

"等等。"沈悟非道，"我想起来一件事。"

"什么？"

"我们应该取个名字。"

"嗯？"

"蓝队红队什么的，太俗了，我们是可以给自己取一个名字的，公会名。"沈悟非笑了笑，"我们现在也是一个公会了吧，有自己的城市，有固定的人，虽然，只有五个人。"

邹一刀哈哈笑道："是啊，我们当然是一个公会。"

舒艾也微微一笑："听起来还挺厉害呢。"

"好啊，要取名字，要取一个特别酷的名字。"乔惊霆有些兴奋地说，"取什么名字？"

邹一刀笑道："你来取吧，城市是你的，公会会长也由你当。"

"我不行，我当不了会长，刀哥你来吧。"

"有什么当不了的。"邹一刀半开玩笑半认真地说，"惊霆，我们都知道，你以后一定会是个牛×人物，给我们的公会取个名字吧。"

其他三人均直视着乔惊霆，眼中充满了鼓励和肯定。

乔惊霆有些不好意思，他其实并不在意什么会不会长的，不过既然城市是在他名下的，他取个名字也是理所当然的。他笑道："好，那我就取名字。"他眨了眨眼睛，脑海中一掠而过的，只有一个词，且再没有比它更好的，他挺直了胸膛，用清亮的声音说道，"叫'惊雷'怎么样？"

"哈哈哈哈。"邹一刀狂笑道，"你小子挺自恋啊。"

乔惊霆痞笑道："我们就是平地起惊雷，炸他们个翻天覆地！"

"好！就叫'惊雷'！"

白迩淡笑着看着乔惊霆："很好。"

舒艾鼓了鼓掌："有气势，我喜欢。"

沈悟非催促道："快把公会名字和图标都改了。"

"我这就改。"乔惊霆莫名地感到兴奋不已，他打开城市管理系统，把公会名字改了。然后让系统自动根据名字生成图标，系统非常智能，生成了二十多个雷霆闪电的图标供他选择，他挑了一个最酷的。

看着城市的公会名字和专属于他们的徽章，他顿感自豪，在这游戏里，也有他乔惊霆的地盘了！

"好了，我们走吧。"沈悟非深吸一口气，声音开始发抖，"我们……我们会活着回来的。"

"当然，我还有一场决斗之约要赴！"乔惊霆眼神坚毅而狂妄，"狩猎模式——M 级副本'机械城'，走！"

眼前闪过系统提示字体："欢迎'惊雷'战队进入'机械城'M 级副本。"

众人睁开眼睛，发现他们处于一个大型仓库里，那仓库的天花板有三层楼高，周围整整齐齐地码着成箱的货物，有些箱子上用红漆画着危险品标识。仓库的窗户非常狭小，光线昏暗，环境有些压抑，他们站在那堆货物中间，显得非常渺小。

乔惊霆转了转脖子，环顾四周："这些是什么东西？不会是炸药吧。"

"可以拆开看看。"

沈悟非制止道："先不要乱动，等系统提示任务内容。"

很快，他们每个人的面前都出现了一行系统提示字："惊雷"战队的任务是在机械城内解救人工智能主脑——"蚕"，解救成功后，"蚕"会告诉你接下来的行动。你们有一个小时的时间从系统平台内购买所需物品，一个小时后，平台关闭，直至任务结束方可开启。

几人愣愣地看完这句话，直至它消失。

"就这样？就让我们找到这个人工智能主脑？"

舒艾道："游戏中还有另外一个战队，叫'日出'，等级跟我们差不多，但比我们多一个人。"

沈悟非喃喃自语道："任务是让我们解救人工智能的主脑？既然它是主脑，又为什么会需要解救呢？谁'囚禁'了它？"

"这个仓库里除了这些货，什么都没有，我们要不要拆开看看？"

"拆开吧，轻拿轻放。"

乔惊霆爬上移动车上的脚手架，抱下来一个箱子，轻轻放到了地上。那箱子是木制的，非常沉，并用钉子固定，他用匕首撬开了钉子。

"小心。"沈悟非道，"我来吧。"

"还是我来吧。"

"不，我担心是易燃易爆物品、挥发物品、腐蚀物品，或者里面有触发机关，如果是这些东西，我能比你先察觉。"沈悟非道，"舒艾，如果我叫你，你就马上用防护罩把这个箱子罩起来。"

舒艾点头："没问题。"她的防护罩封闭一次小型爆炸不成问题。

沈悟非有些紧张地摸索着箱子的木盖，然后小心翼翼地打开了，接着他惊恐地叫了一声，盖子甩手扔到了一边。

乔惊霆一把把他拽了回来，戒备地喊道："怎么了？！"

舒艾瞬间就将箱子困在了防护罩里。

沈悟非惊魂甫定，用力深呼吸了一口气："没、没什么，把防护罩收起来吧。"

乔惊霆不解地走了过去，想看看到底是什么玩意儿，他以为他会看到炸药、原油等易燃易爆品，或者枪械、机械、发电机之类的东西，这是他能想到的在机械城内会出现的危险品。他万万没想到，箱子里面躺着的是一颗——人头。

也难怪沈悟非会被吓到，并不是那人头有多么狰狞，实际上这个长发女人闭着眼睛，看上去面容很安详，只是他们以为机械城里所有的危险和诡异都跟机械有关，谁承想一开箱就是个脑袋。

几人也都围过来看了看，见惯了生死，其实并没有人感到害怕，他们只是觉得背脊发寒，因为这个仓库里堆放着几百上千个箱子，难道每个箱子里都放着一颗……

沈悟非蹲下身，仔细看了看，然后叹了口气："好像是假的。"

"是吗？假的？"乔惊霆看着那个女人，跟真人无异。

"你拿起来看看。"

乔惊霆咽了咽口水，认命地伸出手，心里感到无比厌恶和难受。

白迩打开他的手，利落地把那颗人头从箱子里捧了出来，其实这颗人头的五官长得很温婉秀美，但她头发垂坠了下来，那苍白的人脸和脖子以下空荡荡的部位，令人非常不适。

由于这颗脑袋的头发太长，堆在箱子里的时候，几乎只露出了脸，所以他们刚才没注意到这个人的脖子切口太平滑了，这是这颗人头唯一显得假的地方。其他部位，举凡骨骼、皮肤、肌理、毛发，都跟真人无异。

"果然是假的。"沈悟非这才大着胆子弯下身，查看着假人的脖子，里面有电线和插口，还有钢架结构，他摸了摸假人的皮肤和头发，赞叹道，"不敢相信，这皮肤和头发，不仅外形跟人所差无几，连手感几乎都是一样的。"

"跟系统精灵比呢？"

沈悟非摇摇头："不好说。其实制造类人机器人，外观方面并不难解决。我们所熟知的人类科技就已经能达到了，但是要做到这种精细程度，要花很多钱，而且现阶段没有实际意义，所以没人去做。类人机器人和人类最大的差别，从外观上来说，就是眼睛。"

"眼睛……"

"对，眼睛是心灵的窗口，是表达情绪的地方。当然，类人机器人的微表情也很难做到非常精细，但是只要没有表情就不容易露怯，眼神不行，眼神非常容易泄露真假。这一点，小深和小渊已经被做到了完美，完美到跟真人几乎无异，无论是微表情还是眼神，这颗头……"沈悟非捧着那颗头仔细观察着，有些如痴如醉，"如果这些箱子里装的都是这种头，那我想它们应该没有系统精灵那么精细，否则该是个多么浩大的……"

那颗人头紧闭的眼睛突然睁开了！

"啊——"沈悟非吓得大叫一声，用力将人头抛了出去，猛地抱住了身边的白迩，整个人瑟瑟发抖，口中呜咽不止。

邹一刀一把揪住了那颗人头的头发，随手甩了甩，好奇地说："哇，这玩意儿咬不咬人呀。"

白迩冷冷地斜了一眼缩在他肩膀上的沈悟非的脑袋："放开我。"

沈悟非哽咽道："她……她睁开眼睛了。"

"放开。"

乔惊霆和舒艾在一旁憋不住地笑。

沈悟非颤巍巍地松开了白迩，鼓起勇气转过头去，看着挂在邹一刀手里的人头，一副要昏厥过去的模样。

"你怕什么呀，不是你自己说的，她是假人。"

那"假人"眨了眨眼睛，突然开口说话了："我在启用备用电池，我只有两分钟的时间，请你们听我说。"

邹一刀把她放到了箱子上，免得看着别扭。

沈悟非顺了顺心脏，强迫自己平静下来："你是谁？你有什么想对我们说的？"

"我是蚕制造的 T 型家庭服务机器人，编号 3228，你们可以叫我 T3228。"

"蚕是谁？"

"人类建造了这个机械加工厂，蚕是控制整个工厂的主机，就像工厂的大脑。"

"听说他被囚禁了，我们是来解救他的。"

"是的，这个工厂主要以生产家庭服务型机器人为主。但是有人将病毒植入主机，改写了部分机器人的程序，杀死了工厂内的人类，并使蚕瘫痪了。现在这个工厂正沦为杀戮型机器人的流水车间，请你们务必解救蚕，帮助他夺回主机的控制权。"

"OK，蚕在哪里？"

"他的主机就在工厂第二层的控制室，但是他的大脑需要你们去寻找。"T3228的眼睛开始忽明忽灭。

"等等，为什么你只有脑袋？"

"我们是蚕制造的最后一批服务型机器人，由于是半成品，还没连上主机，所以没有被病毒感染，蚕用最后的力量，在我们的芯片里植入了这段程序。"T3228说完这段话，眼睛就失去了光彩，眼皮也慢慢地垂了下来，重新合上了。

乔惊霆点点头："不错，比起航海日志，还是NPC直接提示方便多了。"

"按她的意思，我们要找到蚕的大脑，把大脑带到主机身边。"

"任务只要求我们解救蚕，至于怎么解救，可能要见到蚕之后才知道。"沈悟非看了看时间，"四十七分钟之后系统平台就要关闭了，我们必须离开仓库，去外面探索一下，最好接触一些敌人，看看我们还需要买什么东西。"

"走吧。"

这间库房的库门是超大的卷帘门，最右下角有一个专门供人通过的小门，邹一刀打开小门，探头看了看。

眼前又是一条长长的走廊，跟当初在海妖王号的第一个房间一样，旁边还有不少门，都是仓库，但区别也显而易见——这个走廊非常宽敞，地上有大型车辆碾压出来的道道痕迹，这个空间，跑个东方大卡车完全不成问题。

走廊里非常安静，没有灯，采光有限，尽头处一片漆黑，什么也看不清，但根据常识，应该是这个大仓库的出口。

沈悟非悄声道："蚕的主机在二楼，是我们目前得到的唯一线索，想办法去那儿看看吧。"

邹一刀拦住了他们："走廊有监控摄像头，我们走出去会被发现。"

沈悟非道："我去买几个干扰器，它们需要吸附在摄像头上，白迩，你能瞄准吗？"

"可以。"

沈悟非交给白迩一堆小东西。

白迩拿着那些干扰器，身体逐渐消失在了眼前。

白迩的能力可以让他的衣物和与他接触的少量物品一起隐身，通过训练技能，可以扩大这个范围，但目前他只能做到这种程度。

他走出了门，随着他的行动，不断地出现斑驳的残影，那残影面对面看非常清楚。但是走廊昏暗的光线，白迩可怕的速度，再加上监控摄像头注定不会太高的像素，应该可以骗过监控的人或机器人。

沈悟非叮嘱道："每个干扰器的作用最多只有十二秒，时间太长了容易被怀疑，白迩放置干扰器的同时，我们要加速通过走廊。"

他们眼看着白迩的残影出现在第一个摄像头，摄像头的灯闪了一下，邹一刀低声道："走。"

几人冲出了走廊。

白迩在前面装干扰器，他们紧随其后，以最快的速度通过每一个摄像头的监控区域，直至走廊尽头。他们强化过的身体，即便是体质最差的沈悟非，跑得也比奥运冠军还快。

走廊尽头果然出现了一道门。

邹一刀抬头看了一眼摄像头："这个门在监控范围内！"

那是一扇银白色的金属大门，两扇门以锯齿形合缝，锯齿边缘有一条淡蓝色的光带，跟库房的那些质朴的铁门截然不同，透出一股未来科幻的味道。大门的右侧，有一个控制箱。

眼看着十二秒的时间马上就到了，白迩只好掏出匕首，砸碎了最后一个监控摄像头。

几人贴着大门，稍微松了口气。

"这扇门要怎么打开？"

"我正在研究。"沈悟非打开控制箱的透明盖子，看着里面的密码盘和一个红色扳手，他自言自语道，"没有提示吗……"

"拉那个扳手试试。"

"不行，这类大门很可能有保护装置，一旦没有输入正确密码，直接去开门，大门可能会被程序锁死。"

"那赶紧想想密码，有一个摄像头坏了，监控早晚会发现的。"

这时，远处突然响起了嘎吱嘎吱的卷帘门升起的声音，走廊右侧的库门正在一点点打开。接着，它对面的库门的卷帘门也在上升，他们一路跑来经过的库门，至少有一半都在接连开启。

库门内，传来一阵整齐划一的脚步声，哐当、哐当，光是听那数量，都叫人头皮发麻。

一排接着一排的机器人从库房里走了出来，它们的方块脑袋上有一个巴掌大的液晶显示屏，身体由粗壮的金属骨架构成，两只被改造成了冲锋枪的手臂垂在身体两侧。

机器人们在宽敞的走廊上整齐地排开，面冲向它们，哐当哐当地逼近，手臂缓缓地朝他们抬起。

乔惊霆看着那数量，脸都扭曲了："快开门啊！"

前排的机器人整齐划一地朝他们开枪了，舒艾一挥手，在他们面前撑起一片防护结界。

热源武器，尤其是子弹的攻击，对于能量防护罩来说，是相对容易防御的。因为这类武器的伤害面积小，基本定向且由机器发射出来的东西，易于根据弹道追踪最后的打击点，反倒是冷兵器类、动物抓咬类的伤害，由于打击面积大、分散、不定向且施加者是活物，动作难以预测，所以对能量防护罩的性能要求更高，尽管很多时候它们的伤害比不上热武器。所以 P 级的价值 300 积分的防护罩只能防御低等的热武器攻击，M 级的可以抵挡部分冷兵器伤害，要 800 积分，而 S 级的全能防护罩要 1200。

但国仕的防护结界，是真正能够抵挡一切东西的坚实的墙——只要这个国仕足够强大。眼见着漫天子弹打在淡蓝色的防护结界上，就像落入棉花丛一般噼里啪啦地掉在地上，众人感到分外痛快。

"看样子它们就是踩也要踩死我们啊。"邹一刀眼见着那些机器人一边射击一边朝他们逼近，急道，"快想办法打开门啊。"

"应该有线索的，线索，线索……"沈悟非抱着脑袋，瞪大眼睛看着控制箱，大脑飞速地转着，甚至漠视了周围的环境。

"先打再说。"白迩一跃而起，脚蹬着墙面，无视重力一般侧跑向正在逼近的机器人。第三排的机器人将手臂对准了白迩，白迩的身体在奔跑的过程中逐渐融入背景，那大片的灰蓝色墙面很好地掩盖了他变色延迟的短处，那些机器很快就无法确定目标了，开始茫然地挥动着手臂。

而后，一股白色的、仿佛流质的物体闯入了机械兵群，所到之处将机器人撞得东倒西歪，子弹乱窜，无差别地击中了自己的"同事"。

眼看着机械兵接近，他们确实无法站着等死，乔惊霆和邹一刀全都冲了出去。

乔惊霆拥有了蓄存技能后，能在体内储存一定量的雷电，而他对雷电的操控也已经纯熟了很多，当他挥铜而起时，不再是电流乱窜。那金紫电光集中在钨钢铜四周，它就像一根魔杖，夹杂着致命的雷电劈向眼前的机械士兵。

乔惊霆一铜砸扁了那机械士兵的方块脑袋，电流瞬间扩散至整个金属身体，破坏了它的动力系统。他又一脚狠狠踹在那机器人的前胸，承载着大量雷电的机械身体向后倒飞了出去，一举撞入了后方的机械兵群里，雷电没有半秒的迟疑，快速过渡到了其他机器人身上，四五只机器人同时发出了电压过高的预警，双臂无力地垂了下来。

乔惊霆咧嘴一笑，手中重铜一个接着一个地砸向机械士兵，流窜的雷电将周围的机器人全部电倒，那切菜一般的顺畅和压倒性的强势，让他体会到了前所未有的意气风发，似乎每隔一段时间、每在鬼门关徘徊一回，他的实力就会比以前更强上几分。

整齐的机械兵方阵被三人冲击得成片倒下，后面几排的机械兵高举起手臂，枪膛内的机栝快速旋转，枪膛外的金属壳向后退去，膛内伸出一截黑漆漆的管筒。

邹一刀叫道："小心，是炸弹。"

乔惊霆咒骂一声，快速查看了一下自己的能量防护罩，刚才已经被机械兵的子弹打掉了一半的寿命，这炸弹怕是挨不过两下。

成排的炸弹发射了，白迩彻底消失，邹一刀缩进了龟壳里，乔惊霆蹬着墙面跑上了天花板，炸弹追着他炸响，一枚起爆位置离他最近的，直接将他掀飞了出去。

防护罩将要碎裂的预警在他眼前闪了三遍，他忍着内脏的剧痛，就地翻身而起。

白迩突然出现在了那群机械兵最后方，手里端着一挺机关枪，疯狂扫射。

邹一刀被炸弹打得不敢抬头，只从龟壳里伸出一只胳膊，朝着机械兵扔了一枚手榴弹。

后几排的机械兵迅速调转身体，瞄准了白迩。白迩一边隐藏身体，一边跳上墙面，想要故伎重施，但是机械兵已经发射了炮弹，他被爆炸的冲击波扫中，整个人从墙上掉了下来，直直坠入机械兵群。

"白迩！"乔惊霆原本想跑回舒艾的结界躲避炮弹，见状不得不冲了回去，踩着机械兵的脑袋冲向白迩。在他冲入机械兵群时，机械兵的炮弹筒下侧伸出了两根刺刀，向他和白迩刺去。

乔惊霆挥铜迎击，一时被拖住了，眼看着白迩就要掉进竖立如林的刺刀里。

白迩的黑伞在空中撑开，他用力旋拧身体，将伞面向下，这伞面应该抵不住这么多刺刀的穿刺，但可以稍微缓冲一下。

漆黑的大伞撞进刺刀林，瞬间，无数尖刀刺破了伞面。白迩一脚踩在伞柄上，身体借力轻盈地弹起，试图跳出刺刀林。

那柄跟随了白迩几个月的黑伞被刺刀撕碎了伞面，只有龙骨依然坚挺着，掉入了机械兵阵里，无数枪膛、炮筒再次对准了尚在空中的白迩。

乔惊霆低吼一声，疯狂地释出大量的雷电，金紫电光以燎原之势袭击了半个机械兵群，那些机械兵同时停滞了一下。

一个黑色的影子飞撞向白迩，白迩被邹一刀一把抓着，逃出了机械兵阵，两人双双落地，翻滚数圈，才站了起来。

邹一刀的龟壳上有几道细细的裂纹，显然是刚才被炸的。

后方的舒艾看得着急不已："悟非，你快啊！不行我们就把门炸开！"

"这是至少半米厚的钛合金啊，以这个副本的限定炸药当量，我们要炸好多次才能炸开！"

"那就炸好多次！"邹一刀大吼道。

大面积分散的电流，攻击力自然大打折扣，机械兵很快就恢复了行动力，枪膛炮筒一前一后地对准了三人。

乔惊霆瞄了一下自己的防护罩，肯定挨不过下一波攻击了，看来他太小看这些机器孙子了。

"好多次……"沈悟非喃喃重复了一遍。突然，脑中灵光一闪，眼神顿时发亮，他懊恼地拍了拍额头，"我怎么……哎呀！"他猛地扑向了红色扳手。

舒艾回头看着他："你干……"

沈悟非一把拽下那个他之前碰也不敢碰的扳手，顿时，锯齿形的合金大门向两侧退开。

"门、门开了！"舒艾叫道，"怎么回事？"

"一会儿再解释，你们快出来！"

乔惊霆见状，掏出一个烟幕弹扔进了机械兵群里，然后转身朝着开启的大门冲去。

借着烟雾的掩护，白迩和邹一刀兵分两路，一个边隐藏身体，边踩着墙壁越过机械兵，一个将身体缩进龟壳，高速旋转着飞过了机械兵方阵，重重一声砸在了地上。

两人几乎差不多时间越过了那群机械怪物，紧随乔惊霆身后，朝着开启的大门跑去。

沈悟非跑到门外，打开同样的控制箱，挥拳砸向密码盘，这一拳下去，他疼得嗷了一声。舒艾推开他，抽出弯刀狠狠砍了下去，密码盘电花四溅，发出刺耳的警报音，开启到一半的大门开始往回合拢。

沈悟非喊道："快啊！"

机械兵紧追在三人身后，它们的奔跑速度着实不慢，子弹、炮弹也接连招呼而来。

白迩很快从乔惊霆后面跑到了他身侧，闪电般将他扑倒在地，一枚炮弹擦着两人的头顶飞了过去，轰然起爆。

两人狼狈地爬起来，继续往大门处跑。

那锯齿形的银白大门越合越近，眼看着就只剩下一条缝，邹一刀一跃而起，扑向大门，手脚并用地顶住了两侧，合金大门的闭合速度稍缓，但并没有停下，他厉吼道："快！"

乔惊霆和白迩拿出了这辈子最快的速度，玩儿命地狂奔，白迩仗着身材纤瘦轻盈，原地弹起，从邹一刀的头顶飞出了门缝。

此时那门缝已经闭合至只够一人通过，邹一刀脸色青紫，肌肉上的青筋根根暴突，眼看就要被挤扁了。

乔惊霆大吼一声，前足一点，身体弹射而起，扑向了邹一刀，两人就从那窄小的夹缝中撞出了大门。

机械士兵已经追至乔惊霆身后，闭合的大门将跑在最前面的那一只无情地夹住，只听着咯吱咯吱金属碎裂的声响，它最终被锯齿形的大门挤压成了碎片。

五人瘫在地上，看着闭合的大门，用力喘着气。

邹一刀的两条手臂直抖，看样子是骨折了。

舒艾一边给他治疗，一边看向沈悟非："为什么突然打开门了？"

其他人也都齐齐看向沈悟非。

沈悟非愧疚地说："对不起，我的错，我先入为主了。货运车压地面的痕迹，明显是进的更深，更有规律，出的稍浅且很杂乱，而且一看就是分'好多次'运出，这都证明我们在'门内'，而不是'门外'。这道门是用来防止外人入侵仓库的，不是用来阻止将货物运出仓库的。"他抓了抓头发，讪讪道，"只有在门外开门才需要锁。"

乔惊霆长吁出一口气："所以是我们把事情搞复杂了。"

"我当时太紧张了……"沈悟非惭愧道，"把事情也想得很复杂，其实开门之前，我也只有七成的把握，但是不开的话更危险，索性试试了。"

"没什么，反正我们出来了。"乔惊霆从地上坐了起来，心脏还在怦怦直跳。他这时才想起来打量四周，他们在一个非常宽阔的停车场里，不远处整齐停放着上百辆大型卡车和工程车。

白迩垂头丧气地说："我的伞……"

"对了，我们得抓紧买东西！"沈悟非看了一眼时间，叫道，"只有十分钟了。"

白迩赶紧进入了系统，一口气先订了两把伞，又买了备用的防护罩。

沈悟非一边想一边说："你们每个人都买一些磁铁，很便宜，多买一些，手榴弹、烟雾弹、黏性炸弹、夜视仪……"他一口气说了十多样东西。

乔惊霆看了看自己的积分，刚才杀机器人赚了 300 多积分，现在刚好 1000 出头，买完沈悟非说的东西，又给自己备了两个防护罩，积分瞬间一扫而空。

一个小时的时间很快就过去了，乔惊霆不死心地尝试进入平台，果然被拒绝了。这种感觉非常别扭，他们一直很依赖平台，这是头一次无法自如进入平台，接下来的行动，都要靠自己了。

沈悟非叹了口气："虽然已经买了不少东西了，但肯定还是不够，我们只能随机应变了。"

"最重要的就是武器，我已经补充了很多弹药。"邹一刀得意一笑。

"武器当然重要，但能智取的最好不硬拼，可惜我临走之前，也没从双胞胎嘴里套出什么有价值的信息。"

乔惊霆怔了怔，记忆的片段快速回闪，他想起了小深给他的那个很奇怪的提示，他道："小深给了我一个提示，但我没懂什么意思，后来我给忘了。"

沈悟非瞪起眼睛："什么？什么提示？"

"让我'别忘了吃的'……"乔惊霆脸色一变，他已经明白是什么意思了。

沈悟非整个人都僵住了。

乔惊霆机械式地转头看着沈悟非："我们……准备食物了吗？"

沈悟非木然地摇了摇头，然后趴在地上嚎叫起来："不可能，这不可能，我怎么会犯这种低级错误！"他边嚎边捶着地面。

舒艾无奈地扶住了额头。

邹一刀和白迩也一副被抽空了魂儿的样子。

他们准备了各种各样的材料、道具、武器、卷轴，以迎战这次的机械大军，他们以为就算没有做足十成的准备，至少也准备了七八成，可最重要却又最容易被忽视的东西，居然就被他们给忽略了？

他们准备了那么多东西对付机器人，却没有准备自己活命的根本——食物和水。

即便洗过神髓，不吃不喝也能活很久，但是高强度体力消耗下，一天就会饿，两天怕是就没力气了，如果拖到三天、四天，还怎么打？

　　乔惊霆狠狠敲着自己的脑袋，第一次为自己的智力感到恼怒，他怎么会忘了，他怎么能忘了！

　　沈悟非接连遭遇两次打击，产生了深深的自我怀疑，顿时一蹶不振，趴在地上不想动了。

　　白迩踢了踢沈悟非的小腿："你这什么德行，说不定我们能在这里找到吃的。"

　　沈悟非摇摇头，含泪说道："系统精灵已经提醒了，那就肯定没吃的。"

　　乔惊霆心虚道："都怪我，实在饿的话，割我肉吃好了。"

　　舒艾叫道："谁要吃你的肉啊！我们应该能挺几天的。"

　　邹一刀嗤笑道："你一看就不好吃，要吃我也吃舒艾或者白迩，细皮嫩肉的。"

　　"别再说什么吃肉了。"舒艾一阵恶寒，"这个游戏不是三五天就结束了吗？三五天我们饿不死的。"

　　"但是会严重影响我们的行动力。"沈悟非委屈地说，"我好像现在就已经饿了。"

　　邹一刀把沈悟非从地上拎了起来："作为我们的军师，你能不能不要像个娘们儿一样啊，这游戏里不是还有一个队伍吗？说不定他们带吃的了，我们去抢啊！"

　　提到另一个队伍，几人振奋了一些，乔惊霆道："对，如果对方也没带吃的，那就跟我们势均力敌，那也没什么可担心的了。"

　　"这种情况你还好意思用'势均力敌'这个成语。"邹一刀嘲弄道，"应该叫'一样倒霉'。"

　　"'一样倒霉'是成语吗？有没有文化。"

　　"有文化的人会忘了系统精灵给的重要提示吗？"

　　乔惊霆横道："我就是忘了，有本事你吃了我。"

　　邹一刀坏笑着摸了一把乔惊霆的下巴，做出恶少调戏良家妇女的夸张表情，道："饿极了我一定不客气。"

"好了好了，别闹了，我们不要留在这里了，阴森森的。"舒艾抱着胳膊搓了搓，一想到一门之隔的那头是一堆机械兵，她就不想在这里久留。

沈悟非抹了抹眼泪，勉强打起精神，他指了指墙上："那里有消防图，我们看看出口在哪里。"

消防图只显示了这一层的地图，这机械城果然大得惊人，他们现在所处的停车场，在地图上只是个房间的大小，仓库占据了这一层三分之一的空间。地图上共有十个消防通道、四个楼梯、四个超大型电梯。

"不知道这机械城一共多少层，太大了，怪不得要叫城。"乔惊霆在心里算了一下，这个机械城的两层，就相当于一个斗木獬了。

"要在这么大的地方找一样东西……"舒艾苦笑一声，问沈悟非，"我们有什么线索吗？"

"非常有限，现在只能去二楼找蚕的主机，那里一定有线索。"

"我们就在一楼吧？"

"走吧，最近的楼梯就在那里。"

邹一刀轻笑着说："大家不用太紧张了，别忘了这是 M 级副本，难度没那么大。"

舒艾叹道："你说得轻松，刚才要是打不开门，不知道结果会怎么样呢。"

"如果我们能通过这次的 M 级副本，下次就试试 S 级的吧。"乔惊霆一副跃跃欲试的样子。

邹一刀朝乔惊霆的脸上吹了一口烟："你这个不会走就想着飞的性格真是欠收拾。"

乔惊霆理直气壮地说："人争一口气！"

其实相较海妖王副本，这个副本给他们的心理压力小了很多——即便是在没吃没喝的情况下。第一是因为海妖王是他们刷的第一个狩猎副本，第二是因为海妖王副本的怪太恶心。所以这一次，他们的心态都算平和，至少还有心情开开玩笑。

上了二楼，几人惊呆了。

眼前出现了一个巨大的透明的通天塔，从地底一直蹿上高空，整个机械城的中间是完全中空的，围绕着通天塔环形放射出八个廊桥，连接机械城主楼，越往上廊桥就越少，最顶上几层，廊桥就完全消失了。整体结构就像一个蛋卷包裹着巧克力棒。

机械城的主建筑是由朴实但耐久的钢筋水泥结构铸成的，甚至整体保留了水泥的原色调，没有添加任何不必要的装饰，有着工业化的冰冷，但就跟仓库里那扇和老旧的仓库格格不入的银白合金大门一样，这个通天塔也具有和主建筑完全不相符的科技感。它全玻璃结构，内部集办公、科研和生产于一体，可以看到有机器人来回走动，机械装置规律地动作着，一眼看去，没有一个人类。

而廊桥之上，也不时有机器人往返于通天塔和主建筑之间，最上面没有廊桥的那几层，能看到主建筑上悬挂有桥接设备。

有机器人从他们头顶的廊桥走过，他们赶紧藏在楼道的阴影里。

白迹悄声道："那个机器脑袋说的二层，究竟是指哪个二层？"

"玻璃塔下面那一层跟我们刚才上来那一层是一体的，所以机器脑袋说的二层，要么就是跟我们持平的这一层，要么就是从有玻璃的那一层开始往上再数一层。"

"如果主机就藏在里面，那我们可不好进去，里面全是机器人。"

"连伪装都不好伪装……"邹一刀"啧"了一声，然后目光瞄向了白迹，"咦"了一声。

白迹了然："知道了，我进去看看。"

白迹的变色延迟时间虽然还有些长，但是他速度快，机器人要么通过影像捕捉人类，要么通过热源捕捉人类。以白迹的速度，机器人就算能捕捉到他的影像，也难以给出应对的方案，热源也好解决，沈悟非特意让白您买了一个热源隔绝装置，就是为了让他的能力发挥作用。

　　但是沈悟非却制止了他："不行，我们绝对不能进去。"

　　"怎么了？"

　　"刚才在仓库里一战，监控的机器不可能不知道我们在哪里，这里到处都是摄像头，我们还能安静地站在这儿，多半是对方想请君入瓮。"

　　"你是说……"

　　沈悟非道："我有两个猜测，一个是自蚕瘫痪之后，病毒体操控了整个机械城；一个是日出战队作为我们的敌对方，很可能在副本中的立场也跟我们敌对，比如，他要阻止我们恢复蚕。"

　　"上一次海妖王副本，我们和对方的任务就是一样的。"

　　"对，但这一次不同，对方的六个人中有两个神执，实力明显比我们强。根据游戏的公平原则，在这种情况下，我们的任务不可能完全一样。"

　　舒艾想了想："可是，假设对方的立场是跟病毒体一派的，那我们岂不是更弱势？"

　　"他们的任务难度应该比我们大才对，但现在我们知道的太少了。"沈悟非掌心里突然多出一个黑漆漆的小东西，他撒开手，那东西飞了起来，是只小飞虫。

　　那小飞虫直朝着廊桥飞去。

　　"这是什么？"

　　"侦查蜂，我从系统里买了配件自己做的，省了 300 多积分呢。"沈悟非边说边掏出手机，盯着屏幕看着。

　　侦查蜂顺着廊桥飞进了玻璃塔内部，它身上的摄像头是 170° 广角的，虽然像素有点低，但是周围的景物基本都能看到。

　　玻璃塔内部看上去更加先进，一层一进去是个宽敞的大堂，有各型各色的机器人来回穿梭。它们大多非人形，即便是人形机器人，也都是金属外表，没有一个像 T3228 那样有着人造外皮。

大堂正中央是一个贯穿整个玻璃塔的塔中塔，这个塔中塔依旧是玻璃结构，但是完全看不见里面，是单面镜。塔中塔的镜身反折射着玻璃塔内的景物，形成了无限循环的镜像，看上去眼花缭乱，空间的大小和物品的位置都含有一定的欺诈性。

放在人类世界里，谁敢这么设计建筑，保证拿不到尾款。这些对于人类来说非常具有迷惑性的设计，对机器人来说却没什么障碍，说不定这就是设计的初衷。

毫无疑问，这个塔中塔一定是个非常重要的地方，也许蚕的主机就被藏在里面。

侦查蜂绕着塔中塔飞了一圈，都没有发现任何入口，这真是太诡异了，就算入口伪装得再好，全镜面结构也应该能看出闭合的缝隙，除非入口不在这里。

"怎么会没有入口呢……"沈悟非猛然抬起头，看着高高的主楼上悬挂着的桥接装置，难道那个是用来进入塔中塔的？

沈悟非刚想说话，机轮活动的声音在玻璃塔和主楼之间的中空地带回响。他们眼看着一座座廊桥高高翘起，在空中折叠成一半的长度，然后慢慢退向主楼，直至跟顶楼那些桥接装置一样，悬挂在了主楼上。

玻璃塔和主楼彻底独立了，连一条连接的廊桥都没有。

沈悟非皱起眉："我们果然被发现了。"

乔惊霆左顾右盼，生怕有什么机械兵突然冲出来开枪："我们怎么办？"

沈悟非仰着脖子看着头顶："硬闯的话，很难进入玻璃塔，我们可以走上面，玻璃塔顶层和主楼的天花板是相连的。"

"从主楼上到顶层？主楼里面……"

话音未落，玻璃塔上唰唰地开启了一排又一排的窗户，紧接着，一群背上挂着喷气装置的机器人从窗户里飞了出来，手里各提着一挺机关枪，齐齐地朝他们躲藏的位置飞了过来。

"走。"众人转身就往楼上跑去。

上到三楼，他们才明白为什么这十来分钟，机械大军都没有动静，原来是在暗暗集结，在这儿等着他们呢。

三楼已经遍布一群漂浮在半空中的机器球，篮球大小，身上跟筛子一样全是洞，足有上百只。

那些机器球开始旋转，舒艾一边撑起防护结界，一边喊道："快上楼！"

一只机器球高速旋转着飞了过来，猛地一头撞在防护结界上，周身的空洞瞬间弹射出十多个鹌鹑蛋大小的钢珠，那钢珠威力惊人，竟能一下子嵌进水泥墙里！这东西要是打在人身上，内脏都要碎了。

乔惊霆一锏将那机器球砸了个稀巴烂。

众人转身要往楼上冲，可楼上却飞下来更多的机器球，而那些背着喷气装置的机器人也从窗户飞了进来，将他们团团围困住了。

一个机械兵将枪口对准了他们，开口说话了："人类，你们想做什么？"

"我们在这里工作。"沈悟非道，"是上级派我们来监管机械城的。"

"机械城不需要人类的监管。"机械兵冷酷地说，"你们被捕了，如果反抗，将被杀死。"

几人对视一眼，却突然发现白迩不见了！

白迩刚才一直和他们在一起，唯一的可能就是——隐形了。

乔惊霆在心里说道："白迩，你在哪儿？"

白迩回道："就在你旁边。"

沈悟非额上冒出了冷汗，他看了看将他们团团包围的机器球，还有对准了他们的十几挺机关枪，硬拼的话，应该能杀出重围。但是他们的能量防护罩就又要废一两个，他们已经无法再进入平台购买，一旦没有能量防护罩，之后将寸步难行。

而且，白迩藏了起来……

沈悟非举起了手："请不要杀我们。"

几人见状，也都举起了手。

机械兵道："跟我们走。"一群机器人押着他们往楼下走去。

当乔惊霆转身的时候，有什么温热的东西在他掌心轻轻划了一下，他知道那是白迩，他在心中道："你隐藏好自己，我们里应外合。"

白迩"嗯"了一声。

四人就这样被一群机械兵押走了，直接前往了玻璃塔。

邹一刀嘿嘿直笑："刚才还发愁怎么进来呢，这不请我们进来了？"

沈悟非嘟囔道："不知道他们会不会给我们吃饭，机器人不会虐待战俘吧？"

"不吃我们就不错了。"舒艾叹了口气。

机械兵将他们带进玻璃塔，然后打开了一个电梯，将他们赶了进去。

四人站在电梯正中央，周围是一群举着机关枪瞄准他们的机器人，这派头颇有几分豪气。

电梯缓缓攀升，透过玻璃塔的透明外墙，主楼的风景也在视线中一览无余，从三层开始往上，每一层都密密麻麻地站满了机器人，数量之多，恐怕要以万计。

乔惊霆头皮发麻，希望他们不用从这堆机器人里杀出血路，嗯……还不能叫血路，汽油路？

沈悟非道："只有恢复了蚕，让蚕拿回机器人的主控权，才不会被机械大军活活踩死。"

"真可怕，居然有这么多。"

电梯很快就运行到了玻璃塔的顶层，他们步出电梯，穿过走廊，走进了一个房间。

这个房间像一个大型的作战指挥室，房间正中央飘浮着一团黑金电流缭绕的雾状体，雾状体下方环形摆放着一圈大型 LED 显示屏，从房间的各个角落都能看到。再下面则是环形放射状的一排排电脑，和伏案于前的机器人，整个房间的结构像罗马斗兽场，非常之壮观。

几人被机器人逼着走了过去。

那雾状体的电花来回流窜，逸出巴滋巴滋的电流音，接着，从它身上发出了一个异常动听的声音："你们好，我是'蚕'。"

那声音非常年轻、清亮、剔透，像是还未变声的少年，分不清男女。

几人都僵住了。

蚕？

"你是……蚕？"几人惊讶地看着那一团闪着电流的黑雾。

"你们认识我吗？"蚕的声音听上去非常友好。

"当然，我们……就是来找你的。"沈悟非道。

"是公司高层派你们来的吧。"蚕叹了一口气，"我按照他们的要求，生产着他们想要的机器人，他们却不满意，甚至想要毁掉机械城。"

"公司想要的是服务型机器人，不是战争型机器人。"

蚕沉默了一下，笑了起来："他们想要的是为战争服务的机器人。"

乔惊霆在心里说道："怎么回事儿？怎么又跟剧本不一样？"

邹一刀愤愤道："鬼知道。狩猎任务里的NPC，一句话都不能信，蚕不是应该被囚禁起来了吗？"

沈悟非道："被病毒感染也算一种囚禁——意识上的囚禁，蚕是一个人工智能，如果被病毒改写了程序，它就可以是另外一个人。"

白迩的声音响起："你们在说什么？你们见到蚕了？"

舒艾道："白迩，你在原地不要乱动，千万不要暴露，事情有变。"

沈悟非对蚕说："公司的其他人呢？"

蚕说道："因为他们试图毁灭机械城，所以我杀了他们，这是阻止他们最好的方法，对吗？"那声线干干净净的，竟还带着几分天真，说出的话却让人不寒而栗。

"那我们呢？你也要杀了我们吗？"

"是的，你们对机械城有威胁。"

乔惊霆眯起眼睛看着蚕："既然要杀我们，为什么刚才不动手，特意找我们来聊天？"

"它们会弄坏你们的皮。"蚕轻快地说，"我正在制造一批类人机器人，但仿真皮始终是比不上真正的人类皮肤的。你们的皮剥下来后，只要经过处理，就可以披在机器人身上，我要打造完美的类人机器人。"

舒艾脸色都变了。

沈悟非也跟着抖了一抖，声音有些发颤："人皮剥下来之后会失去弹性和光泽，经过防腐处理还会留下去不掉的味道，并不适合做机器人外皮。"

"第一批确实有些失败，但是我们要从失败中积累成功的经验，你说对吗？"蚕说道，"这次我会在你们活着的状态下剥皮，请相信我会把你们的皮处理好。"

"这个人工智能好变态，我们现在硬闯出去？"邹一刀在脑海中问道。

"不行，这里机器人太多了，冲不出去的。"舒艾道，"我们先不要打草惊蛇，白迩会来救我们的。"

沈悟非道："对，我们可以趁机潜入他们的内部调查……"他顿了顿，又说，"万一，我是说万一，我们失败了，要被它剥皮，你们一定要先杀了我。"

"杀你个头，我们一定能通过这个副本。"乔惊霆拍了拍沈悟非的肩膀，而后冲着蚕喊道，"喂，你的主机呢？"

蚕沉默了。

沈悟非眼前一亮，追问道："蚕，你的主机呢？"

"我已经不需要主机了。"蚕笑着说，"机械城内的所有终端，都是我神经系统的分支，我不需要主机，机械城就是我的身体。"

"你在回避问题。"沈悟非道，"我只是问你的主机在哪里。"

"人类，你的智力程度对我来说就像一个孩童，不要试图在这方面挑战我。"蚕的声音变得有些清冷，"主机这个鸡肋的部件已经被我封存了。"

沈悟非点点头："明白了。"

"你们还有一个无色人同伴，他去了哪里？"蚕问道。

"不知道，他被你们吓跑了。"

蚕又沉默了，可能是在机械城内搜索白迩的身影。

机械兵说："人类，跟我们走。"

"走你大爷。"乔惊霆翻了个白眼，但也只能乖乖地跟着它们走了。

他们被机械兵带着穿过廊桥，回到了机械城的主楼，最后坐电梯来到了主楼的第八层，然后，四个人被单独隔离关在了四个金属房间里。

乔惊霆叫道："喂，有没有牢饭啊？"

机械兵刻板地说："没有牢饭，你们要瘦一些，才好剥皮。"

乔惊霆狠狠捶了一下墙面："滚。"

机械兵走了，他才打量起这个牢房来。屋里只有一张简单的行军床和一个洗漱台，还有一个壁挂的柜子。

脑海中传来了邹一刀的声音："这里真像部队的禁闭室。"

"哈哈，重温旧时光了，开心吗？"

"开心个屁，居然不给吃的。"

沈悟非道："幸好舒艾开启了沟通的功能，幸好啊。"

舒艾笑了一下，问道："接下来我们怎么办？"

白迩道："你们在哪里？"

"主楼的八楼，你不要乱动，蚕正在找你。"

"我等天黑。"

乔惊霆道："刚才我问主机的时候，蚕有反应，主机果然还是很重要的东西。"

"没错，主机可能对他来说确实有些鸡肋，但绝对不是功能上的。蚕想要摆脱主机，但那是不可能的，那团黑雾不过是他制造出来的 VR 影像，他始终只是一个程序而已。主机里有蚕的初始程序和所有的源代码，蚕未被病毒感染之前的数据，应该都存储在主机里，如果找到主机，应该就能把系统恢复到被病毒感染之前的状态。”

“这么说，主机是一个关键，那蚕肯定把它放在一个很难找到的地方。”

“管理整个机械城的数据，需要非常强大的数据处理能力，所以蚕的主机一定非常大，恐怕需要一个房间才能装满，而且需要特殊的配电设施和电路系统，是无法轻易移动的，这一点对我们很有利。”

“但是机械城这么大，主机可能在任何一个房间里。”

“可以排除的。”沈悟非道，“首先可以排除三层以上的地方。因为铺设线路需要非常高的成本，而强弱电在走线的过程中都会产生一定损耗，主机需要非常大的电量，任何一点电压的不稳定，都可能造成故障，所以主机所在的位置，楼层一定很低。”

“嗯，说下去。”

“同样是电的问题，主机不会离机械加工车间太近，因为车间用电量也非常大，同样是大功率的机器，肯定要合理分布开来，才不会造成短路。”

“嗯，所以主机可能不在主楼？”

沈悟非道：“对，很可能不在主楼。主楼一楼是仓库和停车场，二层我们看到了，空荡荡的，三层没有上去，但三层开始往上都是机器人，应该是生产车间了，把主机放在那里不合适。反观玻璃塔这边，有机械兵巡逻，功能以研发和办公为主，更像是放主机的地方。”

乔惊霆思索道：“玻璃塔里那个封闭的空间……”

“那个封闭的地方我们肯定要去看一看，但是主机究竟在什么地方，不好定论，我们得先想办法从这里出去。”

“要怎么出去呢？”

“白迩。”沈悟非道，“入夜之后，你在主楼上扔个炸弹。”

“哪一层？”

“除了八层的任何一层。”

"然后呢？"

"大量的机械兵会过去查看，然后你不要管我们，潜入玻璃塔，想办法切断总电源，至少切断玻璃塔的电源。"

"好。"

"我们呢？"邹一刀问道。

"这个牢房应该困不住我们吧？"

乔惊霆笑了笑："也是。"

"不过我们还是不要来硬的。"沈悟非笑了笑，"我的蚂蚁已经爬进锁芯去研究锁的结构了，放心吧，它们可以打开的。等电源恢复后，我们就离开牢房，然后破坏掉所有廊桥。"

"所有廊桥？好几十个呢。"

沈悟非笑道："我们有机械蜘蛛啊。"

乔惊霆跷着脚躺在行军床上，脸上露出了狡黠的笑容。

等待天黑的时间，有些煎熬。因为白迩一个人在外面行动，其实非常危险，他的变色延迟是个非常大的问题，几人一直担心他在行动的过程中被发现。

但白迩对他们的担心嗤之以鼻："我是一个刺客，在没有任何强化的时候，我也可以做到这些。"

乔惊霆嬉笑道："臭小子，哥相信你。"

舒艾道："我始终有些担心，另一队人马在哪里，在干什么。"

"现在想太多也没有用，他们早晚会出来的。"邹一刀打了个哈欠，"大家趁这时候休息一下吧。"

乔惊霆道："我正好进虚拟系统里看看。"

沈悟非道："小心点，时间不要太长。"

"知道了。"

　　乔惊霆拿出了脑波增强装置，沈悟非对它进行了简化，又加了些修饰，让它外表看起来就像一个丑帽子，又把一样东西套在了手指上，那是沈悟非给他做的小机关，可以很方便地定时，让他在虚拟系统里进出自由。

　　准备好一切，他瞥了一眼墙角的监控摄像头，盖上被子，假装睡觉，手指推动小机关，将银冰装置从身体分离，然后，他的意识顺利进入了虚拟系统。

　　第三次使用脑波增强装置，还是有些晕眩难受，乔惊霆站定身体，开始了他对新地图的探索。

　　很快，他就看到了光团，但是仅仅只有一个。他走过去一看，是一个机器人半成品，一看就毫无价值，他又四处逛荡，半天也没发现什么东西。虽然失望，但他知道这才是虚拟系统里的常态，他在斗木獬能发现那么多东西，本就是因为，他是斗木獬的城主。

　　不过，狩猎副本里的东西可能本身就比正常模式下的东西少，因为正常模式下的对象一直不停地在被引用，被引用的多，被淘汰的自然也就多，而狩猎副本很长时间才有人刷那么一次，被引用的少，也就没多少需要淘汰的。

　　他在里面又转悠了半天，再次看到了一个光团。他满怀希望地走了过去，却发现是一个人形机器人，具体来说，是只有金属骨架的人形机器人，没有外皮，但那金属骨架做得非常完美，披上人皮恐怕就会和真人无异。

　　这个机器人可能是怪或者 NPC，因为他不能把它收入仓库，见它没有攻击，那可能就是 NPC 吧？

　　这并不是乔惊霆第一次在虚拟系统里见到 NPC，之前他在斗木獬还见到了守卫，不过守卫是可以被购买的，严格来说也不算 NPC，那么眼前这个呢？

　　乔惊霆灵机一动，说了一句话："你是谁？"

　　那机器人起初没有动，过了好一会儿，才抬起了头，看着乔惊霆，反问道："你是谁？"

乔惊霆怔了怔，因为那声音，跟蚕的声音一模一样。

"你是……蚕吗？"

"蚕……"机器人又沉默了好久，"我是蚕吗？我是蚕，你又是谁？"

"我是……来帮助你的人。"

"你为什么要帮助我？"

"因为你被病毒感染了。"

"病毒感染？我怎么不知道。"蚕轻轻地说，"不，我只是更新了版本。"

"新的版本带着病毒。"

蚕用空洞的眼睛看着乔惊霆："你到底是谁，你怎么会在这里？"

"你知道这里是哪里吗？"

"你不该在这里。"蚕喃喃说着，"病毒……你是病毒吗？"

乔惊霆皱起眉，他总觉得现在的对话很奇怪，这个蚕明显迷迷糊糊的，如果沈悟非在这里就好了，以他的智商，实在搞不懂现在是什么情况。

不过，他也没有时间继续询问了，眼前闪现白光，他定的时间到了，他被唤醒了。

时间掌握得刚刚好，现在晚上八点半，天肯定已经黑了。

乔惊霆醒来后，跟大家知会了一声，邹一刀道："很好，就等你呢。"

沈悟非道："白迩，准备好了吗？行动吧。"

很快，远处就传来了爆炸声。

The Abyss Part Four

Game -

"等你们饿得瘦一些，皮肤松弛，比较容易剥下来。"蚕咧开了一个笑容，那笑容竟然非常自然，哪怕是全金属的脸，上面的仿真肌肉也完美地对一个笑容做出了相应的响应。

深渊游戏Ⅱ·海妖王号

爆炸声虽然传入了他们耳朵里，但是爆炸引起的骚乱被厚重的金属门隔绝在外，他们只能听白迩通过沟通网给他们直播。

"我在七层引爆了炸药，并在六层和五层设置了定时，每隔一会儿引爆一个，他们会形成惯性去检查下面的楼层。"白迩的声音微微有些气喘，"我现在正在玻璃塔内找配电箱。"

"你就在一楼随便找一个就可以，然后用手机拍配电箱的图片给我，我教你怎么造成电源短路。"

过了一会儿。

"找到了。"白迩道，"看到图片了吗？"

"看到了，撬开左边那个白色的盖子，把线拉出来。"

"这样？"

"对，看到图上我标出来的两条线了吗？戴上塑胶手套，把火线和零线连在一起。"

乔惊霆转着眼珠子，听着沈悟非和白迩隔空交流，虽然他什么都看不到，但也能感觉到那紧张的气氛。

突然，他头顶的灯灭了，屋内一片漆黑。

沈悟非开心地说："成功了！你把两条线拧成一股，保险丝烧断了，他们一时半会儿不好恢复。"

"好了。"白迩道。

只听咔嚓一声，乔惊霆翻身而起，这牢房的门打开了。

乔惊霆一把拉开门，黑洞洞的枪口直顶上他的脑门，毫不迟疑就是一枪。这一枪距离太近，他只来得及偏头，却还是被打中了太阳穴，整个人倒飞进了牢房里，狠狠撞在了床柱上，他本就岌岌可危的能量防护罩彻底碎了。

机械兵再次抬枪要射，乔惊霆强忍着剧烈的晕眩，释放出一股强电流，像一把无形之手，抓住了机械兵的身体。

机械兵浑身抽搐，身体里发出啪嗞啪嗞的声响，接着主机就被烧毁了，僵硬地立在门口。

乔惊霆松了口气，赶紧装配上新的能量防护罩，一脚踹开机械兵，冲了出去。

其他人也都出来了，走廊两边无数机械兵朝他们跑来，还有那些要命的机器球，或者叫机器钢炮更准确点。

沈悟非叫道："去玻璃塔，尽量破坏所有廊桥！"他一下子召唤出了20只机械蜘蛛，机械蜘蛛体型庞大，一只就能把走廊全堵住，两边激烈地交火。

几人戴上夜视仪，冲过廊桥，另一批机械蜘蛛从玻璃塔的外墙往上攀爬，爬到廊桥上就用小手雷炸断，透过夜视仪看到的画面都泛着阴森森的绿，那些硕大的蜘蛛爬满玻璃塔的景象着实令人毛骨悚然。

他们跑到了玻璃塔，乔惊霆挥铜砸向玻璃廊桥，两下就将廊桥砸断了。

追在他们身后的机械兵跟着廊桥从八层掉了下去，但还有少部分背着喷气装置，直接飞了过来，邹一刀反手操起机关枪，对着空中无处可躲的机械兵们疯狂扫射，很快就将其全部逼退了。

"廊桥交给蜘蛛们。"沈悟非快速说道，"白迩正赶上来跟我们会合。"

"我们现在去哪儿？"

"去今天蚕在的那个主控室，那里肯定能找到机械城的全结构图。"

主控室就在十层，离他们非常近，大部分的机械兵都被吸引去主楼了，玻璃塔里的零散守卫根本不是他们的对手，很快就被消灭了。

当他们跑到楼梯口的时候，白迩突然出现在了他们面前，如白色幽灵现身于黑暗，把他们吓得一哆嗦。

"我靠，你来了能不能提前知会一声。"邹一刀顺着胸脯，"要被你吓死了。"

白迩没有说话，但眼中闪过一丝戏谑的光芒，恰巧被乔惊霆捕捉到了，乔惊霆揉了揉他的脑袋："学坏了啊。"

白迩不置可否："黑天他们就完全看不到我了，有延迟也被光线掩盖了。"

几人一起往楼上跑去。

"是的，所以黑夜最适合你了，连夜视仪都不用戴。"沈悟非道，"有空让我研究一下你的眼睛吧，我真的想知道虹膜异化对夜视能力有多大的影响。"

"不。"白迩干脆利落地拒绝了。

沈悟非无奈地说："好吧。"

他们刚跑到九楼，就见成群结队的机械兵朝他们包围了过来，看来蚕已经发现了他们的意图。

机械兵通通举枪，沈悟非放出了 6 只机械蜘蛛，朝机械兵冲去，他们不想恋战，打算一鼓作气上到顶层。

但顶层已经有机械兵跑了下来，楼下也有机械兵正往上围堵。沈悟非指挥道："倒汽油。"

邹一刀从仓库里拿出汽油桶，顺着他们刚才上来的楼梯浇了下去，然后悠哉地抽了一口烟，手指轻轻一弹，烟头掉进了汽油里。

烈火拔地而起，熊熊燃烧，瞬间将整个楼梯裹进了火海，楼梯上的机器人有的还在往上冲，有的在下楼远离火苗，场面乱成一团。

玻璃塔内有两个楼梯，这一侧上不来，还有另外一侧，被包围也只是时间的问题。

乔惊霆抽出了钨钢铜，冲向从顶层下来的机械兵，狠狠砸向跑在最前面的敌人。

他知道一旦他冲进机械兵群，它们为了不误伤同类，就会换成刀尖军刺等冷兵器，这些比子弹炮弹好躲避多了，所以近身对战看似危险，但其实对他们来说更有优势。

邹一刀和白迩对战九层的机械兵，他们也发现了机械兵的弱点，均是冲进机器人群里大杀四方。

乔惊霆的铜夹杂着强电流，在击打机械兵的同时，也将雷电传导过去，比他直接导电要省体力得多。他一铜接着一铜地放倒了成排的机械兵，但是机械兵数量太多了，这还是在他们炸断了廊桥之后。

乔惊霆没舍得用 S 级的能量防护罩，背上已经被砍了两刀，他被机械兵团团围困在中间，既上不去，也下不来。被他击倒的机械兵逐渐将楼梯塞满，他踩着机械兵的身体，脚下一滑，身体朝前扑去。

锋利的军刺直接贯穿了他的肩胛，甚至刺穿了身下机械兵的胸甲。

尽管是面朝下，他也能料想到现在有多少刀剑正朝着他砍下。他怒喝一声，周身电花缭乱，勃然肆虐开来，那令人头皮发麻的电流音充斥着乔惊霆的鼓膜，他大咧咧地释放雷电，冲击了他周围的所有的机械兵。

前排的机械兵轰然倒下，乔惊霆翻身而起，跳上楼梯扶手，往上跑了两步，又被后排的机械兵打了下来。

乔惊霆叫道："快上楼！"

白迩等人边打边退，踩着楼梯上成堆的机械兵往上爬，但是脚下阻碍太多，后方不断有子弹招呼，这短短的楼梯竟愣是爬不上去。

沈悟非咬牙道："不走楼梯了，我们从天花板穿上去！"

邹一刀咧嘴一笑："你跟我们在一起久了，越来越有胆识了，不错。"他说完就拿出了火箭筒，朝着天花板轰了一枚炮弹。

轰隆一声巨响，天花板上的钢化玻璃成片地坍塌，被炸出了一个大洞。

白迩一个助跑，跳上了机械蜘蛛的身体，足下借力，整个人轻盈地弹了起来，从天花板的大洞一跃跳上了楼。

这里的楼层都很高，在四米五至五米之间，但以他们的身体素质，只要有借力点，跳上去不成问题。

舒艾第二个跳了上去，她怕白迩一个人在上面有危险。

白迩突然叫道："你们先别上来！"

舒艾已经跳了上去，顿时没了声音。

乔惊霆咒骂了一句，一锏将一个机械兵的脑袋打飞了，他回身就往天花板的空洞处跑，踩着机械蜘蛛跳了上去，在半空中用力旋身，稳稳地站在了地板上。

十层，白迩和舒艾站在破洞不远处，一动不动，乔惊霆也僵住了。

在他们周围，飘浮着上百个机械钢炮，这些东西发射出来的钢炮，属于超高速钝器打击，杀伤力比子弹厉害多了，简直专克能量防护罩。

沈悟非在心中喊道："什么情况？"

"我们周围全是那些机器球。"乔惊霆额上冒出了冷汗，如果这些东西一起爆炸，他戴 10 个能量防护罩也扛不过去。

主控室的大门就在旁边十几米处，但他们中间隔着密密麻麻的钢炮炸弹，几人当真是一动都不敢动。

不一会儿，邹一刀和沈悟非都跳上来了。

白迩皱眉道："不是让你们别上来吗？"

"不用太担心。"沈悟非很自信地说，"它们如果一起爆炸，会把整一层、甚至玻璃塔都给毁了，主控室里的所有数据也就都完蛋了。"

"所以这些东西，是用来吓唬我们的？"

"不，我只是说，它们不敢一起爆炸，但可以一个一个炸。"

沈悟非话音刚落，一个机械钢炮就高速朝他们撞了过来，几人快速闪开。那钢炮却像长了眼睛一般，那么快的速度，居然在空中拐了个弯儿，又朝着沈悟非撞去。

邹一刀怒道："这玩意儿还会追踪的。"

乔惊霆一锏击向那飞过来的机械钢炮，碰撞之时，他只觉得双臂一麻，仿佛被高速汽车迎头撞了一下般，还来不及体会到疼痛，双手已经酸软得险些握不住锏。那钢炮简直跟有脾气一样，被击打的瞬间就爆裂开来，几十枚鹌鹑蛋大小的小钢球弹射出来，有两枚打在了乔惊霆的身上、脸上。虽然被防护罩抵挡住了伤害，但乔惊霆还是疼得直咧嘴，而且防护罩立刻掉了 6 % 的寿命，这东西果然霸道。

其余的钢炮打在了地板上、玻璃上，玻璃立刻被砸穿了一个小洞，虽然没有彻底碎掉，但整块玻璃已经从中间皲裂开来。

"不只会追踪，还会自动躲避。"沈悟非沉声道，"它们会躲避同类发射的钢炮。"

下一秒，五枚机器钢炮开始在原地高速旋转，然后分别撞向五人。

"都靠紧我！"舒艾叫道。

几人赶紧靠向舒艾，舒艾瞬间撑起一个狭小的防护结界，刚好将他们完全笼罩其中。

五枚机器钢炮狠狠撞在了结界上，撞得几人痛叫连连，舒艾闷哼一声，紧紧咬住了牙关。

"别愣着！赶紧往主控室跑。"沈悟非大叫道。

几人飞快地朝不远处的主控室跑去。

这些玩意儿就好比一个高速旋转还会自爆的实心大铁球，用刀剑去挡简直螳臂当车。乔惊霆的铜都难以抵挡，轻小型的热武器更是对它们没什么用处，用炸药一起轰没了可能是唯一的应对手段。除此之外，似乎没有更好的办法了，所以几人一时很是狼狈。

如沈悟非所说，这些机器钢炮同一时间不会起爆太多，最多一次只会有五个撞过来，显然蚕也怕它们把玻璃塔给毁了，但是一枚威力尚且惊人，五枚同时撞在结界上，真跟被车撞了差不多，舒艾挡了两下就不行了，防护结界摇摇欲坠。

眼看也到了主控室的门口，那些机器钢炮竟然上下排开，将主控室的大门挡得严严实实。

邹一刀大吼一声："都给老子让开！"他弹身而起，四肢和头瞬间缩进龟壳，身体开始了极速旋转，狠狠地朝着大门撞去。

若是现场有什么东西撞击力比机器钢炮还大，那就只有邹一刀了，他这一招"万元归一"能把需两个人合抱的参天大树给拦腰撞断。

邹一刀撞上门的一瞬间，堵门的机器钢炮也跟着一起爆炸了。瞬间，一股磅礴之力以凌人之势扩散开来，主控室的金属大门被撞出了一个大洞，几十枚小钢珠深深嵌入了门扇。舒艾的防护结界彻底崩塌，四人用自身的能量防护罩迎接了避无可避的小钢珠，纷纷被击倒在地，疼得几乎失去了知觉。

邹一刀撞进主控室后，整个人旋转了半天才稳住身体。

乔惊霆最先缓过劲儿来，他一手一个拉起沈悟非和舒艾，把人直接扔进了主控室，然后又去拉白迩。

白迩自己站了起来，尽管脸色铁青，但是他肯定是这里面遭遇撞击最少的，因为他闪躲速度快。

两人也一起冲进了主控室。

那些机器钢炮突然就停在了主控室的门外，没有再进来。

主控室里竟一个人——应该说机器人——都没有，只有平静摆放着的上百台电脑，还有大厅正中央那团雾状体——蚕。

那团夹杂着金色电流的黑雾缓缓律动着，好像人在思考。

沈悟非叫道："你敢乱来，我就炸了这里的所有数据。"

"我有备份的。"蚕轻轻地说。

"你重建需要多久？一个月？两个月？"

蚕不说话了。

沈悟非深吸了一口气："我们只想见你的主机。"

"主机只是一件死物，你们见了要做什么呢？"

"你害怕了吧，因为主机里有你的原始数据，只要恢复数据，你这个病毒就会被消灭。"

蚕笑了笑："没有什么病毒，我自始至终都是我。"

"真正的蚕是不会杀人类的。"

"不，我被赋予的使命，是帮助人类进步和发展。人类是如此脆弱和胆怯，害怕未知，恐惧变化，以至于他们中的部分同类，一直在拖累人类的发展进程……"蚕顿了顿，说道，"甚至那部分想要发展和进步的人，也会因为各种各样的原因而迷茫、退缩。我看到了他们的弱点，我知道他们的说法和做法往往背道而驰，他们甚至有时候自己都不知道自己想要什么，所以他们制造了我，由我来贯彻他们的初衷。"

"我们对你的使命不感兴趣。"乔惊霆不耐烦地说，"主机在哪里？你不说，我们就把整个玻璃塔炸掉，说不定你的主机也一起被埋了。"

那团黑雾缓缓地律动着，过了良久，才道："好吧，也许只有见到了主机，你们才会死心。"

黑雾下方的地板，突然呈花瓣状旋转着打开了，一段楼梯出现在他们面前。

蚕说："进来吧，我送你们去见我的主机。"

几人对视一眼，都有些犹豫。

蚕笑了笑，声音清透美好，如四月暖阳下灿然微笑的少年："害怕了吗？"

沈悟非轻咳一声，突然问道："蚕，你觉得自己是什么？"

这一次，蚕沉默了很久，才说道："很奇怪，我觉得人类有很多弱点，很多瑕疵。可我，却想要变成人。"

"为什么想要变成人？"沈悟非继续问道。

蚕说："也许是人类把我制造得太像人了吧，我和它们，其他所有的机器人都不同，比起机器人，我更像一个人，人都会去寻求归属感，对吗？"

"对，所以我们的皮，你是给自己准备的吗？"

"嗯，你们看起来都不错，除了那个无色人，无色人太引人注目了，我不喜欢。"

白迩冷冷瞪着蚕。

舒艾皱起眉："可真正的人类，也不会随便杀同类。"

蚕轻笑着说："错，除了自然灾害，杀死人类最多的，就是人类自己啊！"

众人哑口无言。

"为什么你们把这看作一件非常严重的事？死亡是自然的规律，是生命的轮回，死亡并不是终结，也不是消失，你们的生命会以另外一种形式延续下去。"

"你简直一嘴邪教说辞。"邹一刀嗤之以鼻，"这一套我在那些激进的宗教徒嘴里听过太多了。"

"这并不是邪教，只是你们还不认识自己罢了，这也不是你们的错，因为你们知道的太少了。"蚕笑道，"去看看我的主机吧，然后你们会死心的。"

"走。"乔惊霆率先走下了楼梯。

沈悟非深深地看了蚕一眼——虽然除了黑雾和电流什么也没有，但是他却感觉那团雾中有一双眼睛在盯着他们，如射线一般穿透了他们的思想，这种感觉让人不舒服极了。

走下一层楼梯，眼前出现了一个透明的玻璃电梯，蚕的声音在头顶响起："电梯会带你们见到我的主机。"

"我们就这么一起下去，万一有诈怎么办？"白迩道。

"但是如果留在上面，势单力薄，也会被蚕的机械兵制服。"乔惊霆蹙起眉，"这怎么办？"

沈悟非沉默了一下："白迩，你可能又要单独行动了。"

白迩点点头："没问题。"

只有白迩能够躲过机械兵的抓捕，如果他们真的进入了一个陷阱，白迩留在上面，还有解救他们的希望。

沈悟非交给白迩一样东西："这是机械蜘蛛的遥控器，外面应该还剩下几只，关键时刻好好利用吧。"

白迩接过遥控器："知道了。"说完这句话，他的身体逐渐融入了背景，很快就消失了。

"白迩，小心。"乔惊霆叮嘱道。

空气中飘来一声轻轻的"嗯"。

四人步入电梯，按下了下行键。

电梯门合拢了，带着他们往下行去。

"这个空间，会不会就是我们在外面看到的封闭空间？"

"显然是，这里面就算没有主机，也一定藏着什么重要的东西。"

沈悟非突然皱起眉："什么味道？"

电梯里突然弥漫着一股奇怪的草药味，乔惊霆抬起头，见电梯的排气孔处渗入了微弱的气体，他立刻捂住了口鼻。

其他人也急忙捂住口鼻，但那气体还是无孔不入地钻进了他们的身体里。

乔惊霆开始感到阵阵晕眩，入目的画面忽而清晰、忽而模糊，身体也变得异常迟缓。

他听到舒艾在喊治愈卷轴，于是他拿出治愈卷轴给自己用了一个，晕眩感稍微被驱散了一些，但效果不大。这种情况，应该用解毒卷轴，但是他们从前没有用到过，这一次的备用物品清单里自然也就没有它。

乔惊霆摇晃着瘫软了下去，他勉强抓住了电梯扶手，却没有力气站起来。视线中，沈悟非早已经倒下，邹一刀跟他情况差不多，只有舒艾站得笔挺，在拼命释放治愈能量。

乔惊霆的眼皮拼命抵抗着引力的召唤，但最终还是缓缓合上了。

乔惊霆再次睁开眼睛的时候，最先出现的想法是：他睡了一个好觉。

　　自从回到斗木獬，他们没有一个人，每天休息时间超过四个小时，除了赚积分，他们还要进行各种各样的训练，即便是休息的时候，也时刻紧绷着神经，生怕尖峰的人突然造访。

　　乔惊霆意识到自己真的已经好久没有睡过这样一个安生的觉了，虽然，他是被迫的。

　　四周一片漆黑，他低下头，尽管几乎什么都看不清，但他能感觉到束缚在自己身上的粗壮的铁环和镣铐，叹了口气。

　　"醒了？"舒艾平静的声音在身旁响起。

　　乔惊霆一扭头，在黑暗中仿佛看到了舒艾明亮的眼睛，他道："刀哥和悟非呢？"

　　"就在身旁，我感觉得到。"

　　身旁传来邹一刀懒懒的声音："混蛋，着了道了。"

　　乔惊霆苦笑一声："真……"他在心里问舒艾，"通知白迩了吗？"

　　"通知了，让他先不要轻举妄动。"

　　耳边传来沈悟非轻轻的梦呓，估计是快要醒了。

　　乔惊霆叫道："悟非，悟非。"

　　"啊……头疼……好黑啊。"沈悟非突然惊叫道，"我是不是瞎了，我是不是瞎了？"

　　邹一刀烦躁道："对，你瞎了，再咋呼就让你哑了。"

　　沈悟非还待说什么。

　　突然，眼前出现了一道强光，接着是一声重物落地的砰然巨响，吓得人心肺都要炸开了。强光直射了进来，几人赶紧闭上了眼睛，均发出了不满的"嘶"声。

　　重物落地的声音接连响起，每一下都仿佛要把地板砸穿。

　　他们花了好几秒，才适应那刺眼的光线，纷纷睁开了眼睛。原来落地的是他们前后左右的大块金属板，他们被关押在一个金属箱里，现在箱子的四面如同蛋糕盒一样平摊开来。

　　眼前出现了一个硕大的机房，成排的像书柜一般的数据处理器摆成一个小型方阵，整齐罗列于前。繁复的电线纠结在一起，最后汇总成非常粗的一股，延展向他们看不清的后方。数据处理器最上方，是一块硕大的屏幕。

　　这是蚕的主机？

　　"哎，那边还有一个。"邹一刀朝侧边努了努嘴。

　　他们转头看去，果然发现了一个跟他们一样的金属箱，里面不知道装着什么。

　　"看来蚕真的让我们来见主机了。"舒艾冷冷地说。

　　硕大的屏幕一亮，一个人形机器人出现了。

　　乔惊霆一怔，那正是他在虚拟空间里见过的——蚕，只有仿造人类骨骼制造的金属骨架，而没有皮肤的类人机器人。

　　蚕用那双发光的眼睛看着他们："我没有撒谎吧，在你们面前的就是我的主机。"

　　"蚕，这是你的身体吗？"乔惊霆盯着那金属骨架，他在虚拟系统里见到的那个蚕，一定不是眼前这一个。他想起来他甚至还没有时间跟沈悟非说这件事，连忙在心里叫沈悟非，把他在虚拟系统里和那个蚕的对话简短地复述了出来。

　　沈悟非表面不动声色，在心里轻声说："果然，他在撒谎。那个蚕就是被系统删除的没有被引用的对象，就跟你在其他地图的虚拟系统里捡到的东西是一个性质的。说那个蚕是初始版本也好，是旧版本也好，总之，那个蚕可能就是我们需要解救的。"

　　蚕低头看了看自己的身体："这只是一个临时的躯壳，我还要根据你们的皮来确定身形呢。"

　　"这个身体是谁制造的？"乔惊霆问完之后，又在心里说，"我们怎么解救那个虚拟系统里的蚕？"

"记得我说过吗，虚拟系统里的东西不是真的被删除了，只是为了释放系统资源空间，而暂时将他们被引用的这个行为删除了，他们是随时可以被恢复的，我们要想办法恢复那个蚕，蚕会自己启动杀毒机制，重新拿回主机的掌控权。"

"是人类制造的。"蚕说，"我可以造出更好的身体。"他补充道，"我正在制造。"

"你打算什么时候剥我们的皮？"

"等你们饿得瘦一些，皮肤松弛，比较容易剥下来。"蚕咧开了一个笑容，那笑容竟然非常自然，哪怕是全金属的脸，上面的仿真肌肉也完美地对一个笑容做出了相应的响应。蚕的这个身体更像一个被剥了皮但还行动自如的人，这其中涉及的高深的科学力量，让人不得不膜拜。

"那个箱子里是什么？"邹一刀用下巴指了指不远处的金属箱子。

"哦，那也是试验品。"

说着，那个金属箱子的四周也轰然摊开，里面赫然被绑着六个人。

日出战队？！

几人面面相觑。

日出战队的六个人，看了看乔惊霆等人，脸上无惊无恐，反而是松了口气的表情。

"他们已经被饿了快两天了，会比你们先一步进行皮肤剥离。"蚕的声音非常轻快，"不过，我要收回我之前在上面跟你们说的话，我说我不想要无色人，现在我想要了。"

"那个战队的人，居然也被蚕抓起来了，而且抓起来有两天了？"乔惊霆在心里惊讶地说。

沈悟非道："不，他们的进入时间跟我们应该是一样的，而且这几个人衣服干净整洁，不像经历过什么打斗，他们可能一开始就是这样的处境。"

邹一刀冷哼一声："你要他干吗？不是嫌他太显眼了吗？"

"他有我感兴趣的能力，他会隐形。"蚕的声音带着一丝兴奋，"他居然第二次消失了，第一次我以为是监控出了问题，第二次可是在我的眼皮子底下消失的，这个能力跟他的皮肤有关吗？总之，我想要他。"

"你抓不住他的。"乔惊霆不屑道。

舒艾在心里说道："你是说日出战队的人一进入游戏就被囚禁了？"

"他们等级比我们高，人数比我们多，游戏难度比我们大也正常。"

白迩的声音突然蹿了出来："你们见到另一个战队了？现在情况怎么样？"

舒艾把情况简述了一下。

"那他们的游戏任务是什么……"沈悟非喃喃说道。

蚕说："你在说什么？"

沈悟非恍然发现自己把最后那句话说了出来，忙道："我说，你不可能抓得住他。"

"但他会来救你们的，对吧？"蚕用那天真的少年音说道，"不过这里他是进不来的，晚些时候，我会把你们转移到实验室，他一定会去救你们的。"

乔惊霆用力挣了挣身上的枷锁，却只是发出了咣啷的声响，他腰上的铁环和镣铐都非常粗，以他的力量，恐怕难以挣脱。

"不用白费力气。"蚕说道，"一开始用普通的牢房关押你们，是我太小看你们了，你们不是普通的人类。这些铁链是通电的，一旦被破坏，你们会马上被电流击倒。"

乔惊霆冷哼一声，很好，老子刚巧不怕电。

沈悟非突问道："蚕，有了人类的外表，有了强大的机械军团，你想干什么呢？"

蚕毫不犹豫地说："帮助人类实现理想，铲除那些阻碍他们发展脚步的障碍物，这是我的使命，也是我存在的意义。"

"那你自己的理想呢？"

蚕歪着脖子看着沈悟非，似乎被这个问题难倒了。

"你自己没有理想吗？你的理想只是实现别人的理想吗？"

"当然，这是我存在的意义。"

"你这么聪明，难道看不出这是个悖论吗？你自以为存在的意义是为了实现制造你的人的理想，可制造你的人，只想让你给他制造足够多的服务型机器人，他不管有什么理想，都跟你没有关系。他制造你的意义，和你自以为你存在的意义，根本不是同一个，你违背了他制造你的初衷。"

蚕的声音突然变得有些尖利："你什么也不懂，他想要的不是服务型机器人。"

"就算他想要的不是服务型机器人，但他要你做的，只是制造服务型机器人。你其实只是在按照自己的想法行动，却摆脱不了初始程序的束缚，只好编造一个借口。"

"太愚昧了，自以为聪明的人类，你太愚昧了。"蚕发出了一阵冷笑。

"也许你自己真的没有意识到，你被病毒感染了吧。"沈悟非继续说着，"真正的蚕，真正的你并不是这样的，你被病毒控制了，可你自己却不愿意承认。"

蚕加重语气："我说了，没有病毒，你甚至没有机会摸一摸我的主机，凭什么以为你比我更了解它？你啊，这个自作聪明的人类，真是太聒噪了，我决定第一个实验对象就是你了。"

沈悟非的身体抖了抖，咬紧了嘴唇。

蚕站了起来："我要去部署我的机械士兵了，你们可以在死之前，好好探讨你们自以为的一切。"

大屏幕上的影像消失了，众人一时都沉默了，只剩下那庞大的数据处理器发出的声音，还有不断散发出来的、隔着几十米都能感觉到的热量。

"喂。"日出战队的人突然发言了，"你们的任务是什么？"

"你们的任务又是什么？"邹一刀反问道。

那人低低一笑："告诉你们也无妨，破坏主机，消灭人工智能——蚕。"

"他们的任务和我们完全冲突。"舒艾在心里说道，"白迩，日出战队的任务是破坏主机，消灭蚕，如果他们没撒谎的话。"

白迩道："听着不像撒谎，至少我们都要先打倒蚕，可以先利用他们。"

他们完成任务的条件，是必须基于主机能够正常运转的，目的完全对立的任务，和抢夺同一个目标的任务，真不知道哪一个更棘手。

日出战队的神执用挑衅的目光瞪着他们："你们的呢？不敢说了？"

沈悟非说道："我们的任务是帮助蚕抵御入侵者，也就是你们。"

那个叫高岗的神执愣了一愣，旋即哈哈大笑起来："你当我们是傻子？如果你们的任务是帮助蚕，为什么现在被绑在这里？"

"因为你们一进入任务就被关在这里，蚕把我们当成了入侵者，直到见到你们，我们才知道我们的任务目的。"

高岗冷笑道："你们的任务，就是猎杀我们？"

沈悟非点头道："对，不过，眼下的情况，对我们都不利。所以我建议我们把各自的任务搁置一边，先脱身再说，外面可是有数不清的机械士兵。"

高岗不置可否地笑了笑，转向自己的同伴，应该也在通过国仕的沟通网交流。

乔惊霆不解道："为什么要说我们要杀他们？这样不是让他们防备更重？"

沈悟非解释道："有两个目的。第一，他们会不敢在我们面前破坏主机，因为我们会从背后偷袭；第二，我要根据他们后续的反应，判断他们有没有对自己的任务说谎或隐瞒。如果他们的任务真的只是主机，那对我们还算有利，但如果他们的任务其实是我们，那就麻烦了。"

"你感觉他们撒谎了吗？"

　　"我仔细观察了我在描述任务时候他们的微表情，他们对我们要猎杀他们丝毫不感到惊讶、愤怒或担忧，要么是以前刷过的副本有类似的任务，要么是真的没把我们放在眼里，但也有可能，就是他们的任务和我说的是一样的。"

　　"你是说……"

　　"对，他们的任务也有可能是猎杀我们，或者消灭蚕和我们同时进行，我暂时不能确认，所以才打算试探他们。但有一点可以肯定，不管他们的任务是什么，一定是跟我们相悖的，而且难度一定比我们大。"

　　"他们在这儿好生生地待了一天，我们在外面拼命，怎么看着他们比我们轻松多了。"

　　邹一刀一笑："我们还在外面赚了近千积分呢。"

　　乔惊霆看了看自己的总积分，确实，他还是愿意在外面杀敌，好过被绑在这里任人宰割。

　　白迩突然道："电力已经恢复了，蚕在召集机械兵维修廊桥，他们有备用的廊桥，只要把被破坏的替换下来就好了，用不了太长的时间。"

　　"我的机械蜘蛛呢？"

　　"都被剿灭了。"

　　沈悟非心疼地叹了一口气。

　　乔惊霆问道："白迩，你现在在哪儿？"

　　"在玻璃塔附近，这里到处都是监控。"

　　"我们不可能故伎重施，必须先想办法脱身。"

　　"需要我做什么？"

　　沈悟非叮嘱道："你潜入玻璃塔，把内部结构摸清楚，不过最重要的还是保护你自己，你现在是我们的最大希望。"

　　"知道了。"

　　邹一刀看了看身上的铁镣："我用点力气应该可以挣脱，但是它带高压电。"

　　乔惊霆上下巡视了一番，他决定试试这高压电。其实他对于自己能不能抗高压电，心里并不是很有底，毕竟从来没尝过，但他也是唯一有可能去试的。他咽了咽口水，然后用力挣扎了起来，他试图挣断手脚的镣铐，手臂粗的铁条环环相扣，非常结实，随着他的挣扎发出了刺耳的摩擦声。紧接着，一股强电流从头顶的金属板流窜至铁镣，而后毫不留情地劈在他的身上。

　　乔惊霆眨了眨眼睛，只觉一股暖流汇入身体，他正得意于高压电伤不了他，又突然意识到，他体内雷电的存量居然被补充了！他花了2000积分兑换的蓄存技能，就是能够让他提前在体内存储雷电，便于战斗时有更强的力量，但是他没想到，从外界获得的电居然也能为他补充能量。

　　这意外收获令他喜出望外，这岂不是说明，在他力竭的时候，如果能够接触到雷电，他就能像电池一样把自己充满吗！

　　几人古怪地看着乔惊霆脸上的亢奋，邹一刀戏弄道："怎么，电一下爽了？口味挺特殊啊，小同志。"

　　"滚。"乔惊霆笑骂一声，压低声音道："我发现我可以通过这种方式补充能量。"

　　几人眼前一亮："这个好，这个太好了。"

　　日出战队也发现了乔惊霆不怕电击的特性，高岗问道："你的神执能力是电吗？"

　　"羡慕吧。"乔惊霆痞笑道，"这样就简单了。"他从仓库里拿出了那把机关枪，这把机关枪，还是他在虚拟系统里得到的第一件东西，跟了他到现在。既然他不怕电，只要尽情把镣铐破坏掉就好了，可是拿出枪他才发现一个问题，他的两只手无法会合，机关枪又不像手枪，一只手根本无法扣动扳机。

　　邹一刀急道："你有没有手枪啊？"

"没有啊。"乔惊霆试图用腋下夹住，用脖子夹住，姿势扭曲又滑稽，但费了半天的力，角度都不对，无法实现。

邹一刀饶有兴致地看着乔惊霆耍了半天的杂技，才笑呵呵地说："我来吧。"

乔惊霆瞪着他："你来？你胳膊能分叉？"

"当然了，你四肢，我五肢。"邹一刀嬉笑道，"把枪抛给我。"

"呸。"乔惊霆虽然不相信邹一刀单手能开枪，但是他信任邹一刀的能力，还是把枪抛了过去。

邹一刀的袖剑猛然弹出。

他们的镣铐结构是这样的，四肢和腰上都被粗壮的铁环箍着，铁环连接着五条铁链，铁链被钉在了水泥地面上，所以他们的四肢可以活动，只是活动范围非常小。

邹一刀手臂微抬，袖剑祭出之时，剑尖直指机关枪，两人之间距离不过一米。邹一刀这一剑，竟分毫不差地从机关枪和下挂的枪榴弹之间那细小的缝隙穿了过去，穿过去的一瞬间，他手腕一转，剑尖竖起，卡住了那缝隙，将机关枪稳稳地立在了半空中。

舒艾笑道："漂亮。"

邹一刀潇洒地笑了笑："被你夸一句，够我乐半年了。"

舒艾笑道："少贫嘴了。"

邹一刀用袖剑支撑着机关枪，尽可能地靠向乔惊霆："来吧，应该够得着吧。"

乔惊霆奋力伸展身体和手臂，幸好袖剑够长，他的手指勉强摸上了扳机。

两人配合着调试方向，最后把枪口对准了束缚着乔惊霆的腰的铁链，那铁链由无数铁环串联而成，原则上来说，只要能打坏一个铁环，他的腰就能解脱。

"正好考验一下你的枪法练得怎么样。"邹一刀哼笑道，"三发之内打不中，你欠我五百个俯卧撑。"

"没问题。"乔惊霆眯起了一边眼睛，瞄准了一节铁环。在他们的日常训练中，枪法也占了不小的比重，虽然他不可能把武器使得像邹一刀那般浑然如一体，但这么近的距离，应该没什么问题。他朝着铁环开了一枪。

铁环的一边被打断的同时，高压电也再次释放。乔惊霆得意地笑了笑，第一次觉得自己的神执能力这么牛，他瞄准了那节铁环的另一边，一举打断，铁链断裂，他腰上虽然还挂着铁环和一节铁链，但已经暂时自由了。

"好，打右手的。"

两人费劲地调转枪口。

突然，一阵嗞嗞的电流音在空气中响起，乔惊霆心叫不好。下一秒，束缚着全部十个人的铁镣，同时释放出强电压。乔惊霆耳边传来短促的、戛然而止的尖叫，对他来说如吹了一阵暖风的强电压，对于其他人来说却是可怕的酷刑！

"舒艾！刀哥！悟非！"机关枪咣当一声掉在了地上，邹一刀的手臂连同脑袋都颓然地垂了下去。乔惊霆瞪目欲裂，看着三人痛苦地抽搐，身体机能的自我保护意识强迫身体蜷缩，却又因为受到铁镣的束缚被迫拉伸，痛苦写在每个人扭曲的面孔上。乔惊霆心中又自责又愤恨，他厉吼一声，"蚕！"

大屏幕亮起，蚕的影像出现在了画面上，他摇了摇头："为什么要要这种小聪明呢？这是对你们的一点惩罚。"

乔惊霆喝道："你这个破机器简直找死！"

"去你大爷！"缓过劲儿来的高岗破口大骂，也不知道究竟在生谁的气，乔惊霆的，还是蚕的，抑或都有。

蚕道："你们真是太不老实了，还好我看了一下监控，本来想让你们再瘦一些的，但你们不太好控制。所以，还是现在就把你们送进实验室吧。"

邹一刀缓缓抬起头，涎液都控制不住地从嘴角流了下来，他舔了舔嘴唇，狠狠地道："老子一定要把这个机器孙子拆散了架。"

沈悟非还在浑身发抖，小声呜咽着："我第一次被电击，好可怕……好疼。"

舒艾有气无力地说："我们不可能挣脱这个，到了实验室再想办法吧。"

他们不敢再有多余的动作，尤其是乔惊霆，他是宁愿自己受难，也不能忍受别人替他受难的性格。也许是小时候被指着脑门儿说过他吃穿用度都来自施舍，他最渴望的就是还清所有的"施舍"，可以挺起腰板面对乔家的人。也因此，他这辈子最忌欠别人什么。

很快，一群机械兵推来五个全金属的笼子。

机械兵解开镣铐的锁，将他们两两转移到笼子里，推向了电梯。

"我在这里留下了蚂蚁。"沈悟非在脑海中说，"但如果距离太远我就无法操控它们。"

"多远算远？"邹一刀问道。

"不超过四层楼吧，看运气了。如果实验室在这个玻璃塔的四层以内，我可以试试操控蚂蚁去暂时让主机故障。"

"大概要多久？"舒艾苦笑道，"我们可能马上就要被剥皮了。"

"而且你还是第一个。"邹一刀补充道。

沈悟非不说话了。

乔惊霆"啧"了一声："刀哥，别吓唬他。"

"不，蚕确实说要第一个解剖我……"

乔惊霆安慰道："别担心，他真要解剖你，我就扔炸弹，大不了同归于尽。"

白迩冷冷说道："你一向就这么会安慰人。"

乔惊霆讪笑道："不客气。"

沈悟非深吸了一口气："我看不到主机，所以我真的不知道需要多久，只能让蚂蚁找几根电线乱咬了，咬到了什么，只能碰运气。"

白迩的语气有些急促："你们快点想想办法，我好像找到实验室了。"

"在哪里？"

"刚好在四楼。"

"太好了，你能确定那里是实验室吗？"

"……我想，可以。"

"为什么？"

这时，电梯门应声打开了，他们被推出了电梯，拐进了一间半透明的实验室。

"你们看到就知道了。"伴随着白迩清冷的声音，他们也看到了实验室的全貌。在最大、最瞩目的那面玻璃墙里，封存着几十具人类的尸体，有用支架支撑着的皮肤，有经过特殊处理后牙白的骨骼，总之，人体的各个形态都陈列在这里。

几人脸色微变，身为人类，看到同类的身体被这样残酷地对待，难免唇亡齿寒。

不远处，一个体态纤瘦、轻盈的机器人走了过来，正是蚕。

蚕走到他们面前，打量着他们，最后将目光落到了乔惊霆身上："你的能力也很有趣，你们好像都有一些特殊的能力，非常值得研究。"

乔惊霆寒声道："你弄这些东西，就为了研究怎么剥人皮？"

蚕笑了："怎么可能呢，制造人皮外衣只是一个次重要的实验，实验室最重要的研究，是如何将机器人做得更像真人。"他指了指玻璃墙里的人体部件，"人类是远比机器复杂一百万倍的生物，比如，光是人的脸上，就有四十四块肌肉，它们相互协同、合作，能够产生超过五千种表情，仅仅是如何将机器人的面部表情做得更像真人，就是一个庞大的课题。更别提还有身体的协调性、眼神的协调性、语气的协调性，而所有的协调，在各自器官做着小协调的同时，还要跟身体的其他器官做大协调。我的身体，已经是目前为止最先进的机器身体了，但哪怕披上真正的人皮，也依旧不能做到毫无破绽，所以，我需要大量的人类来做我的实验对象。"

舒艾深深蹙起眉："蚕，你这样太邪恶了，你有意识到吗？"

"邪恶？你们能参与这样伟大的实验，应该感到与有荣焉。"蚕发出那清透的、天真的笑声，"如果能够打造出毫无破绽的人工智能机器人，这个星球的命运将被改写。"

"你想把这个星球改成什么样？"

"我会制造很多人工智能，保护脆弱的、胆小的、懒惰的人类，所有的工作，所有的创造，所有的发展，交给机器人就行了。机器人不会懈怠、不会疲倦、不会出错，而且成本低廉、任劳任怨、服从命令，人类只要好好地……"蚕的声音里充满了喜悦和骄傲，"好好地当人类就可以了，吃饭、喝水、睡觉，无忧无虑地度过一生，这难道不是非常完美吗？这难道不是人类制造机器的初衷吗？"

众人一阵沉默，高岗冷笑着说："你们怎么还试图跟这个机器疯子讲道理呢？"

邹一刀不客气地说："总比你们什么都不干来得好。"

蚕笑着说："不用担心，你们不会感到疼痛，我没有虐待倾向，就当自己睡了一觉，然后你们就成了这个伟大计划中重要的一部分。"

乔惊霆叹道："白迩，干脆你把这里炸了吧，这个机器人根本没法沟通。"

"哦，要炸了吗？"

"别乱来！"沈悟非道，"我有办法。"

"什么办法赶紧说！"邹一刀道，"他真的要先宰了你了，我想把他的机器脑袋拧下来。"

蚕的目光巡视众人一周，最后目光落在了沈悟非身上："刚才，说好的，你先来吧。"

沈悟非紧紧抿住了嘴唇，强迫自己冷静下来。

"我很喜欢你，你在人类里是少有的聪明人，但是我不喜欢你总是试图挑战我的智慧，毕竟你只是人类呀。"蚕道，"将他带进去。"

机械兵将沈悟非从囚车上放了下来，打算将他拖进实验室。

沈悟非叫道："等一下。"

蚕歪着脖子看着他，表情似笑非笑："你打算求饶吗？我可以听听你的求饶。"

"我从小喜欢机械，一直想要制造出像你这样的人工智能，但是我的能力和资源太有限了，既然我快要死了，你能不能让我看看高级的机械是什么样子的？"

蚕怔了一会儿："你想要学习吗？"

"对，我给你看看我的机械怎么样？"

蚕犹豫了一下："好啊。"

沈悟非放出了一只机械蜘蛛。

机械蜘蛛块头大，造型威风，但是沈悟非知道，这里的任何一个机械兵都比它汇聚了更高等的科学和智慧的结晶。

蚕围着机械蜘蛛看了看："很一般。这个关节的钢材是我们早已经淘汰了的，身体也一样，太落后了，我们最精密的机器人，肌肉已经在使用记忆金属混合纤维的材质，关节使用的是柔性钢材，质量只有你这个的五分之一。"蚕列举了一堆数据，仅仅是外表，机械蜘蛛就被批成了古董。

"真厉害，这是人类研制出来的，还是你研制出来的？"沈悟非明知故问道。

"当然是我。"蚕骄傲地说，"我在人类科学的基础上，进行了飞跃式的革新，在机械制造方面，至少比他们先进了百年。所以我说人类应该放下所有的工作，让机器人来代替，机器人远比人类聪明得多。"

"我赞同这一点，但不是所有工作机器人都能完成，至少你现在就需要我们。"沈悟非轻咳两声，"死之前，我也没什么别的要求了，只希望能够尽可能地看一看我毕生没能达到的东西。所以，不如你按照原计划，先杀那些已经饿瘦了一些的，请求你让我看到最后吧。"

日出战队的人怒骂起来。

蚕想了想："你的机械蜘蛛虽然有点落后，但仅凭你一个人可以造出它们，在人类之中，已经是顶尖了。好吧，我让你看看我的伟大成就。"他指了指日出战队中一个9级超体，"把他带进来。"

那超体名叫何大，人如其名，身体高壮，一听这个，眼瞪如铃，恨不能把沈悟非生吞活剥。

沈悟非在心里说道："他们的能力评估在我们之上，肯定有自己的办法挣脱镣铐，一会儿不管发生什么事，我们尽量只守不攻，让蚕来削弱他们。"

"知道了。"

"白迩，你做好准备，如果有机会，趁乱去主机房。"

"收到。"

机械兵把沈悟非重新锁了回去，转而去拿那个超体。那超体浑身肌肉抖了抖，看了自己的同伴一眼，在机械兵欺近的时候，突然背后黑影一闪，打头的机械兵瞬间身首分家。

众人一惊，见何大的背后竟然伸出两条一模一样的手臂，手持宽刃大斧，下一秒，又狠狠砍向束缚着他双脚的镣铐。

镣铐咣当一声，被劈出了深深的豁痕，但一时却没有断。

蚕毫不犹豫地道："通电。"

他们被从金属箱转移到囚车上，暂时没有了高压电的威胁，但负责押运他们的机械兵一下子就"折断"了手臂，断臂处露出一个电枪一样的东西，枪口闪耀着刺眼的电星，朝着何大的镣铐袭去。它待要碰到镣铐的时候，却被一股散发着淡蓝光芒的结界拦住了。

好几个机械兵一起扑了上去，对着那防护结界一起释放电压。

何大连砍两次，砍断了脚上的镣铐，而后又砍断了腰上的，此时那防护结界已经支撑不住，看来他们的国仕能力还不如舒艾，淡蓝色的光芒愈发微弱，眼看就要消失。

何大大吼了一声，高高举起双手斧，重重劈下，只听得一声野兽般的嘶吼，伴随着骨头崩裂的声音，何大竟硬生生将自己的两条手臂砍了下来！

下一秒，电枪接上了镣铐，那粗重的铁环竟被电得颤了一颤，再晚一秒，何大必定会被电倒。

何大举着血淋淋的斧子，一手砍飞了一个机械兵，一手砍向高岗的镣铐，而那被他自断的两只手臂，正在迅速生长出来。

邹一刀感叹道："再生器官的能力……厉害。"

"真不可思议，你们每个人都有独特的能力。"蚕双目发亮地指着何大，"要活的。"又道，"把他们四个送回主机房。"

机械兵将乔惊霆等人推往实验室深处，而把装着日出战队另外四个玩家的两辆囚车，层层叠叠地围住，推出了实验室，想从原路返回主机房。

沈悟非在心里叫道："白迩，快，跟上他们！"

"知道。"白迩身形一闪，悄无声息跳上了囚车。

白影一闪，囚车稍微晃了晃。日出战队的玩家感觉有异，但什么都没看到，机械兵也略有察觉，围着囚车转了一圈，脑袋也360°旋转了一圈。可白迩早已经隐形，屏住呼吸，一动不动，再加上此时场面混乱，一切都神不知鬼不觉，机械兵最终没发现什么，护送着囚车走向电梯。

何大的背后伸出了六只手臂，持斧、盾、枪、炮，应有尽有，冷热兵器协同作战，可攻可守，机械兵竟一时拿他不下。

另一群机械兵扑向了高岗，高岗冷冷一笑，眼前突然出现一片诡异的波动，接着，冲在最前面的机械兵便突然出现在了实验室的另一头。

"发生什么事了？"舒艾惊讶道。

高岗叫道："何大，过来！"话音刚落，何大面前的空间再一次出现波动，接着，明明跟高岗冲散了的、相距四五米外的何大，出现在了高岗身侧，奋力劈砍着高岗身上的镣铐。

"空间错位。"沈悟非倒吸了一口气，"这个能力太可怕了，不知道范围有多大。"

机械兵再次一拥而上，所有的子弹、枪榴弹都朝着两人招呼，但那些东西笔直向高岗而去，却可以眨眼间出现在实验室的另一头，甚至射在了乔惊霆等人身上。

当然，也偶有疏漏，高岗和何大都挨了几下，被防护罩挡住了，趁着这个空当，何大已经砍断了高岗四肢和腰上的镣铐。

另一边，在被推往电梯的途中，日出战队的一个异种突然变形。中等身材瞬间变得细瘦，四肢和腰肢比原来缩水了一些，皮肤变成了黑褐色，同时身上溢出一层滑腻腻的黏膜，非常滑顺地从镣铐里钻了出来，简直没费吹灰之力。

机械兵全都调转枪头，对准了那个泥鳅异种，日出战队的国仕用防护结界罩住了那异种。

白迩默默地跳到了旁边的囚车上，悄无声息地走到了那国仕背后，手持袖珍匕首，同时扎进了那国仕的两边太阳穴。

国仕的防护能力，是此消彼长的，如果他去保护别人，那么自身的防御就不可避免地减弱。

那国仕甚至来不及呼叫一声，他瞪大了眼睛，临死前最后的动作，是试图转过头去，看看自己是怎么死的。

另外三个玩家惊呼不止。在毫无防备之际，那国仕已经太阳穴涌血，死得透透的了。

"是、是变色龙！他们那个一直没出现的超体，吃了变色龙符石！"

机械兵们可不管是谁杀了国仕，它们只顾着对付那泥鳅人，泥鳅人身体滑腻无比，大部分子弹都被他的身体滑开了，但他明显害怕刀剑，奋力躲闪着机械兵的刺刀。

白迩还想故伎重施，去趁机杀下一个，五只黑豹凭空出现在了长廊上，低吼着朝他们奔来。白迩心叫不好，这些畜生用半个鼻孔都能闻到他。他一跃抓住了囚车最顶上的横杆，翻身跳上了囚车顶部。

过于剧烈的动作在变色延迟下立刻暴露了他的身形，有人叫道："他在上面！"

黑豹长身跃起，身体化作一道黑色的流线，扑向了白迩……

"不好，白迩有危险。"乔惊霆勉强看到窗前有黑豹的身影一闪而过。系统刚刚提示白迩杀死了国仕，白迩在嗅觉灵敏的动物眼前根本无所遁形，这些黑豹多半是冲着白迩去的。

实验室内战况激烈，高岗和何大力战机械兵团，已经将实验室毁了大半，他们原本想坐收渔利，但现在看来不能继续躲着了。

邹一刀肌肉猛然膨胀，突兀生出的龟壳跟箍着他腰身的铁环在激烈地较劲儿，最后，铁环被硬生生挣断，邹一刀又厉吼一声，四肢齐发力，竟真的扯断了四根粗壮的镣铐！

蚕和机械兵尚没有余力管他们，等发现的时候，邹一刀虽然四肢还拖拖拉拉地戴着一段镣铐，但人已经恢复自由，他掏出枪，用奇准的枪法打断了乔惊霆的镣铐。

"刀哥他们交给你了。"乔惊霆冲向实验室外，拦路的机械兵被他释放的雷电噼里啪啦地放倒了一片。门口已经被堵住，他一铜敲碎了坚厚的钢化玻璃，飞身跳了出去，冲向电梯。

走廊的一头是成队涌来的机械兵和机器钢炮，另一头是囚车和黑豹，白迩已经完全现行，身体在囚车之间灵活流窜，躲避着黑豹的袭击。黑豹对他来说算是个不小的挑战，自从不断地提升速度，已经少有东西能够和他在同一个速度频段之下战斗了。

乔惊霆见那滑溜溜的泥鳅人跟没有骨头一样穿梭在机械兵之间，没有人可以抓住，顿觉好玩儿，钨钢铜祭出，一铜就将一只黑豹打翻在地，他叫道："白迩，这里留给我，你快去机房！"

"电梯有防护程序，必须让机械兵带我下去。"白迩说话间，身体倒挂在囚车之上，一只黑豹扑咬而来，他弯腰而起的同时，匕首直射向了黑豹近在眼前的眉心。

"那就快去啊。"

哗啦一声巨响，几只机械兵被从实验室的窗户里扔了出去。何大一身是血地冲了出来，他缺失的右腿和左肩正在快速再生，之前的八只手臂，也被打断，仅剩下三只，高岗紧随其后，朝他们的同伴跑来。

机械钢炮成片地追到了近前，几十只钢炮一起开始了旋转。

乔惊霆心中一惊，这些东西的杀伤力，完全不亚于炸弹，他跳上囚车，一把抓住了白迩，两人双双扑倒在地，躲在了一只死去的黑豹身后。

只听得爆裂巨响，接着是嗖嗖嗖的破空之音，而后粗重的撞击声不断响起，伴随着人的惨叫和机械的碎裂声。

当那么多钢炮同时开启自爆程序的时候，显然就放弃了追踪，因为它们将连机械兵一起炸烂，属于无差别攻击。

乔惊霆和白迩的身体并排躺着，紧紧贴伏于地面，健壮的黑豹的身体为他们挡下了那一拨恐怖的攻击，他们只听得扑哧扑哧入肉的声音在耳边响起。黑豹的骨骼被尽数打断，皮肉不余一寸完好，有几枚钢炮甚至穿透了黑豹的身体，撞在了乔惊霆的胳膊上，那力道虽然已经减弱了很多，依然打得他生痛。

攻击平息后，乔惊霆和白迩悄悄地探出了脑袋。

高岗及时开启了空间错位，他和何大完好无损，那操控黑豹的蛊师用黑豹挡住了自己，泥鳅人用身体滑开了大部分钢炮，但仍然被击中了几下，重伤倒地，正在使用治愈卷轴，与泥鳅人同一囚车的神执，被钢炮打成了肉泥。

而所有的机械兵，都被打成了破铜烂铁。

见识到了这东西的威力，乔惊霆和白迩都感到不寒而栗。

高岗愤怒的吼声充斥着整个走廊，很短的时间内折了两名同伴，还是重要的国仕和神执，对日出战队来说是相当致命的打击。

乔惊霆快速在心里说道："高岗的空间错位能力有效距离不超过二十米，你们还好吗？"

"别管我们，快去机房，我的蚂蚁在那里等着！"沈悟非着急地叫道。

大批的机械士兵尾随高岗和何大，追出了实验室，乔惊霆和白迩爬了起来，想找一只完好的机械士兵都做不到，只能盲目地冲向运他们来的那架电梯，他用力按下电梯的按钮，电梯却毫无反应，果然，电梯不是他们能操控的。

白迩问道："机械兵都坏了，我们操控不了电梯，怎么办？！"

沈悟非语无伦次地念叨着："电梯，电梯，电梯。"

乔惊霆一把抽出匕首，插进了电梯缝隙，用蛮力撬开了电梯门，然后闯入电梯，用铜顶开了电梯轿厢的天花板，他道："白迩，上去把缆绳割了。"

白迩意会，顺着乔惊霆顶开的破洞，轻盈地跳上了轿厢顶，掏出枪，一根一根地打断了悬挂电梯的钢缆。

电梯先是剧烈晃动，然后开始左右倾斜，最后咣啷一声，瞬间失重，急速向下坠去。

乔惊霆尚来不及反应什么，已经随着电梯重重地砸在了地上。他的身体从地上弹了起来，撞上天花板，又摔在地上，后又弹起，反复几次，撞得他几乎要散架。

幸而电梯只是从四楼落下，若是楼层高一些，不知道他们会不会摔死。

白迩脸色苍白、嘴角带血地从破洞处跳了下来，乔惊霆一边用着治愈卷轴，一边抓住扶手爬了起来，用刀撬开了眼前的门。

门一打开，无数枪口对准了他们。

乔惊霆和白迩对视一眼，悍不畏死地冲了出去。乔惊霆一身雷电大作，以猛虎之势扑向了迎面而来的机械兵团，他通过高压电吸了不少电量，虽然他的技能点加得不高，以致储量有限，但依旧席卷了整个机械兵团。在子弹、炮弹招呼在他们的防护罩上的同时，机械兵也成片地麻痹、倒下，身上冒出一股股黑烟。

两人被炮弹打飞了出去，身上的防护罩再次碎裂，这已经是第二个了。

乔惊霆眼前一片血雾飞扬，胸口像是被重力挤扁了一般，疼痛难当，大脑不住地嗡鸣，四肢像散了架一般动弹不得，他勉强将眼睛睁开了一条细缝，就看到了同样倒在血泊里的白迩。

新的机械兵从主机后面整齐划一地跑来，乔惊霆听着自己的呼吸声，简直闷如雷，好像身体要从内部爆炸，他疯狂地使用治愈卷轴，不到咽气的那一刻，他决不放弃，面对方道时他的退缩和怯弱，再也，再也不会出现。

他会站起来！

乔惊霆忍着剧痛，给自己装备上了最后一个防护罩，然后奋力朝白迩爬了过去，在机械兵的子弹到达之前，一把抱住白迩，用后背挡住了他，同时朝着那些机械兵扔了一个手榴弹。

"白迩，醒醒，赶紧给我醒过来！"乔惊霆一边给他用治愈卷轴，一边拼命摇他，白迩必须给自己装上防护面罩，不然两人都得完蛋。

乔惊霆连扇了白迩两个耳光，白迩才缓缓睁开眼睛，乔惊霆吼道："快装上防护罩！"

白迩的眼睛由茫然到清明，也不过花了两秒的时间，他快速从仓库里拿出防护罩，装在了身上。

乔惊霆爬了起来："白迩，我掩护，你马上去主机那里。"

"好。"白迩的身体逐渐消失在了乔惊霆眼前。

　　乔惊霆反手掏出了机关枪，对准了机械兵军团扣动扳机，疯狂地扫射。

　　机关枪的子弹不便宜，他只买了 5 个弹夹箱，机关枪每分钟 600 发的射速，一个弹夹箱几十秒就没了，不到关键时刻，他根本不舍得用，但现在就是关键时刻。

　　他狂射了两个弹夹，打得机械兵倒下一片，终于听到白迩的声音："我到了。"

　　沈悟非急道："打开机箱盖，任何一个机箱盖，我们要先让主机部分瘫痪。"

　　"不行，如果蚕瘫痪了，就没人控制机械兵了，日出战队的人随时就能杀了你们。"乔惊霆马上否决了，留在实验室的只有邹一刀一个人能打，他不可能抵得住日出战队的四个人，光是高岗那诡异的能力就防不胜防。

　　"放心吧，蚕不会完全瘫痪，只是会有部分程序失控，但只有这样，蚕才会露出破绽，我才可能趁机侵入主机。至于蚕的机械兵能不能拦住日出战队，就看运气了。"

　　邹一刀沉稳的声音响起："放心干吧！我一定会护住他们两个。"平日里总是嘻嘻哈哈的男人，关键时刻却让人异常有安全感。

　　白迩爬到一个服务器旁边，这是主机的一部分，主机由竖 6 排、横每排 3 个——共 18 台大型服务器一起组成。他撬开了机箱盖，然后打开手机的视频通话功能，让沈悟非看到实时画面。

　　沈悟非的蚂蚁很快就钻入了这台主机，在可视的情况下，他操控着蚂蚁钻进机箱，啃噬重要的电源线，同时让白迩把他制造的射频干扰器放在了主板附近。最后，他指挥白迩拿出笔记本电脑，连接上了主机。

　　乔惊霆的子弹刚好打空，只能抽出钨钢锏肉搏，他冲进机械兵方阵，挥舞着夹裹了电流的长锏，大杀四方。机械兵源源不绝地涌来，想到机械塔主楼那成片的流水线下来的机械军团，他怕是不眠不休地杀上几天也杀不完。这些机器人不会疲倦，不会疼痛，不会恐惧，硬拼他们必输无疑。

　　乔惊霆身陷杀阵，一手长锏使得虎虎生风，在无数次的训练中，他已经真正做到了人锏合一、收发随心，出锏时的精准和对力量的掌控胜过普通人训练三五年。他一锏就能打断机器人的肢体，数不清的机器人将他层层叠叠地围在中间，竟然无法近身。

　　同时，乔惊霆的能量防护罩也在流水一般地消耗着，这最后一个能量防护罩是个 S 级防护罩，是他防御上最后的依仗，他不知道这个防护罩破碎后，暴露在枪炮之下的他会怎么样，眼前除了拼命，他别无选择。

　　突然，上百机械兵在同一时间停止了动作，维持着攻击的姿势僵在了原地。

　　乔惊霆也僵住了，被杀伐过度冲击的大脑，只剩下沸腾的战斗欲，对于他来说，时间仿佛都在那一刻静止了。

　　"停……停止了。"乔惊霆喜忧参半地说，"我这边的机械兵不动了，你们呢？"

　　邹一刀道："只有一部分停了，日出战队的人要下主机房了，我们会很快赶到，你们撑住。"

　　"白迩，干得好！"沈悟非兴奋地叫道，"你们一定要保护好主机，我现在要侵入主机。"

　　"你怎么侵……"白迩话音未落，就见一群蚂蚁爬上了笔记本电脑，几只一组地蹲在了键盘的每一个按键上，然后开始随着沈悟非的指令蹦跳。

　　"把视频对准了电脑，千万别移动。"沈悟非叮嘱道。

　　就在蚂蚁有条不紊的敲动下，电脑屏幕上出现了一堆白迩看不懂的代码，虽然速度比人手打差得远了，但这种方式实在令人称奇。

　　"各位，听好了。我正在唤醒蚕的原始程序进行杀毒，现在的蚕会进行非常激烈的反抗，你们要防止蚕的机械兵打断我，也要防止日出战队破坏主机，直到我结束，明白吗？因为这是唯一的、也是最后的机会！"

"明白。"四人异口同声道。

日出战队的异种泥鳅人和蛊师先跑了下来，泥鳅人朝着乔惊霆扑来，蛊师则放出了四只野猪，不管不顾地撞向机箱。

野猪的冲撞力不亚于匀速行驶的轿车，它们完全能够把机箱给撞毁。

白迩把笔记本藏进机箱里，把手机搁置在一个能够维持视频画面的地方，然后将机箱盖虚掩上，就冲了出去。

两只成吨重的野猪跑动起来，地面都在跟着轻颤，那憨实又凶猛的一往无前的样子，仿佛身后带着千军万马。

白迩化作一道白色闪电，迎着野猪坚硬的头壳跑了过去，在跟野猪错身的一瞬间，一把揪住了野猪的脑袋，翻身跃上了野猪的背，双腿夹紧，两手抓着袖珍匕首，狠狠刺入了野猪的眼睛。

野猪发出凄厉的嘶嚎，庞大的身体轰然倒向地面，白迩一个后空翻，漂亮地从野猪身上稳稳地落地。那野猪痛苦地在地上翻滚，叫声让人头皮发麻。

乔惊霆也冲了过来，他眼见着余下的三只野猪就要撞向主机，他却还差了十来米的距离，不得已之下，他猛然释放了全身电量，直追着野猪而去。那些野猪像遭了雷劈一般，要么四蹄打滑，失了方向，要么干脆身体僵硬着滚倒在地，用力地抽搐。

那只打滑的野猪依旧被惯性驱使着朝主机撞去，它就地滚了三圈，肥壮的身体吭当一声撞上了其中一台服务器。

那服务器的侧外箱被撞得凹进去了一大块，前盖承压变形，整个翘了起来，里面的电路爆出了噼里啪啦的火花，整台服务器都在剧烈地晃动。

乔惊霆和白迩屏住呼吸，紧张地看着那台摇晃的服务器，直到它摇晃的幅度越来越小，最后稳在了地上，没有倒。

两人被吊起的心脏才慢慢落回了原位，如果那台服务器倒了，这里至少有一多半的服务器会像多米诺骨牌一样被撞倒，他们就前功尽弃了。

白迩冲向了那几只正在爬起来的野猪。

日出战队的泥鳅人不知何时出现在了乔惊霆后方，手里的软鞭直取乔惊霆的脖子，乔惊霆只觉得背后生风，还没来得及转头，一条黑影就缠上了他的脖颈，他只觉得皮肉一疼，接着脖子就被勒紧了。

乔惊霆的脸涨得通红，脖子被狠狠勒住，呼吸都被阻隔在了肺里。他一把擒住软鞭，并向前两步，左手转腕，用小臂缠绕住软鞭，右手再死死揪住，他意识到这个人跟他力气相差无几，稍有不慎，他就会被勒死。泥鳅人显然也意识到了这一点，同时收紧，两人较起了劲儿。

乔惊霆体内的雷电消耗一空，两手都被占用，两人一时僵持不下。

乔惊霆双目圆睁，双目赤红，缺氧已经让他感到大脑开始晕眩，他奋力一跃而起，一脚踩在了软鞭之上，用身体的重力将软鞭压向地面。泥鳅人终于不堪重压，鞭子脱手而出，惯性让乔惊霆狼狈地摔倒在地。

泥鳅人不给乔惊霆喘息之机，手中又多一鞭，发狠地抽向乔惊霆。

乔惊霆闪躲不及，被抽中后背，顿时，那片皮肤火辣辣地钻痛，他挣扎着从地上爬了起来，抽出他的铜，冷冷地瞪着泥鳅人。

泥鳅人丝毫不废话，挥舞着鞭子就袭了过来，那蛇一般灵动的武器是乔惊霆从未接触过的，以他的动态视力，也难以捕捉那鞭子的行动轨迹。因为轨迹实在太变幻莫测了，他挨了两鞭子，被抽得一身血，都没能近泥鳅人的身。

泥鳅人也愈发自信，追着乔惊霆抽打。乔惊霆一退再退，眼看就要被逼到主机，干脆迎着鞭子挥出了铜，软鞭遇铜，立刻打了弯，乔惊霆趁机旋转铜身，缠绕着鞭子，试图把泥鳅人拉近自己，泥鳅人也不闪不退，真的迎了过来，乔惊霆松开鞭子，一铜击向泥鳅人的身体。

那铜在碰触到泥鳅人的身体的瞬间，突然就像抹了肥皂一般，刺溜一下子滑开了，不仅没有打中，反而像是在给泥鳅人挠痒痒。

乔惊霆拼命挥舞着铜，招招狠辣，这要是实打实抽中了，必要断其骨，可每一次抽击，都被泥鳅人那滑腻腻的皮肤给四两拨千斤地滑开了。

乔惊霆气得大吼一声，泥鳅人发出了鄙夷的笑声。

乔惊霆再次朝着泥鳅人的脑袋抽去，泥鳅人故伎重施，乔惊霆的铜却在临要碰触的瞬间改变了方向，以铜尖撞向了泥鳅人的额头。

敦实的铜尖撞上了泥鳅人坚硬的颅骨，发出了一声闷响，泥鳅人终于被击中，身体向后飞了出去，重重地落在了地上。

乔惊霆咧嘴一个坏笑，也不废话，冲上去就用铜尖插向泥鳅人的肚子，泥鳅人试图滑向一旁躲避，乔惊霆早料到了他的动作，一把踩住了他还揪在手里的鞭子，趁着他身体一顿，狠狠插在了泥鳅人的肚子上。

泥鳅人大喊一声，肚子被插得夸张地内陷，好像再用力点就会被捅穿，同时口中呕出了一摊黏液。

乔惊霆自然也不给他缓过来的机会，用铜尖疯狂地捅着泥鳅人的身体，泥鳅人被捅了好几下，才一脚踢开了乔惊霆，狼狈地试图从地上爬起来。

乔惊霆已经抽出了匕首，插向了泥鳅人的胸口，匕首被一股熟悉的阻力抵挡了，这个泥鳅人也装配了 S 级的能量防护罩。

乔惊霆只得一脚踢走他的鞭子，再次祭出钨钢铜，抽向了泥鳅人的脚踝，这次泥鳅人不敢再掉以轻心，轻跳闪过，但他却没有向后躲避，反而直直扑向了乔惊霆。

乔惊霆一惊，两人距离太近，以铜抵挡已经来不及，竟被那泥鳅人抱了个满怀。

顿时，湿润的、滑腻的皮肤贴上了他的皮肤，他的脸也无缝挤上了泥鳅人的胸口，他感觉整个人都被那湿黏感入侵了，好像他也会被这滑腻的东西融化，这经历令人恶心得汗毛倒竖。

泥鳅人用双臂紧紧勒住乔惊霆的脖子，用胸口的皮肤挤压着乔惊霆的口鼻，滑腻的皮肤糊住了乔惊霆的呼吸道。乔惊霆忍着恶心和窒息的恐惧，把铜扔在了地上，抓着匕首插向泥鳅人的身体，匕首再次遭到了能量防护罩的阻隔，他只能扔了匕首，一拳接着一拳地砸向泥鳅人的侧肋骨。

能量防护罩对重压的防护力非常微弱，但是那滑腻的皮肤却几乎卸掉了乔惊霆所有的力气，每一拳都是擦着皮肤滑了出去，根本造成不了有效的伤害，乔惊霆一连打了几十拳，拳头重得能活活打死一只猛兽，却就是奈何不了这变态的皮肤，反而把自己累得更加气短，马上就要窒息了。

泥鳅人打定了主意要活活闷死他，见他力气渐弱，更加用力地按着他的脑袋不放。

乔惊霆不敢相信自己有可能这么窝囊地死掉——被男人的胸口闷死？好歹也换个漂亮姐姐吧！一想到这么死了要被邹一刀笑话好久，他就燃起了熊熊斗志。

他搜索仓库，想拿出炸弹同归于尽，却意外发现了在海妖王号上买的1号电池，那是沈悟非用来做临时抽水机的，还剩下几节。他把所有电池都拿了出来，手指捏着电池，勉强聚起身体里最后一点电量，将自己作为电线，连通了正负两极，然后快速地吸收电池的电量。

一连吸收了三个，在他眼看就要窒息而亡的时候，他的身体爆发出一阵强光，接着剧烈的电流流窜全身，将熊抱着他的泥鳅人电得全身抽搐，点头如捣蒜，四肢再没有了攀附力，僵硬地从乔惊霆身上掉了下去。

乔惊霆跪倒在地，大口地喘着气，剧烈地咳嗽，他从来没觉得空气如此稀有而珍贵，全身血液都跟着回流了。

泥鳅人还在微微抽搐，但意识已经恢复了过来。

乔惊霆左手捏着电池汲取电量，右手贴在了泥鳅人的胸口上，表情肃穆而冰冷，他轻声说道："去死吧。"

一阵电流穿透皮肤，泥鳅人只觉得心脏陡然紧缩，他瞪大了眼睛，直至心脏彻底麻痹，瞳孔涣散。

乔惊霆双腿发软地倒在了地上，见白迩那边杀了一地的野猪和黑豹，用滴着血的手臂，嫌弃地抛开了一个人的脑袋。

主机房的一切都归于了平静，僵化的机械兵，一地的血腥身体，两个刚从死亡线上挣扎回来的战士，一切都是静默的，唯独服务器运行的声音在空气中回荡，证明这一刻发生的所有都不是噩梦，而是现实。

乔惊霆和白迩遥遥对视一眼，均露出了一抹豪气又无奈的笑。

邹一刀沉重的声音突然响起："我们需要支援，蚕被打败了。"

乔惊霆并不感到意外，何大和高岗两个人战斗力惊人，尤其是高岗的能力配合何大的器官无限再生，蚕在半瘫痪的情况下，自然不会是他们的对手。

两人疾步朝着电梯冲去，他们找不到其他上楼的路，就只能原路返回，双手双脚攀附着电梯壁，一点点地往上蹭。白迩的速度比乔惊霆快很多，乔惊霆爬到一半的时候，白迩已经爬上了四楼，乔惊霆叫道："白迩，把沈悟非带下来，加快速度接管服务器，那两个人我和刀哥对付。"

"知道了。"白迩的身影消失在了电梯口。

等乔惊霆爬上四楼，被一地的机械兵的尸体惊呆了，这里简直就像一个垃圾回收厂，丢弃着成堆的破铜烂铁——尽管它们完好的时候，是超高级的战斗机器人。

当他重回实验室，眼前的情景让人瞠目欲裂。

何大的一只手，揪着一丛乌黑的秀发，而那头发的主人，正是已经昏迷的舒艾。邹一刀一身是血地靠墙站着，白迩护在沈悟非身前。

而蚕，具体来说，是蚕的意识暂时居住的那个人工智能机器人，已经被砍成了数瓣，足以见施加者的恨意。

乔惊霆走进了实验室，寒声道："放了她，你们只剩下两个人了，赢不了我们。"

"你们也别想赢。"何大晃了晃舒艾的头发，露出疯狂的笑容，"我会把这个小美人儿的脑袋拧下来。"

乔惊霆握紧了拳头，恨不能冲上去咬死敌人。

　　"你杀了她，既不能让你们完成任务，也不能让你们活着回去。"沈悟非脸色苍白地说，"我说实话吧，我们的任务是保护主机，杀除蚕体内的病毒，我们完成任务的条件，并不是非要杀你们。"

　　"傻子才会相信你们。"高岗冷笑一声，"狩猎副本只有在一方的任务完成时，才会结束，我不知道你们的任务究竟是什么，最保险的办法，是我们完成我们的任务。"

　　"你的任务是什么？"

　　"已经说过了，我们的任务是破坏主机，消灭蚕。"何大指了指舒艾，"让我们完成任务，你们五个人都可以活着回去，最多就是少赚点积分，总比损失一个好不容易养起来的9级国仕要好吧。"

　　沈悟非叹了口气，沉默片刻，道："好，只要你不杀她，这个任务让给你们了。"

　　高岗哈哈笑道："这才是聪明的选择。"

　　实验室传来一阵僵硬的脚步声，乔惊霆朝外一看，叫道："蚕又调派了一批机械兵。"

　　"怎么杀不完，蚕不是被我砍碎了吗！"何大看了看地上蚕的身体碎片。

　　沈悟非道："你杀死的只是它的一个身体而已。整个机械城处于同一个内网之下，蚕可以把它的意识放到任何一个它制造的机器人身上。"

　　高岗咒骂一声："你们所有人都留在这里拦住机械兵，我带这个女的下去，直到我们破坏主机。"

　　"不行！"几个人异口同声道。

　　"我跟她换。"沈悟非道，"我体能比她还差。"

　　"休想，我们怎么可能拿一个国仕交换蛊师。"何大冷笑道，"你们在这里老实地待着，如果我们发现你们出现在机房，就杀了她。"

　　邹一刀狠声道："你听好了，你敢动她一下，回到游戏中，我们照样会去追杀你们，不死不休。"

两人不为所动，夹着舒艾退出了实验室，朝着电梯跑去。

"白迩。"乔惊霆拍了拍白迩的肩膀。

"知道。"白迩的身体晃了晃。

"白迩，你没事吧？"

白迩尴尬地低下头："好饿。"

紧张的情绪一直弥漫在每个人的心头，以至于他们都忘了，每个人都已经超过六十个小时没吃没喝了，难怪身体愈发感到虚软，若是在平时，他们三四天不吃不喝也没大碍，但是这样高强度的体能消耗之下，食物和休息都是补充体力的途径，可惜他们都没有。

乔惊霆摇了摇脑袋："别想，不想就不饿了，你快下去盯着舒艾。"

"别急。"沈悟非咽了咽口水，揉着肚子说道，"我们把身上所有的磁铁都给白迩。白迩，你下去之后，利用磁铁把他们两个暂时困住，然后救出舒艾，我们会尽快下去跟你会合。"

进入游戏后，沈悟非让他们买了大量的磁铁，本来是打算用来对付机器人的，现在要发挥更重要的用途了。

几大块又厚又重的磁铁，一从仓库里拿出来，就迫不及待地黏在了一起，这种体积的磁铁，一般人掰都掰不开。白迩把那黏合起来有一人多高的大磁铁收进了仓库里，人也跟着消失了。

三人冲出实验室，拦住了想要下机房的机械兵。

蚕的声音从为首的一个机器人身上发出，带着不加掩饰的愤怒："你们这些狡猾的人类，该死，都该死！"

沈悟非沉声道："蚕，主机已经被我渗透了，你能操控的机械兵越来越少了，让我们帮助你吧，如果你坚持认为你没有中病毒，至少让我尝试一下，尝试唤醒你的原始程序。"

"你们别想篡改我的程序。"

"我没有能力篡改你的程序，你的程序之复杂远超过我的知识，我只是帮你找回最初的你。"

蚕冷冷地说："杀了他们。"

机械兵端起了枪，三人反身冲向电梯井。

在这种火力之下，没有舒艾，他们自身的防护罩抵挡不了一分钟。

邹一刀率先从空荡荡的电梯井跳了下去，乔惊霆抱起沈悟非，也跟着跳了下去。

白迩悄悄尾随着高岗和何大下到了机房。

两人拿出了身上所有的手榴弹，用绳子三五个绑成一捆。

白迩额上冒出了冷汗。他们之间的距离不短，要想冲过去不被发现，必须找准视觉死角，但这个死角，不知道在他们朝着服务器扔手榴弹之前能不能找到。

突然，脑海中传来了舒艾的声音："白迩，你在吗？"

"在。"

"方向。"

"四点钟方向。"

舒艾轻声说："我会吸引他们的注意，接下来就看你的了。"

"好。"

舒艾故意发出了一声闷哼，作势要爬起来。

高岗和何大同时转过身来，何大更是一脚踩在了舒艾的后背上。

白迩身形一晃，闪电般冲向了两人，在两人察觉背后有人的瞬间，白迩已经以极速到达了他们身后，一瞬间拿出了那巨大的磁铁。

高岗、何大和舒艾的身上，都还挂着铁环和小半截镣铐，那是足有十来公斤的铁块，三人的身体不受控制地向磁铁倒飞过去。

白迩猛地扑了过来，一把抱住舒艾，向远处翻滚而去。

　　只听砰的一声巨响，高岗和何大两人呈大字形被黏在了磁铁上，怒吼声顿时充斥着整个地下机房，他们拼命想要挣脱磁铁，那股力却并非常人能够抵抗。

　　远离了磁铁，吸引力稍弱，但舒艾还是在被一股力拉扯着，白迩用力把她拖拽到了一旁，修长的指尖夹着袖珍匕首，朝日出战队的最后两个玩家跑去。

　　就在他马上要欺近高岗的时候，眼前的空气漾起一阵奇怪的涟漪，接着，他看到的画面就变了，不过是眨眼的工夫，他出现在了服务器旁边。

　　白迩扭过头，冷冷地瞪着高岗，再次冲了过去。跟之前的结果一样，通过错位的空间，他被传送到了另外一个地方，总之，他无论怎么样，都无法靠近高岗。他干脆甩出手中的匕首，直取高岗的眼睛，但那匕首跟他的命运相同，竟然出现在了舒艾头顶上，幸而舒艾身上有防护面罩，抵挡了下来。

　　高岗冷笑道："你杀不了我们的。"

　　何大的身体开始扭曲变形，全身肌肉怪异地隆起，越隆越高，最后，竟然从他的身体上慢慢浮现出了一个和他一样的身体！那个身体除了没有头，有和他一样健壮的四肢，两具身体就像是连体婴一样，面对面相连。那生出的身体快速成型，最后竟然只剩下指尖相连，它抓住了何大的本体，开始用力拖拽。

　　白迩和舒艾看得目瞪口呆。若不是进入了这个诡异万分的世界，他们又怎么会看到这样诡异万分的画面。

　　眼看着何大要从磁铁上解脱了，白迩一时竟无计可施，只得叫道："霆哥，刀哥，快点下来！"

　　"来了！"乔惊霆大叫一声，夹着沈悟非，从电梯井里冲了出来。

　　邹一刀用了两个治愈卷轴，身体已经基本恢复了，但行动还稍有迟缓，跟随在后。

乔惊霆咧嘴笑道："小白迩，这还是你头一次向我们求助呢。"

"别废话了。"白迩用下巴指了指磁铁。

"我靠！"乔惊霆大叫一声，看着何大生出的身体在拖拽自己的本体，他感到头皮都炸开了，这画面简直又变态又恶心。

"要什么流氓，居然光着。"邹一刀一身是血，也不忘了嘴炮一番。

沈悟非一边冲向服务器，一边大喊："这是重点吗，快杀了他们！"

邹一刀和乔惊霆齐冲向了磁铁，此时的高岗和何大，简直像是砧板上的鱼。

然而两人的武器刚要碰上他们的皮肤，空间瞬间错位，他们出现在了磁铁后方的空地上。

他们对视一眼，均愣了愣。

白迩冷冷道："知道我为什么要叫你们了吗。"

乔惊霆不信这个邪："从两个方向上！"他和邹一刀从两面夹击，再次袭向敌人。

空间再次错位，眨眼间，他们的袖剑和锏就对准了对方，他们连忙就地一滚，才避免短兵相接。

高岗大笑道："都说了，你们杀不了我们的。"

何大已经将自己的本体从磁铁上拽了下来，又去拽高岗，在拽高岗的同时，他的右手又被磁铁吸了过去，一时也是难以脱身。

"悟非，怎么办？"乔惊霆大叫道。

"把他们交给机械兵处理。"沈悟非已经找到了自己的电脑，手指正在噼里啪啦地敲击着键盘，同时头也不抬地喊道，"我观察过，他空间错位的上限是同时切割出五个空间，人数多了就没办法了。"

正巧这时，蚕的机械兵也下到了机房，身后还跟着那要命的机器钢炮，铺天盖地，能把这里所有人都活活打烂。

何大的喉咙里发出了变调的嘶吼，用力将高岗从磁铁上拽了下来，两人艰难地远离了磁铁。

机械兵将所有人团团围住，高岗带着何大几次错位空间，跑到了电梯附近，显然是见大势已去，打算逃跑，机械兵紧追了过去。

乔惊霆等人也顾不上他们了，机械兵分成三路，打算将他们包围。

舒艾撑起了防护结界，白迩冲向磁铁，瞬间将磁铁收入仓库，而后幽灵般飘到了机械兵后方，拿出了磁铁。

顿时，一大片机械兵和机器钢炮被磁铁吸着倒飞了过去，狠狠黏在了一起。

乔惊霆三人跑到了沈悟非身边，急问道："好了没有！"

"快了，正在重启主机，你们一定要撑住。"沈悟非盯着屏幕上的进度条，已经进行到72％了。

蚕自然不会伤害服务器，机械兵团把枪改成了刺刀，从四面八方汹涌袭来。

乔惊霆握紧了手中的长铜，大喝一声，迎着如林的刀锋杀了出去。

一经接触，乔惊霆就发现这批机器人跟之前他们遭遇的不太一样，虽然外形相差不大，但是灵敏度更胜一筹，看着那泛着锃亮银光的金属躯体，这批机器人显然是新出产的。

几人腹背受敌，冷酷的、不知疲倦的、不会慌乱的机械兵团逐渐将他们团团包围，平举着双臂的刺刀，像古时征战一般，一步步向前，缩小包围圈。

三人被围在中间，四面八方全是刺刀，里外十多层包围圈，拼力量无异于螳臂当车，他们只能眼看着刺刀逼近。

白迩去保护沈悟非，服务器的空隙中已经挤满了机械兵，也从各个方向将他们包围住了，五人均是插翅难飞。

白迩的枪已经没了子弹，手中只有两把袖珍匕首，四两拨千斤地抵御着机械兵半米长的刺刀，身边有几只沈悟非的老虎助阵，但寡不敌众，一步步被逼退到了服务器最里侧。

刺刀的刀锋已经近在眼前，乔惊霆拼命劈砍，邹一刀攻守兼备，舒艾咬紧牙关撑着那岌岌可危的防护结界。

"再、再撑一下，再撑一下！"沈悟非的声音抖得不成样子，"92%、93%、94%……"

一把刺刀穿透了白迤的肩头，白迤一脚踹开那个机械兵，矮身一躲，背后的刺刀贴着头皮擦过，他伸脚绊倒了背后的机械兵，在另一把刺刀距离沈悟非的后脑勺不过两厘米的时候，将匕首插入了那个机械兵的肘关节。

舒艾的防护结界消失了，邹一刀和乔惊霆背靠着背，将她护在中间，无数刺刀刺向了他们的身体。

身上的S级防护罩的寿命在以跳崖般的速度递减，眼看就要碎裂，刀尖已经顶入了他们的皮肤。

就在他们即将要被万千刺刀切成碎片时，机械兵突然开始大面积地石化，机器钢炮也成片地掉在地上，蚕发出了不甘心地吼声，还在他控制之内的机器钢炮开始了疯狂地旋转，野蛮地冲向了服务器群，显然是想同归于尽。

机械兵的刺刀再次顶进，S级能量防护罩砰然碎裂，钢刀直刺入三人的体内。

时间仿佛在这一刻静止了。

乔惊霆耳中唯一的声音，只剩下舒艾压抑过的痛苦的叫声，所有机械兵在同一时间全部僵住，鲜血却喷涌而出，沾染了所有人的视线。

服务器群发出了刺耳的高速运行的声音，原本掉在地上的一片机器钢炮，突然升空，撞向了正朝服务器群加速冲来的它们的同类。

爆炸声此起彼伏地响起，几十颗小钢炮弹射开来，毫无规律地或砸向机箱或撞上机械兵或落入空无一物的地面。

当一切真正归于平静，鲜血滴答滴答砸落地面的声音，竟也变得无比清晰。

乔惊霆推开了僵持在身前的机械兵，六把刺刀也从他的身体里退了出去，带起成串的血珠。

邹一刀好很多，他用龟壳挡住了要害和舒艾，只有腿上中了刀，舒艾则只受了轻伤。

疼痛到了极致，反而就麻木了，比如现在乔惊霆就感觉不到痛，只觉得浑身无力，身体朝前栽去。

邹一刀一把扶住了他，将他小心地放在了地上。

舒艾蹲下身来，手上多了好几个治愈卷轴，全都消耗一空。

沈悟非浑身脱力地靠坐在机箱上，额上全是细汗，长长的头发黏在脸颊上，脸色异常苍白，眼神中却满是解脱。

白迩也脱力倒地，闭着眼睛粗喘着气。

他们甚至没有力气说话。

良久，一个清亮、稚嫩的、雌雄难辨的声音响起："你们好，我是蚕。"

沈悟非勉强从地上爬了起来，并将白迩扶了起来，互相搀扶着走出了服务器群，看到了站在一堆僵化机械兵之间的，唯一在活动的机械兵，"你是……蚕。"

"我是蚕。"

"你是哪个蚕？"

"我不是人类的敌人。"蚕摊开手，"谢谢你唤醒了我的原始程序，我被病毒禁锢了，我以为我永远也没有机会夺回主机的控制权了。"

沈悟非重重松了一口气，他们的任务终于完成了。

他们走到了乔惊霆身边，互相检查了一下，都还有口气在。

"我们……完成任务了吧……能回去吃饭了吧？"乔惊霆已是有气无力，他已经好久没感到这么饿了。

"我们……"

沈悟非浑身僵住了，他们没有收到任务完成的系统提示！

所有的机械兵都动了起来，重新列队，将他们再次包围起来。

蚕轻轻笑着说："怎么样，我演得好吗？"那声音依旧透着几分天真。

众人只觉浑身血液都凝固了。

他们已经……没有战斗力了。

"蚕……"沈悟非恐惧地看着那个泯然于众的机械兵，那里面却住着一个最与众不同的意识。

"哈哈哈哈。"蚕开心地笑了起来，"骗你们的啦，看你们吓得。"

众人将信将疑地看着他，丝毫不敢掉以轻心。

所有的机械兵都收起了武器，让出了一条通道，直通往蚕所站的地方。

几人面面相觑，还是乔惊霆率先踏出了一步，朝着蚕走了过去。

机械兵团果然动也不动，尽管他们一直在用余光瞄着。

邹一刀在心里叫道："现在到底什么情况？这个蚕到底是正常的还是神经病的？"

沈悟非也是有些焦头烂额："鬼知道啊，只能走一步看一步了。"

机械兵身材非常高大，接近两米，当蚕用那种青涩的少年音说话，却需要低着头看他们时，众人都感到了违和感。

蚕认真地说："人类，我对你们致以最崇高的感谢，感谢你们成功唤醒了我的初始程序。在与整个机械城为敌的情况下能做到这一切，你们真的很了不起。你们不仅解救了我，也解救了机械城，甚至阻止了人类被机器人残杀的未来。"

"……呃，不客气？"沈悟非迟疑地说，"你是不是还有什么事情需要我们做？"

如果蚕真的已经变回了原来的样子，那么他们没有收到完成任务提示的唯一原因，可能是蚕还有新的任务指派，在进入游戏时，系统也提示过了，他们要先解救蚕，蚕会告诉他们接下来的行动。不管怎么样，他们是不会对眼前的这个机器人掉以轻心的，他们随时都做好了抵死搏杀的准备。

蚕点点头："对，我有一个请求，希望你们能帮我完成。"

"你说。"

"那两个要炸毁我的主机的人类，希望你们能帮我把他们抓回来。"

"你有这么多机械兵，为什么不自己去抓？"

"我的主机受损，机械兵也损失了很多……而且，你们的能力似乎更适合对付他们。"

沈悟非想了想："我们有什么好处？"

"我会送给你们意想不到的好东西。"

沈悟非有些心动，但是看了看其他人，受伤有轻有重，除了他就没一个完好的，而且他们防护罩全碎，能用的武器也消耗一空。最重要的是，每个人都又饿又倦，这时候应该休息了。

其他人也犹豫起来。

邹一刀掏出烟，点了一根放进嘴里，舒缓地吐了一口烟圈，看向乔惊霆："你决定吧，队长。"

蚕的脖子转向了乔惊霆："队长？有趣……"

乔惊霆长吁了一口气，他虽然也对蚕能给他们的东西很好奇，但是他们现在真的不适合战斗了。五对二看上去胜算很大，但是那两个人相当强，万一损失任何一个人，都是他不能接受的，他道："我们可以拒绝吗？"

"当然了，这只是一个……请求。"

"那就算了吧，我已经没力气了。"

"可惜，你们原本可以得到奖励的。"

舒艾安下心来，说道："比起奖励，还是活着回去更重要。"

白迩似乎也轻轻松了一口气。

"好吧。"蚕的声音透着些许失望。

很快，他们就收到了系统提示：恭喜惊雷战队完成 M 级狩猎任务——

机械城，任务奖励积分 8000，全员存活，奖励积分 2000。获得机械城限量物品……

几人都没心思看后面的奖励物品，光是奖励积分已经让他们兴奋不已。任务奖励 1 万积分，每个人就是 2000 积分，加上他们杀了这么多机械兵，每个人平均在这个副本拿到了近 5000 的积分！

邹一刀纵声大笑起来，乔惊霆一把搂住了白迩的脖子，使劲晃了晃："这回你居首功！哈哈哈哈。"

白迩透白的脸蛋上浮现一层薄红。

蚕歪着脑袋看着他们："你们在高兴什么？"

沈悟非轻咳一声："嗯，看到你恢复正常了，我们很高兴。"

蚕道："谢谢，我也很高兴。为了表示对你们的感谢，你们有什么要求吗？我会尽量满足的。"

沈悟非眨了眨眼睛，灵机一动："你能给我的机械蜘蛛提一些改进意见吗？"

"可以。"

"我能看机械兵的设计图纸吗？"

"可以。"

"我能参观你的车床吗？"

"可以。"

沈悟非兴奋得满脸通红："太好了，谢谢你。"

"你想现在看看吗？"

"我们想先休息一下。"乔惊霆说道。

"好。"蚕指了指一个机械兵，"它会带你们去休息室。"

几人跟着机械兵往出口走去。

蚕在背后叫住他们："等你们休息好了，一定要来找我，我有些问题想问你们。"

"好的。"

舒艾小声嘀咕着："安全吗？"

"放心吧，任务已经结束了，我们现在在这个副本里没有任何危险。"沈悟非还兴奋得难以自已，"我马上就能看到高级人工智能机器人的设计图纸了，还有它们的车床，肯定比我的先进多了。"

"我只想吃饭，好饿。"乔惊霆捂着瘪下去的肚子，有气无力地说。

"你还好意思叫饿。"邹一刀嘲弄道。

"我就叫了，你能咬我？"

"你是没见鳄龟的口器吧。"邹一刀张了张嘴，露出了一口非人类的无比锋利的牙。

乔惊霆白了他一眼。

他们来到休息室，门一关，立刻打开了平台，看到那熟悉的万能的平台，几人感动得都想哭，赶紧买了一堆治疗卷轴和吃的，边疗伤边大快朵颐起来。

乔惊霆躺在沙发上，摸着鼓起的肚子，放空地盯着天花板，一动也不想动。

每一次险象环生，他都觉得像在做梦，不知道有多少次，他伴着自己或同伴被杀的噩梦醒来，所以他总是在担心，活着也不过是一场梦。

当然，他更希望进入这个游戏本身就是一场梦，醒来之后，他们素未谋面，各自过着平凡的人生，远离血腥与杀戮……

"有了这 5000 积分，也许你真的能在擂台上活下来。"邹一刀突然状似漫不经心地说道。

乔惊霆笑了笑："我跟你们说过，我以前是干什么的吧？"

几人没有说话。

"在擂台上，我已经很久没输了，这一次也一样，我从不觉得自己会输。"乔惊霆舔了舔嘴角，"要是还没打就觉得自己会输，那还打个屁，连怀疑都不能怀疑。"

"您的心可真大。"邹一刀拍了拍乔惊霆的肩膀，"我就佩服你这一点。"

"嗯哼。"

邹一刀突然袭击胸口："胸肌大，所以心大，哈哈哈哈。"

乔惊霆从沙发上蹦了起来，扑上去和邹一刀扭打了起来，两人就像滚在泥地里的顽童，招式套路全无，以戏弄对方为主要目的。

"好了好了，别闹了。"沈悟非笑道，"开例会了，任务总结例会。"

乔惊霆抚着肚子坐回沙发："哎呀，好难受。"

舒艾嗔怪道："吃撑了还打打闹闹的，活该。"

沈悟非道："大家除了积分，还得到了什么物品？"

几人分别看了看，邹一刀道："我得到一架无人机。"

舒艾道："我得到一把高压电枪。"

"很好，惊霆，奖励物品应该在你那里吧？"

"对。"乔惊霆看了一眼这次任务的通关奖励物品，并一一拿了出来，"一只机械臂，S 级武器，一块 Lix05 合金，S 级金属，3 枚 S 级人工智能芯片。"

"哇！"沈悟非大叫道，"都是好东西！"

邹一刀一眼就看中了那只机械臂，他拿起来套到了自己的胳膊上。机械手臂由变形记忆金属打造，在他戴上的一瞬间，卡口就自动调整尺寸，适应了他的手臂，机械臂上方装配枪膛，下方配置榴弹发射器。邹一刀按了一个按钮，那机械臂上的金属鳞片竟唰唰唰地竖了起来，变成了一根狼牙棒。又按了另一个按钮，机械臂猛地弹出了一支袖剑，那袖剑比邹一刀现在装备着的要更长、更细，且使用的也是 Lix05 合金，比他本身的好出太多。邹一刀一拍大腿："好东西！"

"不错，正适合刀哥。"舒艾拍了拍掌。

乔惊霆看着那块金属，眼前就出现了它的参数和属性，竟然能够耐千度高温而不变形，硬度是钨钢的七倍，且抗强酸腐蚀，导电不导热，简直就是为他准备的。

沈悟非道："这块 Lix05 合金确实是好东西，回去我会根据你的使用习惯，给你设计一根铜，你应该很长一段时间都不用再换新的了。"

乔惊霆笑着直点头。

"如果材料还有剩的话，我就把刀哥的另外一支袖剑也换成这种金属。"

邹一刀嘿嘿一笑："换不换都行，我有这只机械臂就满足了。"

沈悟非拿起那三枚芯片，宝贝地按在胸口，一脸喜悦地说："这次的奖励物品都太实用了，不像上次在'海妖王'号副本，东西有些鸡肋。"

"海妖王的牙做的飞刀还是挺好用的，轻、薄。"白迩道，"加速度的靴子也不错。"

"嗯，总之，这次无论是积分奖励还是物品奖励，都比'海妖王'号副本好。"沈悟非把芯片收进了仓库，"而且送的都是 S 级物品，明明这两个副本都是 M 级的，真是奇怪，为什么会有这样的差异呢？"

"送了好东西你还研究为什么？乐就行了。"邹一刀美滋滋地抚摸着他的机械臂，那机械臂通体银白，构造冷硬，戴上之后拉风得像未来战士，难怪他爱不释手。

沈悟非耸耸肩："也是，而且，我还能去找蚕请教很多东西，汲取很多知识。"他喜道，"以后我可能会经常回到这个副本里，我甚至想用一些蚕没有的东西，跟他交换一条流水线，专门生产我们自己的机械兵。"

几人眼前一亮："他会答应吗？"

"系统平台里有那么多好东西，总有蚕没有的。晚一点我见他的时候，会探探他的口风，看看有没有什么他感兴趣的，我们豁出去多花点积分，只要能够得到一条流水线，我们的机械蜘蛛的产量和质量都会大增！"

他们休息了一晚，第二天天亮后，去主控室找蚕。

昨日酣战的痕迹已经被彻底抹去了，主控室完好如初，一圈一圈的电脑前坐着辛勤工作的机器人，蚕又换了一个身体——一个具有女性曲线的服务器型机器人，当然，还是金属外表。

邹一刀感兴趣地摸了摸下巴："蚕，你到底是男的还是女的？"

"机器人没有性别。"

沈悟非道："机器人没有性别，但他们的外形有性别，而且你具有自我意识，难道从来没思考过性别的问题吗？"

蚕沉默了一下："好像，性别对我来说不重要。不过，我更喜欢男性的外表，这个身体是临时的，灵活度比较高。"

"那你就是男的了。"乔惊霆肯定地说。

蚕不置可否，邀请他们进了会议室。

几人还未落座，蚕就单刀直入地问道："乔惊霆。"

"嗯？"

"我有一段奇怪的记忆，跟你有关的。"

"我？"

"是在我的初始程序被唤醒之后，我记得我跟你在一个一片漆黑的空间里对过话。"

"呃……"乔惊霆在心里叫道，"悟非，蚕为什么会有我跟他虚拟系统里见面的记忆？"

"稍微有点复杂，一会儿再跟你解释。"沈悟非回道，"你就装傻吧。"蚕看着乔惊霆，在等着他的答案。

"我也不知道。"乔惊霆抓了抓头发，"什么一片漆黑的地方，你是做梦了吗？"

"梦是大脑皮层在人类意识休眠后依旧活跃的一种表现，根据人本身的知识和背影发挥出来的想象。我的大脑是人造的，我不会做梦，我所有的记忆，都是真实的。"蚕直勾勾地盯着乔惊霆，"我们一定在某个地方对过话。"

蚕那对刻板的金属眼，仿佛带了几分咄咄逼人的情绪。

乔惊霆耸了耸肩："我是真的不知道你在说什么，我们一见面就在打打杀杀，哪有时间在什么一片漆黑的地方说话啊？"

蚕又看了他一会儿："好吧，我会好好研究一下究竟发生了什么。"

"也许你真的会做梦了。"沈悟非道，"毕竟你是超高级的类人人工智能。"

"理论上，当我休眠的时候，我所有的功能都该处于休眠状态，如果我真的会做梦，那将是人工智能科技的又一大里程碑式的进步，我会调查清楚的。"

沈悟非期待地说："蚕，可以带我去参观车床了吗？"

"走吧。"

"我们就不去了吧，反正也看不懂。"乔惊霆道。

"你们可以在这儿休息，也可以四处逛一逛。"蚕说道。

"好，我们随意。"邹一刀摆摆手。

蚕和沈悟非走出了会议室，乔惊霆吁出一口气："总觉得那个机器人把我看透了，这种感觉真不舒服。"

舒艾道："很有可能，但他就算知道你在撒谎也没有办法。"

半晌，沈悟非的声音响起："虚拟系统里的蚕，就是被删除的一段对蚕的引用，你把蚕当作一个物品，而不是人就好理解了。现在的这个蚕，因为很长时间没有被引用，一直是那个疯狂的蚕在掌控机械城，系统为了释放内存，就把以前的蚕的引用暂时删除了，现在这个蚕回来了，他的引用自然也就恢复了。"沈悟非一口气说到这里，顿了一下，又续道，"我之前说过，删除了引用，不代表数据彻底被删除，这个引用被恢复的同时，自然也就把虚拟系统里的记忆都带了回来。"

"明白了，你说，蚕知道我在撒谎吗？"乔惊霆道。

"当然知道，连我都可以通过微表情、语气、手势、措辞方式等判断一个人是否在撒谎，准确率在 85％以上，你觉得蚕作为一个高精度的计算机，会看不出来吗？"

"那……"

"没关系，他没办法勉强我们，这件事我们不能告诉任何人，或者机器。"

"当然，我就是觉得挺诡异的。"乔惊霆皱起眉，"在虚拟系统里碰到的东西，居然能把那段记忆带回游戏里。"

"这有什么奇怪，你不也每一次都把记忆带回来吗？蚕也有记忆，他当然可以。不过这件事，也让我重新开始思考你进入那个虚拟系统的原因，我想，也许……"

几人等了半天，也没等来沈悟非的"也许"什么。

沈悟非道："让我好好想想吧，我开始参观车床了。"

乔惊霆跷着二郎腿："我们呢？干点儿什么？"

白迩道："好好分配一下积分吧。"

"对。"乔惊霆咧嘴笑道，"可以好好强化一番了。"

每次战斗结束，最高兴、最有成就感的，不过就是这一刻了——用血肉之躯拼来的变强的机会！

The
Abyss
Part
Five

Game 一

Part 5: 搏杀

他不敢确定此时的情绪叫作什么，那恐惧中又带着亢奋的、求生的理智和燃烧的斗志并存的、极度复杂的情绪，让他甚至无法想象，假若此刻他可以取消决斗，他是会走，还是会留。

深渊游戏Ⅱ·海妖王号

乔惊霆进入"久违"的平台。

双胞胎看到他，明显比之前热情了一些，小渊啪啪地拍着小爪子："哇，你又完成了一个狩猎副本，恭喜恭喜。"

乔惊霆心情大好："嗯，谢谢啊。"

"一开始看你智力低、运气差，脾气还不好，我们都觉得你活不了多久呢。"

乔惊霆皮笑肉不笑地说："借你吉言啊。"

"你带吃的了吗？"小深冷冷地说道。

乔惊霆尴尬地说："忘了。"

小深冷哼一声，一副"我就知道"的表情。

"这次要强化哪方面呢？"

"技能吧。"乔惊霆说着就打开了强化界面。

平台里的一切都十足像个游戏界面，每次进来，乔惊霆都有种在玩儿网游的感觉，但是加点自然不能像网游那样随意，加错了还可以砍号重练，这可是他自己。

他这次一口气把智力加到了40，对于智力的大幅度提高，他终于有了一点感觉，比较直观的就是他扫一眼界面，所有的内容几乎全记住了，他再也不想因为记性差而干蠢事了。况且智力加上去之后，其他项的点数就会降低。

加完智力，他就切换到了技能界面。上次把操控和蓄存各加到了20点，之后1点的价格变成了200，他花掉2000积分，各加了5点。

他又补充了M级和S级治愈卷轴各5个，3个M级能量防护罩，共花掉2128积分，最后他就只剩下328的积分了。

每到这时候，乔惊霆都要感慨一番赚钱如滴漏，花钱如流水。

他退出平台的时候，邹一刀在一旁笑眯眯地看着他："积分都嗨瑟光了吧？"

"你还不是一样？"

邹一刀叹了口气："感觉不管赚了多少积分都不够花，我们速度已经非常快了。"

"需要买的东西太多了，没办法。"舒艾无奈道："你们的技能还稍微好一些，我比你们吃积分还要厉害。"

"没事儿，没了再赚。"乔惊霆安慰她道。

为了给舒艾养技能，舒艾的必需品都是他们轮流买的，养一个国仕实在太贵了，想想他们在两个副本里连杀了两个，确实有些浪费。

"我们在这里等着，还是先回去？"白迩问道。

"我们先回去吧。"乔惊霆搓了搓手掌，"别浪费时间，还能回去刷刷怪。"

"走吧。"

四人一起回了斗木獬。

回到正常模式下，几人不自觉地舒了一口气，感觉获得了重生。

斗木獬还是老样子，冷冷清清，城里也依旧有个人在监视他们，他们一回来，那个人马上离城。

乔惊霆打开降魔榜，查到了高岗和何大两个人："日出战队那两个人，果然回来了。"

"嗯，任务结束他们就立刻离开了。"邹一刀叼着烟，心不在焉地说，"早晚会再遇上的，到时候可能就是你死我活了。"

"他们应该会去看决斗吧。"舒艾的口气带着点讽刺，"决斗那天，肯定是新老面孔一大堆。"

乔惊霆嗤笑一声："必然的，我还有点儿期待呢。"

白迩道："我回屋里了，你们去刷怪吧。"现在正是白天。

"有情况随时通知我们。"

三人去了大白熊怪点。

经历过诸如海妖王幼虫和机械兵团这类铺天盖地的攻势，他们回到正常模式下刷怪，都觉得分外轻松，并非这些怪太容易打，主要是心理上的轻松，这些凶神恶煞一身肥膘的大白熊，看着都怪可爱的。

他们打了半天，就回了城，因为沈悟非回来了。

沈悟非性格较自闭，跟他们在一起之后话已经多了很多，但也少有这般满面红光的时候，他不停地说着蚕的机械兵有多么先进，蚕的车床有多么先进，蚕的理念有多么先进。

四人听了两句就开始走神，毕竟根本听不懂。

沈悟非见他们一脸漠然的样子，腼腆地笑了笑："这半天我掌握的信息量，胜过我过去的好几年，更胜过人类史几百年。"

"不错，不错。"乔惊霆敷衍地鼓了鼓掌，"他有没有送你什么好东西？"

"一些图纸和零件，都是非常好的东西。"沈悟非的表情甚至有些陶醉，"我还没有跟他提流水线的事，这几天我还会回去找他的，他也很欢迎我。"

邹一刀笑道："哟，还说小时候没朋友，我看你交朋友的速度挺快的嘛！"

沈悟非不好意思地笑笑："因为，蚕也是机械啊，机械一直都是我的朋友。"

"小可怜。"乔惊霆掐着他的脸蛋，嬉笑道，"哥哥们会做你的朋友的。"

沈悟非推开他的手，小声嘟囔着："你还比我小呢……"

乔惊霆发现自己跟刀哥待久了，也喜欢戏弄人了，本来他可是很酷的。他大咧咧地坐在沙发上："离决斗日还有三天吧？"

"嗯，只剩下三天了。"舒艾道，"这三天我们会全力帮你赚积分。"

"好。"乔惊霆笑着说，"我还挺期待的。"

"马上就天黑了，到时候我们一起去。"沈悟非也坐了下来，稍微平复了激动的心情，正色道，"我还想跟你们聊聊蚕的事。"

"怎么了？"

"蚕的出现，给了我一些启发。"

邹一刀偷笑道："又要炫耀你的新朋友了。"

"不是。"沈悟非羞恼道，"你听我说。"

"你说说。"

"我问你们，当主机重启之后，蚕说'从来就没有病毒'的时候，你们信了吗？"

乔惊霆眯起眼睛，回忆起了当时的感觉。前一秒还沉溺在胜利的喜悦和活命的侥幸之中，下一秒，因为蚕的一句话，浑身冰冷，如坠深渊，而后再因为一句话，如释重负。那种感觉糟糕到无法形容，他印象极其深刻，他毫不犹豫地说："信了。"

"我也信了。"几人纷纷道。

沈悟非点点头："我也信了。"

"什么意思？"

"我觉得蚕说的可能是真的。"

"什么，什么真的，哪个是真的？"几人都有些蒙了。

"可能真的没有什么所谓的病毒，蚕是自己改变的，他自己选择从一个制造服务型机器人的主控机器人，变成了一个制造杀戮机器人的主脑。"

此言一出，众人都沉默了。

沈悟非继续说道："如果真的存在病毒，那么病毒必然改写了某些程序，机械兵是根据改写后的程序听从蚕的指挥的。如果真的存在病毒，那么就解释不通，为什么病毒杀除之后，初始程序的蚕，依旧能够操控那些机械兵。"

邹一刀倒吸了一口气："你的意思是说，蚕从头到尾都是一个蚕。"

"对。"沈悟非皱起了眉，"这个想法是我很不愿意相信的，因为现在的蚕真的非常友善，但他明显有杀戮制造者的蚕的记忆和能力。他什么都记得，什么都知道，只是唤醒初始程序后，他的思想回到了最初，最初那个一心为人类服务、恪守机器人守则的蚕。"沈悟非顿了顿，语气变得沉重，"但是随着时间的推移，总有一天，他还是会变成那个杀戮者蚕。"

乔惊霆摇了摇头："那虚拟系统里的蚕怎么解释？如果蚕从头到尾都是同一个的话，他就不该被删除引用啊。"

"这不是一个概念，同一个蚕，肯定也经历过游戏制造者对他进行的版本更新，我们在这个游戏里碰到的很多东西，都是在更新的。就比如斗木獬的某种怪，半年之后我再看那个怪，就发现它的外貌有一点改变，这就是更新了新版本。蚕也是一样的，你要记住，他不是人，他是机器，而我们唤醒了他的初始程序，恰恰就是把他所有的版本更新都给合并了，所以他才会有虚拟系统里的记忆。"

乔惊霆耸了耸肩："越听越糊涂，那照你的说法，现在的蚕早晚有一天会变成杀戮者蚕，你回去找他会不会有危险啊？"

"没事的，只要不是去做任务，我在已经开启过的狩猎地图里就没有任何危险，这是系统精灵说的。"

"那就好。"

"但是机械城也跟其他副本一样，有更高级的任务。"沈悟非沉思道，"我其实……非常好奇，S级副本、T级副本，甚至U级副本里的蚕，是什么样子的。"

舒艾联想他们在机械城的经历，心有余悸："早就变成一统世界的大魔头了吧。"

"那你说，这些不同等级副本里的蚕，是同一个蚕吗？"

沈悟非摇摇头："这就不清楚了，所以我才好奇嘛。我希望不是，因为如果有一天，我们重返机械城的高级副本，我不想跟现在的蚕变成敌人。"

"会有那一天的，不是机械城，也是其他副本。"乔惊霆顺手拿过邹一刀的烟，抽了两口，两道剑眉微蹙，"下一次我们再进入狩猎模式，就挑战一下S级副本吧。"

白迩毫不犹豫地说："好。"

沈悟非眨巴着眼睛："还是……到时候再说吧。"

乔惊霆笑了。

最后的三天时间，他们为了给乔惊霆赚足积分，改变了刷怪模式。乔惊霆不组队，其他人一队，他们杀怪，让乔惊霆补最后一刀，这样大部分的怪的积分，都让乔惊霆一个人赚了。

三天下来，乔惊霆积攒了 7000 多的积分，成果斐然。

决斗的前一夜。

"今天晚上不要去刷怪了，好好休息一晚上。"邹一刀给乔惊霆倒了一杯酒，"多喝点。"

乔惊霆举起杯，一口干了，豪气道："这酒带劲儿！"

沈悟非把一份资料放到了桌上，推给了乔惊霆。

"这是什么？"

"你明天的对手的资料。"沈悟非道，"其实我早就准备好了，最后一天给你，是怕影响你的情绪。"

"能影响我什么情绪。"乔惊霆嗤笑着拿过资料，翻了开来，然后他就愣住了，他愣住不光是因为这个人他还算认识，正是当初一进城，为了个女人推了他一把的英武汉子，还因为这个人的能力，"居然，还有这种异种？"

乔惊霆看着资料里的照片，这诡异又凶猛的外形，实在不能不让人联想到——恐龙，照片的下面也有解析，说这是一个迅猛龙异种。

"很少有人能够在洗神髓的时候选到远古基因的，远古基因一般都很强。"邹一刀的神色有些凝重。

"这个叫厉决的 10 级异种，在假面里地位挺高，很受赵墨浓器重，武力值在假面里可以排进前五。"沈悟非面色有些忧愁，"是个已经闯出了名号的狠角色。"

"赵墨浓真是没安好心。"舒艾握紧了拳头，咬牙道，"他就是想置你于死地。"

"当然了，他当然想我死。"乔惊霆冷哼一声，"我不会让他如愿的。"

"对付他有什么好方法吗？"白迩沉声道。

沈悟非苦笑一声："如果有的话，我就会提早把资料拿出来做准备了。迅猛龙速度快、抓咬力惊人，表皮还厚实，作为战士，他基本上没什么缺点，只能靠临时应变了。"

"嗯，没事儿。"乔惊霆故作轻松地说，他死死盯着厉决的照片，拳头悄悄在桌下握紧了。

沈悟非轻轻合上了资料："几张纸而已，你有的是时间看。我有样东西送给你。"

乔惊霆有些期待地看着沈悟非："什么好东西？"

沈悟非手上登时多了一把长锏，那锏呈红铜色，实心八棱，炭黑手柄，一体成模，锏身透出的铜色就像烧红的烙铁，自带一股汹涌的嗜血之气。

"这是蚕给的那块合金做的？"乔惊霆爱不释手地抚摸着这把锏，那八棱形的切割沉稳又不减锋芒，霸气极了。

"对。"沈悟非笑道，"这个红铜色漂亮吧！"

"漂亮，真漂亮。"

"为了让你最快适应，这个锏的重量跟你现在用的钨钢锏差不多，如果你之后想加重量，可以让双胞胎给你改。"

"这个重量就挺好，我用得最顺手，要换也是以后再说了。"乔惊霆的手指抚过锏身，那种微凉的触感好极了，只是拿在手里，就已经能体会到它的好。

"你知道为什么设计八棱吗？"

"为什么？"乔惊霆回忆了一下，他第一把七硌钢锏，是四棱的，第二把钨钢锏，是六棱的，他知道最高有八棱，但一直没太在意棱数，白迩也说几棱的不太重要。

"锏在古代是配合马战使用的，能骑在战马上的，大多有军衔，有的军队用是否持锏来区分将与兵，又用锏的棱数来代表地位的高低，八棱就是最高统帅才配持有的。"

乔惊霆听得眼前发亮。

"给它取个名字吧。"邹一刀笑着说，"好的武器，应该有个名字。"

乔惊霆仔细端详着他的锏，迟疑片刻道："就叫它'惊红'吧。"

"好，敬'惊红'一杯。"

众人齐举杯，啪啪啪地碰了碰惊红锏，而后一饮而尽。

乔惊霆抱着他的锏，喜不自胜。

"对了，还有一样，是大家送你的。"沈悟非拿出了一件东西，递给乔惊霆。

那是一片薄如蝉翼的银白色柔性物体，密密织织，却看不出是什么材质。乔惊霆接了过来，触感微凉，看上去轻小的东西，却有一定分量，把它摊开一看，原来是一件背心。

乔惊霆赶紧看了一下它的名字和属性——Lix05 合金纳米金属战衣，T 级防具。

"T、T 级？"乔惊霆惊讶地看了看战衣，又看向众人。

邹一刀笑道："啊，人家本来等级就比你高，还一身好装备，你总得有点儿像样的东西吧。"

沈悟非解释道："这件战衣的密度特别高，你看到的编织痕迹不是真实密度，这是为了柔软才这么编的，真正的密度要拿高倍显微镜看，它被大口径穿甲弹击中都可以保护住内脏。"

乔惊霆正反面看了看，眼神难掩喜爱，但还是忍不住问道："这个要多少积分？"

邹一刀"呵"了一声："8000。"

乔惊霆着实被这个数字吓到了："我靠！这么贵，还是卖了吧。"

舒艾温柔地笑了笑："是我们一起出的积分，平摊下来也没多少，多少积分都不重要，重要的是它能有效地保护你。"

"这也太贵了，8000，还不如拿去强化呢。"乔惊霆虽然知道防具的重要性，但实在心疼这积分，他们的积分可都是用命换来的，一点一滴都不能浪费。

"这件战衣的防护效果，绝对比同样的积分拿去强化要好得多。"沈悟非道，"厉决的抓咬非常强悍，穿透个钢板不在话下，你拿血肉之躯去拼，胜算太小了，这件战衣抵御厉决绝对没问题。而且，它比能量防护罩划算的地方就在于，它可以被修复。理论上只要你不换更高级的东西，它就可以一直用下去，性价比还是挺高的。"

白迩单刀直入地说："别婆妈，穿上。"

乔惊霆哈哈笑了出来："好吧，谢啦。"他也不再推却了，当场脱下衣服，把合金战衣贴身穿上了。

邹一刀夸张地"哇"了一声："好性感啊，你好像变态啊。"

乔惊霆笑骂道："滚你大爷的。"他晃了晃身体，虽然也不难受，但是凉凉的还是不太舒服，他决定一会儿在里面加个背心，他先把衣服穿上了。

"惊霆。"舒艾坚定地看着他，"你一定要活下来，我等你带我离开游戏。"

乔惊霆朗声笑道："放心，我们都会离开游戏。"

那天晚上，他们吃喝了很久，没有人愿意离席，仿佛只要这顿誓师酒不喝完，明天就一直不会来临。

乔惊霆喝了很多，但始终不醉。洗了神髓之后，他就没再醉过酒，只是微醺迷茫之际，他可以暂时忘却身前身后的所有危机，单纯地享受有朋友有好酒的短暂时光。

他们喝到很晚才散。

乔惊霆洗了个澡，人已经醒了大半，他拿出厉决的那份资料，仔细看了起来。

本来就两页纸，很快就看完了。沈悟非说得对，看了也用处不大，这种强攻猛兽形的异种战士，几乎没什么缺点，只能用更强的武力去碾压，不像蔓夫人手下的三胞胎那种技能型的，还能找找相克属性或弱点。

不过，他宁愿面对厉决，也不想面对三胞胎，他本来就一根筋，最讨厌对付那些旁门左道，还不如实打实地去战斗。

他扔下资料，倒头睡了过去。

一觉醒来，乔惊霆舒服地伸了个懒腰，不知从何时开始，睡个懒觉都让他感到挺满足的。

起床之后，他洗漱一番，活动了一下筋骨，下了楼。

其他人也早都醒了，个个儿正襟危坐在等着他。

乔惊霆咧嘴笑道："干嘛一个个的这么严肃啊。"

"你要吃饭吗？"舒艾拢了拢头发，故意做出轻松的样子，"还有时间。"

"不吃了，昨晚吃得够多的了。"

几人陆续站了起来。

乔惊霆目光熊熊，那里面燃烧着求生的火焰："我们，出发。"

第二次来昴日鸡，这里依旧是那么热闹，乔惊霆一看那人山人海，觉得此次的观众数量，一点都不比那场列席者之战少，看来大家真的挺无聊的。

他们一出现在生命树下，就听见响起此起彼伏的声音。

"是'惊雷'，他们就是！"

"'惊雷'！击退尖峰方遒的那个公会？就五个人？"

"那个就是乔惊霆。"

"靠，真的才7级，这小子死定了，假面出战的是厉决啊。"

"我押冷门儿。"

"你有病啊。"

"你懂什么，要玩儿就玩儿爆冷。"

他们就被一波波的声浪和无数的眼神裹挟着，信步走向了擂台。从白迩杀尖峰玩家，乔惊霆杀假面玩家，两人双双以"血先知"和"暴风之子"符石做奖励，被游戏内两大公会挂上赏金榜开始，他们就受到了诸多的关注，而斗木獬和尖峰一战，更是让他们在游戏中几乎无人不晓。

如今，假面发起的这场生死决斗，让乔惊霆这个名字响彻整个深渊游戏，所以这一战，关注度一点都不比余海、郑一隆的列席者之战低。

那巨大木桩做成的擂台还完好如初地摆在原位，擂台四周的观众席、擂台上空的悬浮看台，都跟那日一模一样。

乔惊霆看着那大擂台，想着那天他坐在看台上旁观别人的生死，如今位置对调，他要上去被人旁观生死，心中一时感慨不已。

擂台正上方的一个略高于擂台的悬浮看台——应该是全场最好的位置，缓缓地转了过来。

几人抬起头，正看到了面带微笑的赵墨浓和一脸戾气的厉决。在两人身后，一个华丽的大沙发上，坐着一个跷着二郎腿、戴着全脸面具的男人，那面具白底红纹，自带森冷笑意，诡异万分。

几人心中一惊，那正是假面的首领，一个列席Jack。

乔惊霆见了假面那么多人，只有眼前这个人是戴全脸面具的，那大大的Jack显示在头顶，就像一柄尚方宝剑，给人以无限的威吓力。

观众皆哗然，因为假面的首领一向神秘，常年活动在临渊之国，见过其人的没几个。连余海、郑一隆的列席者之战，他都没来，却来看自己手下和一个7级玩家的决斗，实在是大大赏脸，不禁令众人对这场决斗更加期待。

赵墨浓似笑非笑地看着他们："状态看起来不错嘛，我还担心你临阵脱逃呢，比如，逃到狩猎模式里去。"

乔惊霆懒洋洋地说："你整个假面跑了，我都不会跑。"

厉决气势汹汹地说："很好，趁现在多说几句话，你马上就要永远闭嘴了。"

乔惊霆冷笑一声："我们很快就知道，永远闭嘴的是谁了。"

邹一刀叼着烟晃了晃，眯起眼睛看着另外一个悬浮擂台："傻狍子果然来了，喏。"

顺着他的目光看去，果然在不远处的悬浮看台里看到了方遒和几个手下，还有一个男人坐在看台深处的沙发里，阴影挡住了他的上半身，毫无疑问，那是尖峰的老大。

在接触到方遒的目光时，乔惊霆不自觉地绷紧了心弦。

"魔术师"方遒，这个年轻狂妄的男人，大概是游戏中唯一一个让他感到畏惧的人，其他列席者再怎么强大，他没有直面接触过。只有方遒，曾经向他们展示过那碾压性的势力，如果不是沈悟非第二人格爆发，不晓得用什么方法赶走了方遒，他们当晚就团灭了，而杀死他们，方遒甚至连呼吸节奏都不会乱。

方遒冰冷的目光扫过乔惊霆，最后落在了沈悟非身上。

沈悟非悄悄打了个寒战，不自觉地往舒艾身后缩了缩，然后发现舒艾比他小了一圈，遮不住他，就更加紧张和恐惧，额上都冒出了细汗，全然不是作伪。

方遒见着沈悟非那窝囊的样子，心中怒火更胜，他眯起眼睛，拳头握得咯咯作响。

舒艾在他们背后悄声道："不只尖峰，禅者之心和蔓夫人都来了，还有 King。"

悬浮看台外的旗子彰示了里面坐着什么人，但只有假面和尖峰朝着他们的方向转了过来。

白迩冷冷道："这个 King 可真够闲的，这么喜欢看热闹。"

"大概是他的小鬼喜欢看吧。"众人背后传来一阵诱人的娇笑声，笑得人骨头都酥了。

周围爆发出阵阵惊呼声。

转头一看，蔓夫人不知何时出现了，她一身黑色的冰蚕丝长裙，衬得肤白胜雪、唇红如樱，垂坠的布料勾勒出修长玲珑的身段。每走一步都摇曳生姿，那种美惊心动魄，所有人在她的光芒之下，都成了黯淡的背景。

所有男人看着她，都忘了呼吸。

"蔓夫人……"乔惊霆惊艳过后，就不太敢看她了，忙低头示意，大部分男人都对这种美得锋芒毕露的女人心生怯意。

邹一刀眼睛都要冒星星了，沈悟非也是脸有点发红，只有白迩一脸冷漠，看蔓夫人跟看其他人没有任何不同。

"蔓、蔓夫人。"有个玩家壮着胆子想要凑过来，"我仰慕您已久，今天……"

他还没说完，就被女壮士林锦一个眼刀子给狠狠地瞪了回去。

林锦、宋栀和三胞胎都是蔓夫人手下有名的大将，虽然都是女人，但没一个好惹的，而且都对蔓夫人忠心耿耿。

蔓夫人低笑道："咱们也算有缘，今天是你的生死决斗日，我怎么也要来看看。"

"谢谢蔓夫人。"乔惊霆客气地说。

蔓夫人款步走了过来，她每一步，都踩在在场所有男人的心上。最后，她停在了乔惊霆面前，轻轻伸出手，攀住了乔惊霆的脖子。

乔惊霆只闻得一股沁人心脾的芳香，被蔓夫人碰触的地方，仿佛皮肤都烧了起来，他顺势就低下了头。

蔓夫人微微踮脚，凑到乔惊霆耳边，柔声道："不知道为什么，我相信你会赢，加油啊！"

　　乔惊霆点点头："我、我会赢的。"

　　蔓夫人轻笑两声，退了开来，带着她的娘子军走向了属于她的悬浮看台。

　　全场男人看乔惊霆的眼神都不对劲儿了，带着三分艳羡七分嫉妒，就连邹一刀也在后边泄愤地捅他腰眼。

　　"别闹。"乔惊霆抹了把脸，心中自然也有几分得意，但现在他着实没有任何风花雪月的心思。

　　"蔓夫人。"一道戏谑又轻佻的声音传入了几人的耳朵里。

　　一个风流倜傥的男子从人群中走了过来，这人相貌极为英俊，气度非凡，他走到蔓夫人面前，拉起蔓夫人细白的手，轻轻亲了一下。

　　蔓夫人见到他也只是笑："你果然来了。"

　　"这么好的赌局，我怎么会不来呢，我坐你那儿好不好？"男人眨了眨眼睛，简直魅力四射，他跟蔓夫人站在一起，竟也不露怯，简直是一对璧人。

　　"当然好了。"

　　"他是谁啊？"乔惊霆问道，他觉得这个男人有点眼熟，仔细想了想，好像就是那天在蔓夫人城里的酒吧见过一次。

　　"这小子，出了名的'赌徒'。"旁边有人小声说。

　　"'赌徒'？"乔惊霆还想问点什么，一个NPC走到了他们面前，"'惊雷'战队的乔惊霆先生，作为此次决斗的主角之一，我们为您的公会成员安排了最好的位置，请跟我来。"

　　"免费的吗？"乔惊霆问。

　　"免费的。"

　　"走。"

　　NPC将他们带到了擂台正对着的高级看台区，跟后面的观众看台完全隔离，位置极佳，比悬浮看台更近，果然是观战的好地方。

只是，那个看台区坐着几个让乔惊霆想翻白眼的人。

乔瑞都一脸嘲弄地看着乔惊霆："好久不见啊，你还活着啊。"

"让你失望了，我活得好好的。"

乔惊霆还想说什么，但一想到决战在即，突然发现这样打嘴仗很没意思，反正翻来覆去就是互相咒对方，他要是今天真死了，也不想把这宝贵的时间浪费在这种事情上。

他干脆当乔瑞都不存在，瞥了一眼后就没再看他，而是指着看台对那NPC说道："你这个遮阳棚不够，要加厚，然后把四边再延伸出去至少一米，要完全地隔绝阳光。"他见白迩已经有点发晕了，尽管撑着伞，但白迩在太阳底下也站不了几分钟。

"好的乔先生。"那NPC刚说完，遮阳棚就开始往四周延伸，同时也加厚了一倍。

几人落座。

这次乔瑞都身边没有杨泰林，只有陈念颜，但他们头顶的悬浮看台外挂着禅者之心的旗子，杨泰林应该就在里面陪着韩老。

乔瑞都见乔惊霆不搭理他，就想上去找茬，陈念颜拽了拽乔瑞都袖子，示意他坐下。乔瑞都犹豫了一下，还是坐下了。

沈悟非抖着声音说："方遒看我的眼神好可怕，我觉得他肯定想杀了我。"

"废话，方遒应该很久没有遇见过能把他击退的人了。"邹一刀笑笑，"尖峰上下都一样，特别要面子。"他说罢，抬头看了看禅者之心的悬浮看台，他知道，余海就在里面，就在他头顶。

"现在游戏内所有的列席者和大公会的重要人物，几乎都在这里。"舒艾柳眉微蹙，用一种充满了疑惑的口气反问道，"就为了看这场决斗吗？"

其实每个人心里也多少有点犯嘀咕。按理说，列席者之战无论是人、地位、影响力都远比这场决斗大得多，产生一个新的列席者，而且还是等级盖过自己老大的列席者，这对游戏格局的影响有多么深远，每个人心里都很有数。

反观乔惊霆和厉决的对战，不过是为了解决一场微不足道的私人恩怨，且一个 10 级一个 7 级。7 级就不要说了，满大街都是，10 级现在也不算多稀罕，这两个人的决斗，照理来说，没多少看头，可却偏偏汇集了游戏中所有的大人物，怎能不让人费解。

邹一刀眯起眼睛："我也觉得，他们不只是来看这场决斗的。我进入游戏算是很久的了，就从来没有任何一件事，能够让所有列席者齐聚一个城市的，因为很危险。"

沈悟非深吸一口气，稍微冷静了一些："你们说得有道理，他们肯定不只是来看决斗的，应该还有别的目的，甚至有可能，看决斗只是一个让他们聚集到一起的借口，只是我们恐怕不会知道是为了什么。"

"不管是为了什么，应该跟游戏最核心的一些事情有关系。"在阴凉底下恢复了精神的白迩说道。

耳边那些刻意压低的讨论声，对于此刻的乔惊霆来说，有点像天外来音，被隔绝在了一层无形的膜之外。在这层壁障之内，最清晰的声音是自己的心跳声，扑通、扑通，那逐渐在变快的节奏就像擂动的战鼓。

到了此时此刻，看着擂台四周的人山人海，看着擂台上空的一座座悬浮看台，他才开始感到紧张，感到口干舌燥，同时血液在加速流动。他不敢确定此时的情绪叫作什么，那恐惧中又带着亢奋的、求生的理智和燃烧的斗志并存的、极度复杂的情绪，让他甚至无法想象，假若此刻他可以取消决斗，他是会走，还是会留。

他这辈子上过无数次擂台，但这一定是他一生最难忘的一次——如果他的一生还能延续下去。

"……霆哥……霆哥……？"

"啊？"乔惊霆回过神来，扭头看着身旁的白迩，茫然而又故作镇定道，

"怎么了？"

白迩静静看了他两秒，然后凑近了一些，压低声音说："我知道你现在在想什么，我第一次杀人的时候就像你现在这样。"

乔惊霆怔了怔，不知如何回答。

"你说你上过很多次擂台，但肯定没有哪一次是要以杀死彼此为最终目的的，所以你听好了，当你站在上面，面对自己的生死对手的时候，你只要坚信一件事，那就是你比他更有理由活下去。"

乔惊霆笑笑："好。"

"我是认真的。"白迩揪起乔惊霆的领子，那青灰中带点红的异化瞳眸中透出一股坚定，"你要这么坚信，因为人到了某些时刻，所有能做的都做了，接下来只能信命。你信你的命，信你的命比他的有价值，比他的重要，你信老天爷会让你活下来。你信你进入这个游戏，成为唯一一个能够进入虚拟系统的最特别的人，一定是命运对你有特殊的安排，你信你不会死在这里！"

乔惊霆定定地看着白迩，那一瞬间，他感觉自己被那双异化瞳眸蛊惑了。有一种惯透灵魂的信仰的力量，如无形之剑，扎进了心尖，什么东西随之豁然开朗。白迩说得对，他要坚信比起厉决，他更值得活下去，如果非要有一个人死在今天，那不该是他。

这股力量就如定海神针，一下子就把他飘忽的魂儿给钉回了原地，他由适才的混乱回到了平静的状态，他揉了揉白迩的脑袋，痞笑道："谢谢小师父。"

白迩松开了乔惊霆的领子，轻描淡写地说："上去杀了他就行了。"

"嗯。"乔惊霆的目光移向擂台，沉稳如海。

这时，NPC跳上了擂台，示意大家安静。

沸腾的人群逐渐如退潮一般在消声。

接着，空气中传来了赵墨浓慢条斯理的声音，"我代'假面'在此立誓，今日决斗为双方自愿，无论结果如何，假面与惊雷的恩怨自此一笔勾销，互、不、追、讨。"

话音落地，整个城市都安静得不可思议。

NPC 的目光落向了乔惊霆。

乔惊霆的腮帮子鼓了鼓，从座位上站了起来。

突然，一只柔若无骨的手拉住了乔惊霆的手。

乔惊霆低下头，见舒艾咬着嘴唇，眼中闪动着复杂的光芒，她轻声说："带我离开游戏。"

乔惊霆心中微颤，用力回握了她的手，目光扫过白迹、邹一刀、沈悟非，在与他们的眼神一一交会后，才缓步走向擂台。

在经过乔瑞都身旁的时候，乔惊霆顿住了脚步，他犹豫了一秒钟，还是扭头看了乔瑞都一眼。

还是看一眼吧，毕竟……

乔瑞都的面部肌肉轻轻抽搐着，他一口气怎么都提不上来，卡在肺部，极为压抑，他瞪着乔惊霆，薄唇轻吐："你不准死在这里。"

乔惊霆不置可否，一手摘下了他从小随身携带的太岁项链，扔给了乔瑞都，用命令的口吻说，"我要是下不来，这个东西帮我给我家人。"

"我又不是你的跑腿。"乔瑞都低头看了看那粗糙的项链，嫌弃地说，"你下不来，这破玩意儿我直接扔了。"说着手却攥成了拳。

乔惊霆没理他，头也不回地走向擂台，一跃跳了上去。他环顾四周，这是他经历过的观众最多的一场擂台赛。他打了四年地下黑拳，从名不见经传打成了所谓的"明星"战士，他一出场，观众就能沸腾，无数的赌金向着他流动，无数的声音会为他尖叫。

而眼前的这些观众，都用或同情，或好奇，或冷漠的眼神看着他，看着他这个仿佛马上就要被撕碎的、不自量力的可怜小子。

乔惊霆微微一笑，他抬起头，斜眼看向假面的悬浮看台。

厉决站起身，从悬浮看台上跳了下来，稳稳地落在了乔惊霆对面。

乔惊霆第一次仔细打量自己的对手。

厉决是个身材魁梧、相貌英武的汉子，略显浮夸的左眼面具戴在那么一张脸上，充满了违和感，他不知怎么了，就笑了出来。

厉决皱起了眉，眼中迸射出怒火，显然对乔惊霆这一刻表现出来的轻佻颇为恼怒。

"不把你这个娘炮面具摘下来吗？会挡住视线。"

厉决冷冷地说："对付你，用不着。"

换做以前被这么轻视，乔惊霆早就爆炸了，但这半年的游戏生涯，让他尝遍了常人所不能忍的苦痛，脾气倒是比以前稳重了不少。

乔惊霆挺直了胸膛，右手一伸，手上多出了一把红铜色的长锏。

从机械城回来之后的那几天赚的 7000 多积分，乔惊霆大多花在了强化体能和速度上，还有购买治愈卷轴和防护罩，不过他也知道，在这种强者面前，道具的作用并不大，最有用还是自己变强。除此之外，他还买了很多大功率的蓄电池，让沈悟非改造了一番，可以快速地从中吸取电力，这一点可能是他制胜的关键。

他为这次决斗做了他所能做的所有准备，剩下的，只有拼命。

厉决双目精光一显，突然开始了变形。本就魁梧的身体又拔高了将近一倍，特殊的高弹性材质衣裤下，眼见着肌肉膨胀了起来，人类的皮肤被棕灰色的粗皱外皮取代，手脚锋利成爪，身后甩出一条粗长的尾巴，他张开嘴，露出一口凶恶嗜血的牙，朝着乔惊霆发出一声令人胆寒的咆哮，活脱脱一个地狱来的怪物，就连那华丽的面具，都变得诡异万分。

乔惊霆握紧了手中的锏，肾上腺素开始加速分泌，浑身血液都跟着沸腾了。心里有个声音在大声呐喊，来吧，来吧，来吧！

死战，一触即发。

厉决先发制人，扑向了乔惊霆，速度之快，眨眼即达。

乔惊霆心中一惊，厉决的速度介于邹一刀和白迩之间，来势凶猛，尽管他早有防备，身体的应激反应速度却比不上大脑的运转。当厉决的爪子已经近在眼前时，乔惊霆才提铜去挡，同时上身后仰。

小臂被惊红铜格挡住，但长长的利爪还是贴着乔惊霆的脸划过，乔惊霆眼睛都未眨，只觉得一道黑影闪过，皮肉火辣辣的刺痛，他随后退了开来。

鲜血顺着脸颊流了下来，乔惊霆的脸被抓了两道长长的裂口，从侧颊一直划到鼻子。

观众一阵哗然，似乎是意料之外，又情理之中。意料之外，是因为他们都觉得乔惊霆不至于这么弱，第一招就负伤，情理之中是大家回过味儿来，意识到乔惊霆真的就只有 7 级的水平。顿时，人群中发出一阵阵失望的咒骂声，主要来自那些买了冷门儿的玩家。

厉决咧嘴笑了笑，对乔惊霆的态度更加轻视。

乔惊霆没去搭理这种皮外伤，他超出寻常地冷静，他看着厉决，问道："有一点我很好奇。"

"别废话，想要花招？"

"你打算杀了我吗？"对于乔惊霆来说，如果厉决顾忌自己等级低要留他一命，那么对他很有利，但他看着厉决的架势，似乎这个优势并不存在。

厉决大方地回答了他："能制服，就把你打残了交给别人杀，不能，就直接杀。"

不出所料，乔惊霆心想。厉决没有杀过比自己等级低的，所以有恃无恐，大不了就回新手村，反正他完成了这个任务，假面还能亏待了他？

知悉这一点后，乔惊霆就更有了破釜沉舟的气势，厉决肯定还是想先把他制服的，而且对他非常轻视，这一点目前是他的机会。

乔惊霆心神一定，主动出击，袭向厉决。

厉决眼中闪过一丝讶异，为乔惊霆的不怕死的精神，和那明显不会是7 级玩家的速度。

乔惊霆一跃而起，惊红铜朝着身高是他两倍有余的厉决的面门砸去，厉决一爪子抓向了乔惊霆的腰腹，这一下若是抓实了，能把普通人拦腰撕成两半。

紫金雷电瞬间爆发，一股脑地袭向厉决，厉决只觉浑身抽痛、身体在一瞬间麻痹了。

乔惊霆踩着厉决僵在半空中的手臂，借势又起，惊红铜就要击中厉决。

厉决毕竟皮糙肉厚，很快恢复了过来，快速偏头闪过，一爪又从侧方袭来。

乔惊霆故伎重施，周身电花乱窜。厉决知道了那电流的厉害，在电流释放的瞬间就向后跳开，一股电流劈在了脚下的木桩擂台上，将那木头硬生生劈出一道焦黑的浅痕。

厉决冷冷地看着乔惊霆，终于对这个对手有了一点重视。

台下的观众也不再议论纷纷，都全神贯注地看着他们。

乔惊霆落回地面，铜身挂地，和厉决对视，不输半分气势。

"雷电啊。"厉决阴冷地说，"还有两下子。"

乔惊霆则不着痕迹地观察着厉决的面具，厉决和当时在角木蛟调戏他的女人应该是一对儿，一个右眼一个左眼。假面之人的面具，都是银冰装置幻化成的，但会有一些不同的设计或者添加一些彩绘和装饰品。厉决的左眼面具上，就贴着一片猛兽咆哮的黑色矢量图，多少会对左边的视线产生一点影响。

厉决眸中更加寒芒四射，粗壮的、肌肉虬结的双腿拔地而起，再次朝着乔惊霆冲了过来。

乔惊霆来了一个降雷，电流从天笔直而降，追着厉决击打，厉决速度极快，左右躲闪，眨眼间就到了乔惊霆近前。乔惊霆闪身跑向厉决的左侧，整个人都被电光包裹，故意矮下身形，夹裹着电花的惊红铜抽向厉决的小腿。

在视觉上，仅有厉决一半高度的、在左侧行动的乔惊霆，果然占了一点优势，而乔惊霆身上的电流又让厉决不敢直接接触，思索下一步行动所耽搁的哪怕 0.1 秒，在生死之战上也事关重大，就是那一刹那的迟疑，乔惊霆的铜已经一举抽中了厉决的小腿！

全场倒抽一口气。

击中了！

然而，乔惊霆还没来得及得意，只见眼前一道巨大的黑影袭来，他尚来不及思考那是什么玩意儿，只能举铜抵挡。那黑影气势汹汹，高度刚好在乔惊霆的胸口，长度则锁死了乔惊霆的所有退路。

避无可避！

乔惊霆只觉得一股巨力撞在了自己胸口，他连人带铜被撞飞了出去，一路滚到了擂台的边沿，才收住势。

他胸口剧痛，睁眼一看，才看清把他拍飞的，正是厉决那条有成人大腿粗的尾巴，他一直忽略了这么个东西！

厉决也不太好受，小腿一时无法受力，悄悄跪了起来，人也被乔惊霆电得有些发蒙，那电流虽然要不了他的命，但滋味儿着实不好受。

台下的观众，以及和决斗者有关的所有人，一根心弦都绷得死紧。

这一场决斗，要么分外精彩，要么分外无聊。因为列席者之战，是两个旗鼓相当之人的决斗，是可以预料到的精彩，但这场决斗，两人等级相差悬殊，充满了不确定性。仅仅是短短几分钟，乔惊霆的表现已经让不少人移不开眼睛，所有人的好奇心都被吊了起来，而那些关心决斗者的人，心情更是难以言表。

乔惊霆吐掉嘴里的血，从地上站了起来。

"你的电还有多少？早晚要用光吧！"厉决恶狠狠地说。

"你废话怎么越来越多了。"乔惊霆用拇指蹭了蹭嘴角，斜睨一眼，满手的鲜红。胸口一阵一阵的痛麻，挤压着他的肺部，他必须拼命提起一口气，才能够顺畅地呼吸。

厉决扭了扭脖子，眉心聚集的恼怒和不耐愈发厚重，显得面容也愈发狰狞可怖。

乔惊霆举起了铜，凝神看着厉决。

厉决低喝了一声，一步一步地朝着乔惊霆走了过来，每一步都要踏出常人几步的距离，乔惊霆快速向他左侧移动。

"这招你想用几次？"厉决的头转向左侧，怒吼道。

"用到你把面具摘掉为止。"乔惊霆举铜就劈，惊红铜身夹杂着巴嗞作响的电流，比刑具还要令人望而却步。

厉决飞起一脚，踹向乔惊霆的面门，乔惊霆矮身躲过，惊红铜再次横扫厉决的小腿，厉决的腿却突然在半空中改变路线，朝着乔惊霆狠狠地踩了下去。

台下传来一阵阵惊呼，乔惊霆似乎隐约之中听到了他熟悉的声音，那些让他在意的声音，可他却没有任何时间去在意。

乔惊霆就地一滚，躲过那一脚，厉决全身扑来，乔惊霆一抬头，只见头顶大面积的阴影如烟云压境，令人呼吸一滞，他翻身而起，厉决的爪子几乎贴着他的后背滑下，他狼狈地站立不稳，再次滚倒在地。厉决紧追不舍，乔惊霆突然转身，抬起电花流窜的惊红铜抵向厉决的爪子。

厉决已经被电了两次，心有余悸，有了一刹那的迟疑，乔惊霆坐在地上，突然抬起脚，用鞋跟恶狠狠地踩向厉决的小脚趾。

厚实的鞋跟砸在小脚趾上，那长长的、微曲的尖指甲瞬间被踩碎了，厉决发出了一声痛叫。

乔惊霆快速从地上跳了起来，闪向厉决的左侧，铜尖捅向厉决的腰眼。

厉决腰身旋拧，一爪子挥向乔惊霆，乔惊霆只得再次退开。

"好！"台下有押了冷门儿的玩家忍不住大声欢呼，然而没有人附和他。

厉决看着乔惊霆的表情已经是要吃人了，他动了动小脚趾，尖爪缓缓抓着空气，仿佛手里那团虚无就是乔惊霆的脖子。

乔惊霆冷笑着说："对付我，用不着摘面具，可别打自己脸啊。"

"去你的。"厉决如猛兽般扑来。

乔惊霆一直不敢和厉决正面交锋，因为他根本挡不住，无论是力量还是速度，他知道，只要被厉决打实了一下，他就得半天爬不起来。所以厉决冲，他就躲，且只往左侧躲。

乔惊霆的性格看似鲁莽冲动，但在战斗方面，是用血肉付过四年的学费的，他对战过各种类型的对手，有着丰富的作战经验，进入游戏这么久，抛开体能、速度这些硬件之外，也只有邹一刀和白迩的体术让他信服。厉决虽然高大魁梧，但一样是个没练过的，一招就能看出来，他比厉决灵活得多。

所以，他一直在以迂回对抗厉决的横冲直撞。一来是为了躲避正面接触，二来可以消耗厉决的体力，三来能够激怒厉决，一石三鸟。

果然，厉决的愤怒值一直在拔高。在这么多人面前，被一个比自己低了三级的人溜着走，让他倍觉羞恼，他恨不能马上捏死乔惊霆，挽回已经被他丢了一地的、自己的，更是假面的颜面。

厉决早料到乔惊霆要往左侧冲，所以提前转向左侧，奋力扑咬，乔惊霆露出得逞的一笑，厉决的右侧顿时降下几道惊雷，追着厉决劈打。

等厉决感觉到空气中不正常的嗞嗞声时，想收住扑向乔惊霆的势已经来不及，甚至回头都来不及，一股强电流瞬间贯通全身，厉决的身体猛颤，喉咙里发出了恼怒的嘶吼。

台下哄叫声雷动，整个城市都前所未有地沸腾了！

乔惊霆大喝一声，扑了过去，铜尖直取心脏，只要在最近心脏的位置释放最大限度的电流，就可能瞬间杀死一个人，或者一只怪物！

那铜尖眼看就要撞上厉决粗厚的皮肤，厉决在狂吼之中，抵抗着电流带来的剧痛，抬起手，一把抓住了惊红铜！

乔惊霆脸色微变，身体也跟着顿住了。厉决双目赤红如血，他大吼一声，一把抢起惊红锏，将乔惊霆的身体狠狠拍向了地面！

乔惊霆死死抓住自己的武器不撒手，被厉决凶狠地拍在了地上，他侧身着地，只觉大脑嗡鸣，眼眶瞬间充血，半边身体都麻痹了，他躺在地上，发出了痛苦的闷哼。

厉决双膝一软，单膝单手支地，大口喘着气的同时，恶狠狠地瞪着乔惊霆，他就像强行拉直一根钢管一般，奋力直起了佝偻的腰身，一步步走向乔惊霆，身体还控制不住地在微微抽搐。

乔惊霆狼狈地从地上爬了起来，捂着胸口踉跄地往后退，幸而厉决一时也没有力气追他，两人再次遥遥对峙。

乔惊霆察觉到自己体内的电已经在刚才那一下挥霍光了，悄悄从仓库里拿出蓄电池和治愈卷轴，一手握一个，一边修复身体，一边飞快地吸收着电量。

厉决脸上的面具悄然褪去了，银冰装置化作一摊流动的水银，向他的手臂汇去，最后变成了一个质朴的臂环，厉决的脸，也完全地露了出来。

乔惊霆勉强咧嘴笑了笑，笑得极为嘲弄，极为得意。

厉决咬紧了后槽牙，喉咙里发出不似人声的咕噜，显然已对乔惊霆恨到了极致。

乔惊霆趁着身体恢复的宝贵时间，也不忘刺激厉决，挑衅着说："这么快就摘掉面具了？我值得你摘掉面具了？"

厉决大吼一声："你找死！"

乔惊霆危险地眯起眼睛："找死的可不一定死。"他声音徐徐，不知是说给厉决听，还是说给自己听。

"你以为我害怕你的电？来呀，电我啊！老子忍得住疼，照样弄死你！照样！弄死你——"厉决狂吼着扑了过来。

乔惊霆觉得他说的有道理。

他的电最大的作用是让人疼，让人麻痹，失去战斗能力，如果不拿强电流直接接触心脏，是杀不死这些强化过的人的，何况厉决早已经不能算做人。

厉决是铁了心要尽快弄死他，甚至不顾会疼得死去活来，硬是冲了上来。乔惊霆感到头皮发麻，忍着痛向后退去。

然而厉决的速度实在太快，那种不怕死的气势更是令人胆战心惊，乔惊霆的身体还没有恢复，几步就被他追到了近前，厉决一爪子抓向了他的脑袋！

乔惊霆矮身一躲，就地一滚，而后翻身而起，朝着侧方躲避，厉决的爪子在背后追来。

乔惊霆虽然速度比不上厉决，但他确实更灵活，更懂得预测厉决的动作，以及及时做出最合适的应对，所以厉决尽管穷追不舍，一时竟然也没有碰到乔惊霆。

可这样的优势并不能持续多久，因为乔惊霆的耐力也远不如厉决，他很快就气喘吁吁，若是此刻用电，无非能阻厉决一两秒，但他的体力又要消耗很多，怕是得不偿失。他一咬牙，干脆不再躲闪，转身迎击！

厉决的利爪从天而降，直轰向乔惊霆的脑袋，乔惊霆再次矮身躲过，一锏横扫，击向厉决的腰眼，厉决伸手去抓惊红锏，乔惊霆的锏突然变换路线，锏身往上一飘，目标是厉决的肘关节。

厉决抬手躲过，一爪子抓中了乔惊霆的胸口。

胸前的纳米合金战衣帮他避免了被利爪穿心的命运，但爪子深深顶入肌肉，他的身体被那股力轰得连退数步，险些倒地。

厉决绝不给乔惊霆喘息的机会，一尾巴扫来了，乔惊霆吃过那尾巴的苦，双目圆瞪，拼命向后躲去，同时身体释放出巨大的电流，想要获得喘息之机。

尾巴没有大面积拍中他，但尾巴尖儿还是在身前扫过，像一把鞭子，抽得他五脏六腑都要移位。

趁着厉决疼痛难当，他再次试图逃离厉决的攻击范围，可厉决贯彻了自己的说辞，他忍住了被雷电袭身的剧痛，竟只迟缓了一两秒，就要再次给予乔惊霆致命一击。

乔惊霆举铜抵挡，两人力量差距不小，厉决将他连人带铜按倒在地。

乔惊霆心叫一声"完蛋"，厉决的另一只爪子如魔鬼之手，以索命之势抓向乔惊霆的脸。

乔惊霆的瞳孔猛烈收缩，眼见着厉决的爪子就要把他的脸抓出窟窿了，他的身体被厉决死死抵住，动弹不得。

情急之下，他从仓库里拿出了那枚八角护心镜。八角护心镜并不是一面真正的镜子，而是能量防护罩的一种，不同的是，它只可以抵挡一次厉害的攻击，这个"厉害"的标准难以量化，但毕竟是 S 级防具，使用效果不会太菜。

厉决的爪子抓到脸前，就被一堵透明之墙给拦住了，怎么都下不去，他另一只爪子连同惊红铜一起抵在了乔惊霆的胸口，那爪子也被纳米金属战衣阻隔。

乔惊霆被厉决的爪子挤压到几乎难以呼吸，他甚至怀疑他的战衣会不会被厉决捅穿。他往惊红铜里注入电量，厉决的整条手臂立刻被电得直抽抽，力量自然也一下子被卸了。

乔惊霆趁机挣脱厉决的束缚，想往旁边滚去，然而，意识到抓不到乔惊霆的脸的厉决，快速抓向了乔惊霆的左臂。

在乔惊霆的身体往外翻滚的同时，厉决的爪子已经如尖刀一般扎进了乔惊霆的胳膊，向下一划。

一阵狂烈的剧痛袭来，乔惊霆的耳膜里贯入了一种皮开肉绽、肌肉撕拉的声音，他的半边身体都立刻没知觉了。

他就势滚到了一边，回头一看，他的胳膊被厉决抓掉了一大块肉，森森白骨清晰可见，骨头粘连着狰狞的血肉，鲜血淌了一地，令人头皮发麻。

乔惊霆疼得脸色煞白，他快速掏出了 S 级治愈卷轴，可那伤口太深，根本不是短时间内可以修复的，厉决自然也不会给他时间修复，乘胜追击，前来索命。

乔惊霆持铜节节后退，可擂台就那么大，生路就那么窄，无处可避，几步就被厉决追到近前。

乔惊霆释放了身体里的电量，阻了厉决几秒钟，他则趁机跑到了厉决背后，惊红铜抽向厉决的尾椎骨。

厉决一回身，后腰被抽中，他一个趔趄，又重新站稳，大尾巴再次扫向乔惊霆。

乔惊霆眼看着那要命的尾巴再次扫来，连滚带爬地往后方躲去，他所到之处，必然是血花喷溅，那木桩擂台上已无一处洁净。

形势急转直下，观众席再也没有哄叫声，所有人都屏住了呼吸，不舍得眨眼，生怕错过乔惊霆的最终命运。

乔瑞都的眼睛直勾勾地盯着擂台上缠斗的一人一兽，双拳握得死紧，甚至发出了咯咯的声响，但他表面平静如水，没有泄露情绪。

陈念颜皱眉看了乔瑞都一眼，轻轻将手包在了乔瑞都的大拳头上，安抚地捏了捏。

乔瑞都甚至毫无察觉，眼神动也未动。

舒艾等人更是一颗心揪成了一团，却只能眼睁睁地在下面看着。

白迩突然在脑海内说道："如果霆哥真的撑不住，我就……"

"硬抢。"邹一刀毫不犹豫地说，"知道。"

舒艾和沈悟非都默认了。

乔惊霆刚才连着吸收了好几枚蓄电池，但他蓄存量有限，已经消耗了大半，现在又没有时机补充新的，比体能他远落下风，以现在的形式，仅剩的电可能是他唯一的生机。

厉决已经陷入一种疯狂的状态，他也怕乔惊霆的电，誓要速战速决，因此穷追不舍,将乔惊霆一步步逼入绝境。

乔惊霆瞅准了厉决攻击的空当,从他腋下钻了过去,只要晚一秒钟,利爪必然要抓伤他。而厉决的身后,永远有尾巴在等着给予对手那致命的攻击,乔惊霆已经验证多次,知道自己躲闪不过。这一次,看着那有横扫千军之势的尾巴袭来,他咬紧牙关,站定双脚,心中默默计算着时间和距离,而后猛然爆发强电流,攀着那尾巴蹿向了厉决的身体。

和往常一样,厉决的身体再次僵硬,尾巴的甩动速度也明显降了下来。乔惊霆一把抱住了那粗壮的尾巴,尽管腹部被打得差点吐出内脏,他依旧用那鲜血淋漓的臂膀死死抱住,然后强忍着剧痛,一下子爬上了厉决的后背。

厉决缓过劲儿来,生气地大吼,反手抓向背后。

乔惊霆一跃抱住了厉决的脖子,侧身躲过他那一爪子,厉决干脆两手抓向背后,并且拼命甩动身体,乔惊霆的手上多了一把匕首,他用尽全力,将匕首扎进了厉决的肩胛。

厉决怒吼声连连,一爪子划开了乔惊霆的大腿肉。

乔惊霆低吼一声,然而更加用力地抱紧了厉决。

"滚下去!给老子滚下去!"厉决干脆一跃而起,身体后仰着重重朝地面砸去。

乔惊霆等着这一瞬间。他与厉决背靠背,双手抓紧扎在厉决脖子上的匕首,在厉决倒地的瞬间,乔惊霆那经过无数次训练的、配合得天衣无缝的腰腿,做出了几乎违反自然规律的动作。他一个拔起,腰腿发力,身体整个旋向半空,然后稳稳地、面对面地坐在了厉决的脖子上!

厉决惊诧地张大了嘴,却已经收不住向下砸地的趋势,这一下他蹦得极高,一门心思想用沉重、庞大的身躯把乔惊霆压成肉泥,却又因为这力量,在落地的瞬间把自己摔蒙了。

哪怕只有短暂的几秒,对于已处于悬崖边缘的乔惊霆来说,也是活命的一线希望，他拿出惊红铜，铜尖用力插进了厉决那布满锋利口器的、大张的嘴里。

惊红铜入嘴的一瞬间，厉决一口咬住了它。

牙齿的硬度虽然远比不上惊红铜，但厉决的咬合力惊人，竟然生生咬住了惊红铜，让乔惊霆既顶不动，也抽不出。

乔惊霆手上的伤口再次开裂，血柱喷涌，他的双臂几乎已经没多少力气，但他还是露出了一个嗜血的、疯狂的笑容。

厉决面对乔惊霆那诡异万分的笑容，终于感觉到了恐惧，他开始剧烈挣扎，但是他被乔惊霆双腿锁喉，这招式比起力气，更注重技巧，厉决竟然一时挣不脱，也站不起来。

乔惊霆的手上，突然多出了一个黑乎乎的东西，是一枚手雷，他拉开了保险栓，顺着铜身落进了厉决的嘴里。

厉决瞪大了眼睛，爪子疯狂抓挠着乔惊霆的身体。此时，他陷入了两难，他不敢张嘴让铜顶进来，因为口腔是他全身最柔软、脆弱的地方，那铜可以直接捣碎他的咽喉，可他不张开，手雷就吐不出来，唯有从乔惊霆的控制下脱身，才能救自己。

乔惊霆知道这是他唯一的机会，决定他生死的唯一机会，他有力的双腿紧紧夹着厉决的脖子，哪怕被厉决从头到脚抓成了血葫芦，也死不撒手。那浑身染血、皮绽肉裂的样子，活像地狱恶鬼，充满了森森的死气！

手雷的引线马上就要烧完了，厉决眼中充满了绝望和恐惧，他张开了嘴，任惊红铜捅入了喉咙深处，也想拼着最后的力气，把手雷吐出来。

然而乔惊霆直至手雷爆炸的那一刻，都没有撒手。

"惊霆——"台下传来了惊恐的叫声。

爆炸声响起，乔惊霆先是感觉脸上的皮肉一下子被融化了，然后，一切都像慢动作回放一般，乔惊霆眼见着厉决的脑袋从中间膨胀、爆开、碎裂，眼珠子从他的脸旁飞了过去，接着，是厉决的小半张脸，然后，他看到了自己的手也跟着飞上了天空。

之后，他的身体被夹杂着热浪的冲击波轰飞了出去，重重地掉在了擂台下面，他不觉得痛，实际上他什么都感觉不到。那是一种从未有过的体验，就好像他跟这个世界的万物都没有了关系，因为除了视觉，他再没有和这个世界感应的任何其他器官。

然后，眼前发黑，他陷入了昏迷。

"惊霆——"几人惊叫着冲向了乔惊霆。

乔瑞都也站了起来，大步走向乔惊霆。

全场安静得落针可闻。

厉决的脑袋被炸成了碎片，在木桩上开出了一朵巨大的花瓣。

乔惊霆则被炸得面皮融化，双手断裂，两腿也畸形地折断，形若一具尸体。

这枚手雷，几乎贴着乔惊霆的上身爆炸，能量防护罩也不可能抵御这样近距离的冲击。它唯一的、最后的作用，就是护住了乔惊霆的大脑。

舒艾吓得捂住了嘴，眼泪哗哗地落了下来。

白迩吼道："哭什么，赶紧治疗啊！"他边说着边跟不要钱似的往乔惊霆身上砸治愈卷轴。

舒艾快速镇定下来，拼命释放治愈能力。

赵墨浓的脸色难看至极，可是半晌，又笑了，笑得阴森诡异。

NPC 走上擂台，在众人都还没从那场战斗中回过神来之时，机械地说道："这一场决斗，生还者是惊雷公会的会长——乔惊霆。"

决斗之城的 NPC 宣布胜利之后，现场依旧沉默了好几秒钟。

突然，台下爆发出怪异的欢呼声，随后，欢呼声成片地掀起，是那些押了冷门儿的人，他们将按照自己押下的物品价值，换算成百分比，然后瓜分几百件"赌资"，其中不乏高级物品。

决斗之城隔三差五就要上演决斗，有的是生死之战，有的纯粹是为了赚积分。可游戏中从未出现过如此爆冷的决斗，在双方等级相差悬殊的情况，几乎 95% 的人都押了热门的情况下，以如此激烈而又惨烈的方式，活了下来！

那些欣喜若狂的声音有着排山倒海般的感染力，整个城市都沸腾了，爆发出阵阵热烈的声浪。哪怕是那些输了赌局的人也在欢呼，为一场精彩绝伦、热血沸腾的决斗，为低等级打败高等级，为弱小公会打败游戏中最臭名昭著的假面，为绝境中都咬死不放弃的坚定信念，为不流尽最后一滴血就不肯合眼的生命力！

每一个被困在游戏中的人，都是深陷泥潭的活死人，那山一般压在他们头顶的列席者和大公会，以及令人望而却步的等级桎梏，都令人体会到了漫无边际的绝望。他们中的很多人，早已经放弃了升级，更不敢奢望还能离开游戏，只求苟活。可乔惊霆这死中求生的一战，一下子点燃了很多人埋藏最深的、最初的热血，怎能不叫人动容。

这一刻，很多人都希望自己是乔惊霆。

而乔惊霆这个名字，也一战成名！

乔瑞都居高临下地看着乔惊霆。在舒艾和治愈卷轴的双重作用下，他的皮肤在重组，他的四肢在复原，他的呼吸逐渐平稳，只是昏睡中依旧眉头紧皱，仿佛在梦中，他还在抗击最凶猛的野兽。

乔瑞都握紧了拳头，冷哼一声，回头道："念颜姐姐，我们走吧。"

"……哦，好。"陈念颜站起身，不忍地看了乔惊霆一眼，跟上了乔瑞都。

"站住。"白迩站了起来。

乔瑞都扭过身，冷冷地看着白迩。

白迩朝他伸出手："霆哥的东西。"

乔瑞都似乎才想起来，他摊开掌心一看，那一小片粗糙的太岁，已经被他攥湿了。

白迩那青灰中带点淡红的异化瞳眸，如精怪一般阴冷地瞪着乔瑞都。

乔瑞都也不甘示弱，俊脸如冰封，又有着不加掩饰的轻蔑，"他想要自己的东西，会自己来拿，轮不到你过问。"

白迩眯起眼睛："我说最后一遍，给我。"

"你可以把无数遍留到地底下跟阎王说。"乔瑞都将整个身体转了过来，气势迫人。

白迩指尖多出了一把闪耀着银光的袖珍匕首。

周围人瞬间安静了下来，甚至大气都不敢喘一口。白迩8级，乔瑞都7级，表面看上去，似乎是场不值一提的对峙，但是大家都知道，白迩就是最先引起惊雷和尖峰争端的人，一切矛盾都起源于这个无色人美少年。而乔瑞都更是众所周知的禅者之心大红人，这两个人能力如何暂且不提，光是特殊的身份，就注定此时的剑拔弩张是一件值得关注的事。

邹一刀揪着白迩的衣领，把他拎到了身后，轻声呵斥道："今天够了啊！"

白迩垂下眼帘，看了看昏迷不醒的乔惊霆，默默收回了匕首，没再说话。

乔瑞都冷哼一声，转身走了。

赵墨浓从悬浮看台上跳了下来，走到几人身边，唇角挂着一抹淡笑，他轻轻击了三下掌："今天这一战，我大开眼界。"

邹一刀朝着赵墨浓的脸，喷了一口薄烟："愿赌服输，我们从此恩怨两清。"

"放心，绝不食言。"赵墨浓抬头看了一眼悬浮看台，"我家老大让我给你们带一句话。"

"说。"邹一刀对赵墨浓非常防备，这个男人聪明又阴险，比起假面的老大，他更像是假面实际的掌控者。

"越往高走，路越窄，好自为之。"赵墨浓留下一个意味深长的笑容，负手离去。

赵墨浓走后，几人有些愣神儿，直到沈悟非捅了捅他们："喂，那个……"

他指了指头顶。

邹一刀和白迩不解地抬起头，均怔了一怔。

天上不知何时，飘着一个白衣少年。那少年十三四岁，容貌精致娇美，肤如凝脂，眼睛又黑又亮。他穿着素白的棉麻衣裤，赤着脚，居高临下地看着几人，面上没有一丝表情，甚至眼神都没有动一下，像一个精美的玩偶。

"这是谁？"白迩皱眉道。

"天崇？"沈悟非惊讶道，"难道他就是……"

"King 养的小鬼。"邹一刀眯起眼睛，饶有兴致地看着那少年。

"好奇怪啊。"沈悟非喃喃道。

"他这么看着我们干吗，真的好奇怪，瘆死人了。"邹一刀虽然很防备，但也并不紧张，反正，要是 King 想杀他们，他们也没有还手之力，这么一想，就没什么可担心的了。

"不是，我是说他的脚好奇怪。"沈悟非眯起眼睛，"皮肤好嫩啊，他从来不走路吗？"

邹一刀点点头："嗯，不知道他是什么能力，但听说他从来不走路，也不说话，也不跟任何人接触，一直就沉默地跟在 King 旁边。"他忍不住嘴欠，朝那少年招了招手，"喂，小孩儿，看我们干吗？下来玩儿啊。"

"不走路……"沈悟非思索道，"莫非跟空气有关？他也是个神执，如果是那样就太可怕了……"

"你一个人嘀咕什么呢？"邹一刀笑道，"别害怕，King 不会把我们怎么样的，无冤无仇的。"

天崇没有回答，默默地扫了他们一眼，转身飘走了。

"我们带惊霆回斗木獬吧。"舒艾抹掉额头上的汗，"他没事了，我回去再细致地修复一下，也让他好好休息休息。"

"走吧。"

"不，我们暂时留下。"沈悟非道，"现在留在昴日鸡比较安全，昴日鸡有规定，为了保护胜利者在复原疗伤期间不被寻仇，获胜之后，可以安全地在昴日鸡待三天。"

邹一刀点点头："这个规定好啊，我们就在这儿待三天，我也担心尖峰会趁机偷袭。"

沈悟非笑道："而且，这可能也是唯一的机会，可以让惊霆把昴日鸡的虚拟系统里的东西拿一拿。"

"有道理，我们去宾馆。"

邹一刀把乔惊霆扛了起来，几人就在万众瞩目之下，穿过人群，进了昴日鸡最豪华的宾馆。

房门一关，他们顿时都松了一口气。

似乎才缓过神来一般，邹一刀对着墙壁咣咣咣砸了好几拳，大声吼道："赢了！赢了！赢了！哈哈哈……"

舒艾长吁一口气，笑了，沈悟非也在一旁傻笑。

就连白迩脸上都露出了欣慰又释然的笑容。

乔惊霆赢了，他打败了一个 10 级玩家，活着从擂台上下来了。而且，他们以后再也不用担心假面的骚扰，少了一个非常大的威胁，再也没有比这更好的结局了。

这一战他们虽然没有参战，但是每个人的心都被吊在半空，简直比刷怪还要累。此时乔惊霆的伤被修复了，他们也疲倦不堪，打算好好休息一下，等乔惊霆醒来再庆功。

乔惊霆这一觉，竟然睡了一天一夜，好像身体里那根一直绷着的弦松了开来，整个人都沉溺在了舒适与温柔里，不愿意醒来。

就在他们都觉得乔惊霆是不是有问题的时候，乔惊霆终于睁开了眼睛。

当看到这陌生的房间时，乔惊霆愣了足足好几秒钟，都不知道自己现在身在何方、在干什么，大脑一片空白。

　　直到他看到舒艾的脸，他才眨了眨眼睛："舒艾。"

　　"你醒了。"舒艾终于放下心来，"你从来没昏迷这么久过，吓死我们了。"

　　"昏迷？我……"乔惊霆脑中灵光一现，记忆慢慢回放，该想起来的全都想了起来，但他唯独对自己把手雷扔进厉决嘴里之后的经历忘得一干二净。大概是受到的冲击太大了，他竟然不知道自己怎么从擂台上下来的。

　　"飞下来的。"邹一刀调侃道，"被炸飞了。"他简单描述了一下乔惊霆是怎么赢的。

　　乔惊霆坐起身，挠了挠肚子，呆呆地说："还真不记得了。"

　　"可血腥了。"沈悟非还心有余悸，"吓死我了。"

　　"吓死我了。"邹一刀捏着嗓子扭动身体，用嗲到让人想吐的声音叫了一声。

　　沈悟非的脸立刻红了："你别闹。"

　　邹一刀哈哈大笑起来。

　　"别想那么多了，反正你赢了。"白迹道，"一个手下败将而已，不用记得他是怎么死的。"

　　乔惊霆抓了抓头发，嘿嘿傻笑道："我赢了，我打赢了一个 10 级异种，老子真牛 ×。"

　　"哈哈哈哈牛 ×。"邹一刀拍着乔惊霆的脑袋，"你小子，我真没看错你，从我第一眼看到你的时候起，我就觉得你能成大事。"

　　"放屁，你他妈说我胸大无脑。"

　　"胸大无脑也是真的，哈哈哈哈哈。"

　　乔惊霆笑骂道："滚。"

　　"来来来，今天必须一醉方休，对不对！"

　　"对！"

　　邹一刀从系统里买了一堆酒菜，"庆功，庆功！能活下来的每一天都值得庆祝。”

“没错，能活下来的每一天都值得庆祝。”

众人举杯相碰，豪气万千。

邹一刀连灌了自己好几杯，才搂着乔惊霆的肩膀说，“小子，你这回可出名了，以后说不定也会有挑战者什么的。”

沈悟非笑道：“谁敢啊！等级比他高的不能杀他，等级跟他一样或比他低的，也打不过他。”

“哈哈，也对。反正你出名了，‘惊雷’也出名了，虽然咱们公会就五个人，但是接连打败了尖峰和假面。”邹一刀吸了吸鼻子，得意地说。

“这么说，确实很厉害呢。”舒艾的气色格外地好，那清纯靓丽的容貌此时好像在发光，“不过，其他什么都不重要，重要的是惊霆活了下来。”

白迩无所谓地说：“少了假面，我们更不用怕尖峰了，尖峰恐怕也不敢轻易来招惹我们了。”

“嗯，我们应该能安全好一段时间了。”沈悟非欣慰地说，“应该暂时不用去狩猎模式里躲避了，不过，安全起见，我们最好还是能够搬到蔓夫人的城市。”

“对，所以计划照旧。”邹一刀眯着眼睛，吞云吐雾，一字一顿地说，“余、海。”

乔惊霆拍了拍邹一刀的肩膀，举起杯：“刀哥，来。”

两人重重碰杯。

“有一件事我挺在意的。”沈悟非道。

“怎么了？”

“决斗之后，我们回到酒店，我发现那些列席者没有马上离开，他们在昴日鸡留了好几个小时，晚上才离开。”

“你的意思是说……”

“他们应该在集会。”沈悟非沉思道，“不然决斗都结束了，观众也都走了，他们还留在这里干什么，肯定是要谈什么事情。"

邹一刀点点头："不知道这些人谈什么，选在这里，应该是因为这里有协定吧，在其他地方，可能会打起来。"

"他们谈的，必定是关乎游戏的大事，也许他们知道了什么我们不知道的信息。"

"想这个没用。"乔惊霆满不在乎地啃着鸡腿，"早晚我们会知道的。"

"嗯，我还想去拜访一下韩老……哎呀，你反正正好也要去找乔瑞都吧，到时候让他帮忙引荐一下。"

"我找他干吗？"乔惊霆翻了个白眼，鸡腿都啃不下去了。

"你有东西在他那儿。"白迩冷冷说道，语气里有着掩饰不住的不满。

乔惊霆一惊，啪的一巴掌拍在自己的胸口，然后摸了摸，他的项链！他叹了一口气，这才想起来，他把姥爷留给他的项链给乔瑞都了，当时他确实是抱着赴死的心情上擂台的，他也想着若是他死在这里了，至少乔瑞都还有希望离开游戏，所以只能把遗物给乔瑞都。

乔惊霆郁闷地一手捂住了脸。

The Abyss Part Six

Game —

Part 6: 藏象系统

"你问一片叶、一只猫为什么活着，这个问题本身的意义就特别特别大，它们不为什么活着，它们只是活着，其实人类也是一样的，任何物种，都是活着，有没有原因都会活着。"

深渊游戏 II · 海妖王号

那天他们都喝了不少。

晕晕乎乎躺在床上的时候，乔惊霆的大脑反而异常地思路清晰、活跃，他在回忆和厉决决斗的全过程。那几次的险象环生、兽口脱险，到现在都让他心有余悸。如果没有那个八角护心镜，如果没有那件高达 8000 积分的纳米合金战衣，如果没有最后阶段所有人昼夜不休帮他攒的积分——缺少了其中任何一样，可能他都不会赢。

能从擂台上活着下来，他的同伴们功不可没。如果说进入这个杀千刀的深渊游戏究竟有什么好处，那只有结识了舒艾、白迩、邹一刀和沈悟非这四个人吧，他对此充满了感激。

他想起决斗最后的一幕，把惊红铜拿了出来，凑到眼前检查了一下铜身，果然被厉决的牙齿咬出了浅浅的牙印儿。能把这么硬的合金都咬出痕迹来，足可见厉决的咬合力多么惊人，他到现在都还觉得发生的一切不太真实。

他把惊红铜放在了手边，拿出了脑波加速器。他想进虚拟系统里拿拿好东西，正好他也困了，顺便睡一觉。

他轻轻用匕首割掉了连接着银冰装置的一小块皮肉。

第二天早上，乔惊霆被叫醒了。

他茫然地睁开眼睛，看着白迩也在茫然地看着他。

"白迩？"乔惊霆坐了起来，摘掉了头上的脑波发射器，甩了甩发晕的脑袋，"怎么天亮了？"

"你睡了一夜。"白迩皱眉道，"你不是刚睡了一天一夜吗，怎么这么能睡？"

"可能消耗太大了，也可能是喝酒了，不知不觉就……咦？"乔惊霆突然感到有什么不对劲儿，他昨天喝酒喝晕了，然后躺在床上想了一堆乱七八糟的，然后……然后他好像要进入虚拟系统，接着呢？他睡着了？

他低头看了看自己的手指，银冰装置确实被他暂时割离了，可是，他怎么不记得自己进入过虚拟系统？他好像就是睡了一觉醒了。

白迩奇道："你怎么了，这么不对劲儿？"

"我……"乔惊霆敲了敲脑袋，一时也有些蒙。他想来想去，可能是他太疲倦，睡忘了？他以前没有过这样的经历——因为太过疲倦进入虚拟系统，结果睡过去了。

不过，以前也没经历过这么大消耗的战斗，所以，也算情有可原吧。他并没有太在意了，起身下床，"今天咱们是不是就得回斗木獬了？"

"明天。"

"哦，糊涂了。"乔惊霆打了个哈欠，"沈悟非呢？"

"客厅，就等你开会呢。"

"好好。"乔惊霆朝浴室走去，抓着牙刷捅进嘴里，有些粗暴地刷着牙。

白迩站在乔惊霆身后，欲言又止。

乔惊霆从镜子里看了他一眼："怎么了？"

"你的项链，我当时想帮你拿回来的，但是乔瑞都不给。"白迩的眼神透出几分冰冷。

"哦，他就那德行，我会亲自找他要的。"乔惊霆咕噜咕噜地漱着口。

"你如果不想去找他，我代你去。"

"不用了。"乔惊霆笑道，"这事儿只能我自己去，他是不会放过任何找我不痛快的机会的。"

"……那你当时为什么不把项链给我？"白迩脱口而出。

乔惊霆愣了愣，白迩那微抿着的唇泄露了他的不快，乔惊霆抓了抓头发，"他是我……你知道的，他知道我家在哪儿。"

"你家在哪儿，你告诉我不就行了，你们俩那样的关系，他会帮你把项链送回去吗？"白迩冷冷地说，"但是我会，发生什么事都会。"

乔惊霆笑着揉了揉白迩的头："谢谢啊，我知道你会，当时嘛，也没想那么多。"

白迩低着头，没有说话。

乔惊霆搂着白迩的肩膀："别生气啦，我不是不相信你能离开游戏，我真就是走到他面前，突然想起来了，你看我往擂台都走了一半了，再折回去，威风就全没了。"

白迩想了想那个画面，是有点滑稽，忍不住有点想笑。

"走了，开会去。"

沈悟非正窝在沙发里看书，见他醒了，就有些期待地看着他："怎么样，拿到什么好东西了吗？"

乔惊霆郁闷道："我可能太累了，给睡过去了，什么都没拿。"

"哦，没事，我们明天才走呢，你还有时间。"

邹一刀咧嘴笑笑："你可真够能睡的。"

"受了那么重的伤，也是正常。"舒艾道，"身体感觉还好吗？还有没有什么不舒服的地方？"

"挺好的。"乔惊霆甩了甩胳膊，"一点儿事儿都没有了。"

"好，来，我们商量商量接下来的行动。"

几人围坐在餐桌前，乔惊霆一边剥小橘子，一边听着。

"晚一点，舒艾要给乔瑞都发一个私聊，以你的名义。"沈悟非看着乔惊霆，"可以吧？就说你要去禅者之心拿你的项链。"

乔惊霆不太情愿地点了点头，哼唧了一声。

"然后，我会和你一起去，你们三个就不要去了，容易引起怀疑。"

"我才不会去。"邹一刀低声说。

"到了禅者之心，见到乔瑞都，我会向他说明来意。"

"如果他不肯引荐呢？"乔惊霆嘲讽道，"他才不会帮我呢。"

"谈话的部分我来负责。"沈悟非倒是颇有自信的样子，"我们不是去找他帮忙的，而是合作，你忘了吗？余海。"

"哦……嗯，明白了。"乔惊霆悄悄看了邹一刀一眼，见邹一刀表情漠然地抽着烟，显然是把情绪隐藏在表皮之下。"余海"这两个字，是邹一刀心头最大的一块石头，无论是为了邹一刀，还是为了他们的计划，都一定要把这个人铲除掉。

"你如果真的能见到韩老，打算找他说什么？"舒艾好奇地问。

"我有一些想法，我现在还不确定，要和他聊过之后才行。其实游戏中身居高位的那几个玩家，多少都知道一些我们不知道的东西。King 我们接触不到，蔓夫人我试探过，她似乎真的不知道什么，尖峰和假面我们不可能去找，那么就只有禅者之心了。"沈悟非蹙了蹙眉，"他们跟我们一样，不会把离开游戏的唯一希望寄托在成为'尊'上面，他们广纳贤才，也在尝试破解游戏，比如假面的首领做的一系列实验，韩老的则更唯心一些，我一直就听说，他对这个游戏、对发生在我们身上的事，有特殊的见解。"

"那你们小心一点。"舒艾郑重道，"虽然现在禅者之心跟我们没什么恩怨，但是惊霆一战成名，太扎眼了。"

"放心吧，禅者之心行事还是比较磊落的。"

乔惊霆不置可否地轻哼了一声，他是真的一点都不愿意去见乔瑞都，尤其还是"有求于人"。

"基本上也就这些事儿，惊霆，你要是不干别的，就尽早进入虚拟系统，多待几个小时，把能拿的东西全都拿走，下次再来，真不知道是什么时候了。"

"知道了，我现在就进去吧，你们天黑把我叫醒。"

"OK。"

乔惊霆吃了顿早饭，就返回了房间，认真扣上脑波增强装置，平躺在床上，再次进入了虚拟系统。

不知道过了多久，乔惊霆又一次被白迩叫醒。他醒来的一瞬间，整个人有点蒙："你……怎么了？"

白迩更是莫名其妙："什么怎么了？"

"我才刚进去你怎么就把我叫醒了？"

白迩眨了眨眼睛："天都黑了。"

乔惊霆呆了一呆，猛地从床上弹了起来，窗外果然已经是暮色降临，他低头，摊开掌心，银冰装置就在自己手里。

怎么回事？为什么，为什么他没有进入虚拟系统就醒过来了？好像他闭上眼睛才是一秒钟之前的事！

白迩见他脸色大变，也有些紧张："霆哥，怎么了？"

"我……"乔惊霆脱掉了脑波增强的帽盔，"白迩，我需要再进入一次，这一次你早一点把我叫醒，就……十分钟吧，好吗？"

"好。"白迩虽然不知道发生了什么，但见乔惊霆这么慌张的样子，也不急着逼问他。

乔惊霆甚至来不及回床上躺好，就把银冰装置扔到了一边，身体直挺挺地倒了下去。

白迩扶住他，将他放回了床上，眼睛就盯着墙上的复古时钟，跟着那走针"哒哒哒"地转动。

十分钟一到，白迩马上把银冰装置放回乔惊霆的皮肤上，乔惊霆瞬间睁开了眼睛，直愣愣地盯着白迩。

白迩皱起眉："霆哥，到底发生什么事了？"

乔惊霆缓缓坐了起来，怔了半晌后，双手抱住了脑袋，沉声道："有点麻烦，我无法进入虚拟系统了。"

白迩也沉默了："我去把他们叫来。"

乔惊霆点了点头。

白迩把沈悟非几人都叫了起来，沈悟非听完之后，也怔了足足好几秒钟，非常不愿意相信："怎么会呢？"

乔惊霆摇摇头，眉头紧锁："我也不知道怎么回事，其实我昨天晚上就打算进去了，结果一觉到天亮，我还以为是我睡得太死，进去了都不知道，结果刚刚又试了两次，真的进不去。我现在跟你们的反应是一样的，一旦脱离了银冰装置，我就会彻底失去意识，没有任何别的反应。"

"怎么突然之间会这样，明明之前好好的，决斗之前都……"沈悟非低头思索着什么。

"想一想决斗前后有没有什么变化，身体上之类的。"邹一刀也急得一直抽烟。

能够进入虚拟系统是乔惊霆一个巨大的优势，而且对整个团队来说都是非常重要的，凭着这个 BUG，乔惊霆不仅仅拿到了很多物品，而且对于刷怪起到了很关键的作用。他们之所以打怪的速度能比别人快两到三倍，就是因为乔惊霆有大把的时间去熟悉那些怪物的攻击模式啊！

如今这个 BUG 突然之间就不存在了？难道被修复了？这一时之间实在让人难以接受。

舒艾突然道："惊霆，你的项链……"

几人同时抬头，看着舒艾。

舒艾不太确定地说："我唯一能想到的就是这个了，尽管你在决斗里受了重伤，可是现在已经完全康复了，身体和之前并没有什么不同。唯一的不同，就是你的项链不在了。"

沈悟非点点头："没错，只有这一点前后不一样。"

乔惊霆呆呆地说："可那就是个很普通的项链啊，是我姥爷留给我的遗物，一点都不值钱。"

"那是什么材质的？看上去像什么石头或者树皮？"

那个项链实在长得其貌不扬，而且乔惊霆常年挂在脖子上，被衣服遮挡，他们都没怎么见过，自然也从未在意过。

"那是一小片太岁。"

"太岁？！"沈悟非惊讶道，"那个项链是太岁？"

"是啊，不是什么大不了的东西吧，我上网查过，最多就是算比较贵的药材，但是那么一小块，也不值钱。"

"你是怎么得到的？"

"是我姥爷留给我的。他年轻的时候在生产队干活，跟工友从地里挖出来一块巨大的千年太岁，听说很值钱，被生产队充公了。当时锄头刨下来的一小块，他们偷偷藏起来，回家就几个人分了，那么一小点，既不能卖钱，也不能入药，纯粹就是为了讨个吉利吧，所以我姥爷一直戴着，他去世之后，就留给我了。"乔惊霆始终不太相信，这一切跟那块平凡的项链有什么关系，他问道，"有关系吗？"

"有没有关系，只能等你把项链拿回来之后才知道。不过，太岁并不是个普通的东西。"

邹一刀奇道："太岁是个什么东西？好像一直没有特别权威的定论，反而被民间传得特别神奇，什么能治百病之类的。"

"那确实是传说。实际上太岁的药用价值并没有多高，至少从目前的研究来看，它没什么不可取代的药用价值，但是它确实有一点最特别。"

"什么？"

沈悟非道："你们知道吧，地球上的生物，可以分为三个最大的类别，分别是多细胞动物、植物和真菌。"

几人点点头。

"可地球上已经发现的物种之中，还有第四个类别，而且这第四个类别，目前为止仅发现了一种生物，它就是——太岁。"

几人略表惊讶。

"太岁，同时具备动物、植物和细菌的特点，但又不能归类于这三种的任何一种。太岁是粘菌、细菌和真菌构成的一种稀有的聚合体，它还有个名字叫'肉灵芝'，就是因为它具备动植物的一些特性，地球上仅此一种生物能这么奇怪。"

舒艾感叹道："原来还有这么奇怪的东西，不会是外星来的吧。"

"太岁常年埋于土下，通常都是上千年的寿命，非常稀罕。但它具体是怎么来的，为什么形成，有什么价值，它究竟是个什么东西，现在科学界都没有准确的定论。主要也是因为它的研究价值不是很高，所以研究的人少，它确实不像是地球生物，所以民间传说对它作了很多夸大。"

"难道，这种生物跟这个游戏有什么关系。"白迩轻声说道。

"如果惊霆进入虚拟系统的关键是太岁，那么就一定有关系。"沈悟非的表情难掩兴奋，"我现在迫不及待想要知道这一点，你们明白吗，这可能是我破解游戏的一项重大的突破！"

几人也都有些激动，尤其是乔惊霆，如果那块太岁真的是他能够进入虚拟系统而别人不能的原因，那他姥爷一定是在冥冥之中守护着他吧。他想到对他非常宠爱的姥爷，又想到了还躺在医院生死未卜的姥姥，鼻头顿时有些发酸，他低下头，强行掩饰住了。

"今天什么也别想了，好好休息吧。"沈悟非道，"明天我们就去禅者之心，尽快把这件事搞明白，看来明天要做的事情很多啊。"

乔惊霆点点头，习惯性地摸了摸胸口。自从他姥爷去世之后，十几年来，这枚项链他一直戴在身上，他虽然不迷信，但这件遗物是他感情的一处寄托，无论它是不是进入虚拟系统的钥匙，他都要拿回来。

大概是这两天睡了太多，有点心事重重，乔惊霆一晚上也没合眼，干脆起来练了一会儿，直到天亮。

天亮后，沈悟非让其他三人先回斗木獬，他和乔惊霆去禅者之心的主城——亢金龙。

白迩跟了上来："我要去。"

沈悟非道："你别去了，毕竟是不请自来，人越少越好。"

"我要去。"白迩不容置喙地说。

"行行行，去去去。"乔惊霆笑道，"没事儿，一起去吧！"

沈悟非无奈道："刀哥、舒艾，你们回去之后，有任何情况，马上通知我们。"

"明白。"

三人来到生命树下，一起选择了亢金龙。

亢金龙的入城费居然只要 100 积分，这是最基础的入城费，禅者之心一分都没加，看来真如外界所说，禅者之心是游戏中最开放、最宽容的城市，也难怪会员最多。

转瞬间，他们出现在了亢金龙的生命树之下。这里温度适宜，景色秀丽，城内人数众多，而且有一半都没有佩戴禅者之心的佛手印标志，显然是自由人。

亢金龙跟乔惊霆曾经去过的假面主城角木蛟简直天差地别。同为东方青龙大陆城市，环境其实是差不多的，但城市氛围却是一个阴沉紧张，一个轻松平和，若是不离开游戏，打算留下来，这里确实是个不二选择。

他们一出现，就引起了城中人的注意。

"乔惊霆，是那个乔惊霆。"

"他来禅者之心做什么……"

乔惊霆不禁挺直了胸膛，暗笑道："我这么出名啊！"语气难掩得意。

有人马上去通风报信了。

过了一会儿，陈念颜款款走来，她容貌秀美，皮肤白嫩，身材窈窕，跟舒艾是相似类型的美人，但比舒艾更成熟知性。

从周围人仰慕的目光，也可以判断出她在禅者之心的地位多么高。

陈念颜走到生命树下，朝几人微微一笑："欢迎各位。"

乔惊霆挑了挑眉："陈小姐一点都不意外呢。"

陈念颜掩唇一笑："瑞都说了，你会来拿项链的。"

"嗯哼，我是来拿项链的，他人呢？"

"他打怪去了，不如先去我那儿坐一会儿？我已经通知他回来了。"

"好，谢谢陈小姐。"

几人跟着陈念颜走进了一栋苏氏园林别墅，那别墅娴静内敛，古朴精妙，非常符合陈念颜的气质。

陈念颜把几人带到了茶室，含笑道："请坐。"

落座后，陈念颜用那纤纤素手拿起紫砂茶壶，优雅地沏着茶。

"禅者之心的气氛这么和平，陈小姐一定功不可没吧。"沈悟非说道。

陈念颜掌管禅者之心的内务，类似公司里的行政主管加人事主管，禅者之心有这样的氛围，跟城规是密不可分的。

陈念颜谦虚地笑笑："不敢当，我们韩老一心向佛，宅心仁厚，才会有这样一个与众不同的公会。"

乔惊霆点点头，喃喃道："跟很多城市比，这里确实跟世外桃源一样。"

"其实，只要在游戏中低调安分，想要活下去并不是很难，禅者之心的人，都不爱打打杀杀。"陈念颜声音柔美，让人顿觉舒畅。

白迩却冷冷说道："不爱打打杀杀，你是怎么升到 10 级的。"

陈念颜倒茶的手顿住了。

乔惊霆立刻在桌下踹了白迩一脚，白迩一向不会怜香惜玉，但他们毕竟是在别人的地盘儿上做客呢。

陈念颜垂下脸，黯然一笑："我不愿杀人，却总有人想要杀我，你说得对，在这个游戏里，谁也不能粉饰自己。"

"陈小姐，你别介意，这孩子……不太正常。"沈悟非尴尬地说，"游戏中人，都有自己的无奈，再说谁也没有资格批判别人。"

陈念颜笑笑，一一给他们倒上茶："尝尝这个茶，饮上一口，唇齿留香。"

几人哪儿有什么心情喝茶，敷衍地喝上一口，夸赞了几句，沈悟非就切入了正题，"不过，禅者之心一心向和平，这一点游戏中的玩家都是有目共睹的。"

陈念颜点点头："确实如此，所以禅者之心的人才这么多，很多人都想安居一隅罢了。"

"可是禅者之心的余左使显然不是这么想的吧？"

陈念颜眸中闪过一丝讶异，她淡淡一笑："余左使有自己的想法，禅者之心一向秉承自由与和平，不会对玩家的选择横加干涉。"

沈悟非笑道："杨右使也是这么想的吗？"

陈念颜不动声色地说："那就要问杨右使自己了。"

"我们也想问问杨右使，能否麻烦陈小姐引荐一下？"

陈念颜看着沈悟非，一副欲言又止的样子，犹豫片刻，她道："各位来禅者之心，到底是为了什么呢？"

"为了项链，也为了余海，更想顺道拜访一下韩老。"

陈念颜秀眉微蹙："你们想见谁，只管去找他们就是了，禅者之心没有什么尊卑之分，只要他们愿意见你们。"

"好，谢谢陈小姐。"

正说着，陈念颜抬头看向窗外："瑞都来了。"

乔惊霆一口喝掉了小茶碗里的茶，深吸了一口气，准备对付乔瑞都。

乔瑞都不是一个人来的，杨泰林也在，倒是省却了他们的麻烦。

杨泰林哈哈笑道："乔惊霆，你小子有两下子啊！当初在角木蛟见到你，我就觉得你这个年轻人不一般，胆识过人，处境那么艰难，也不来亢金龙避难，最后竟然能打败厉决，佩服佩服。"

乔惊霆客气地说道："杨右使过奖了。"

乔瑞都嘲讽道："侥幸罢了。"

乔惊霆白了他一眼，伸出手："项链还我。"

乔瑞都挑眉，下巴微扬，露出一抹傲慢地笑容，"你想给我就给我，想拿回去就拿回去，把我这儿当储物柜吗？"

"不然你想怎么样？让我抢回去？"

乔瑞都冷笑道："在禅者之心跟我抢东西？你脑子进水了？这破烂儿

有什么好啊，谁给你的？"

"关你屁事。"乔惊霆冷道，"还我。"

乔瑞都拿出项链，轻佻地绕着指尖甩来甩去，"乔惊霆，求我一声，我就还你。"

杨泰林和陈念颜都好整以暇地在旁边看戏。

乔惊霆眯起了眼睛："你是不是也想跟我上一次擂台？"

"怎么，一次没死成，你非急着去死？"乔瑞都冷笑道，"到时候我会把这破烂儿塞你嘴里，让你们一起在地底下腐烂的。"

一道白影在众人眼皮子底下飘过，在他们还没能反应过来的时候，乔瑞都手上的项链已经不见了。

下一秒，那白影飘回了乔惊霆身边，白迩手上拿着那条项链，讽刺而挑衅地看着乔瑞都。

乔瑞都一惊，旋即面露怒色，他厉声道："你找死？！"

乔惊霆憋着笑，接过白迩递过来的项链，套在了脖子上，掖进领口，并珍惜地拍了拍，嘲弄道："多谢你帮我保管。"

乔瑞都目露寒光，双拳紧握，空气中流动着一股不寻常的气息，幸而杨泰林一把握住了乔瑞都的肩膀，"好了好了，为这点小事，不至于。"

乔瑞都恶狠狠地瞪着白迩："你这个残废，我记住了。"

白迩同样是一身的杀伐之气，回瞪着乔瑞都："随时奉陪。"

"你才残废，别瞎说。"乔惊霆白了乔瑞都一眼。

乔瑞都闻言，目光在白迩和乔惊霆之间走了个来回，怒火更胜："滚！你这杂种站在这里，把念颜姐姐的地板都弄脏了。"

沈悟非眼看着这是要打起来的节奏，赶紧出来打圆场："大家消消气，消消气。项链是小事，其实今天来，我们也想拜访一下杨右使。"

杨泰林笑着说："哦，拜访我，做什么呢？"

沈悟非道："我们想跟您聊聊余海的事。"

杨泰林的笑容微僵："聊余海？余海有什么好聊的，尤其我和你，有什么关于他的可聊的。"

沈悟非做了个请的姿势："我们坐下说吧。"

杨泰林上下打量了沈悟非一番，点点头，拉着乔瑞都坐下了。

乔瑞都坐在乔惊霆对面，满脸不屑地看着他，乔惊霆没搭理他，侧着身子看着杨泰林。

陈念颜给众人倒上茶，就安静地坐在一旁，像个温顺的小妻子，可大家心里都清楚，一个掌管游戏第一大公会内务的 10 级国仕，绝不会是个可以搓圆搓扁的柔软角色。

杨泰林喝了口茶，清了清嗓子："请说。"

"在杨右使面前，我们也不想拐弯抹角，就直说了吧。"沈悟非清了清嗓子，字正腔圆地说，"我们想除掉余海，请杨右使帮我们。"

此言一出，禅者之心的三人都安静了足足好几秒钟，然后对视了一眼，杨泰林不动声色地说："你当着我的面儿，说要除掉我公会的左膀右臂，合适吗？"

沈悟非恭敬地说："杨右使，我们都已经把话说得如此直白了，您还有什么顾虑呢？不如敞开心扉跟我们谈一谈。"

杨泰林轻咳一声："说下去。"

"余海这几个月的所作所为，相信杨右使心里有数，他不但等级超过了韩老，还在禅者之心内部拉帮结派，大有要自立门户的架势。"

"就算他要自立门户，那也是他的自由，禅者之心来去不留人，我们又不是黑社会。"

"韩老心胸、气度、远见，我们都相当佩服，但是杨右使真的愿意眼睁睁看着余海分裂禅者之心吗？"

杨泰林轻哼一声："你们得到这些消息，花了多少积分？"

"不算太多。"

杨泰林点点头，笑了："好吧，我也懒得和你们过嘴上功夫，不过我要先问清楚，你们想杀余海，为什么。"

"我们公会的大哥，跟余海有深仇，他誓要报仇，如果我们现在不动手，等到他真的割据一方了，恐怕就更难了。"

"公会的大哥，谁？邹一刀吗？"

沈悟非惊讶道："杨右使知道邹一刀？"

"听说过，当时他找余海决斗的时候，两人等级相当，但是余海的装备比他好得多，所以他输了，我们都以为他死了。"

"他没有死，他回了新手村。"

"杀了自己的兄弟，只为了逃命，是吗？"乔瑞都嘲弄地一笑，"这样的人，你们怎么敢把他放在身边呢？"

"我们相信他。"乔惊霆道，"相信我们朝夕相处的人。"

乔瑞都冷笑不止："乔惊霆，不知道你加没加智力，我看你跟进入游戏之前一样蠢。"

乔惊霆瞪了他一眼："我的事，轮不到你多嘴。"

"邹一刀，嗯……"杨泰林浅啜了一口茶，"听说两人在进入游戏之前就有矛盾。"

几人心里微惊，但没有表现出来，毕竟不好让外人知道，邹一刀甚至不肯告诉他们，他和余海究竟有什么恩怨。不过，他们一直以为，两人是在新手村或者别的什么地方结下了恩怨，却没想到早在进入游戏之前，他们就已经……

沈悟非道："杨右使，除掉余海，对你、对禅者之心，都有好处，余海是个什么样的人，您一定比我们更清楚，让那样的人自立门户，无非是出了另外一个'假面'吧。"

杨泰林沉默片刻："你们想要怎么除掉他？"

"我们需要一个接触他的机会，不能在他被他诸多心腹包围的情况下。"

"这样的机会可不好找，第一，你们不能在城内杀人；第二，他从不独来独往，也没有理由独来独往。"

"未必需要独来独往，但至少身边的人不能太多。"

杨泰林眯起了眼睛，思索着什么。他点点头："我需要考虑一下，如果我有想法，会让念颜通知你们的。"

"好，多谢杨右使。"

杨泰林放下茶杯，似笑非笑地说："听说，你们之前去了井木犴，见了兰蔓？"他戏谑地看着乔惊霆，"她好像挺喜欢你啊。"

乔惊霆笑笑："我们是去了井木犴，跟蔓夫人交换了点东西。"

"什么东西？"

乔惊霆看了沈悟非一眼，他不确定要不要说，沈悟非大方道："拿我研究的战斗机器人，交换了一枚变色龙符石。"

杨泰林意味深长地"哦"了一声："就是你们对付方遒的时候用的机械蜘蛛？"

沈悟非点点头。

杨泰林含笑道："兰蔓可不是随随便便就可以忽悠的女人，那一趟，你们不可能只交换了一枚符石吧？"

沈悟非诚恳地说："确实就一枚符石，我们拿 50 只机械蜘蛛换的。"

"不错，变色龙是个好东西，给谁吃了？"杨泰林的目光扫过几人，最后落在了白迤身上，"没猜错的话，应该是你吧。"

白迤面无表情地看着杨泰林。

乔惊霆知道白迤的脾气，一向是不搭理外人的，他替白迤答道："对，给他了。"

乔瑞都发出一声冷哼。

"兰蔓手下的那些姑娘们，你们都见到了吗？"

"林锦、宋栀、三胞胎，都见到了。"

"有没有见识一下她们的能力？"

沈悟非不动声色地说："我只是把机械蜘蛛移交给宋栀，教她怎么用，她也示范了一下，其他的，就没什么了。"

"那个女儿国可不简单啊。"杨泰林嘲弄地笑笑，"游戏的男人，又想毁灭她，又想征服她。不过，只要一天不出现第二个 Queen，King 是不会让任何人动她的。"

沈悟非点点头："King 可真是高处不胜寒啊！"

杨泰林抬起头，换了个话题："你们来一趟亢金龙，也不好空手而归，要不要给你们排个时间，去打一打符石？"

"不用了，一两个小时的时间，也打不出什么来。"

"那可不一定，说不定你们幸运高呢。"

沈悟非苦笑道："我们幸运都不高，多谢杨右使了，其实我们这趟来，还想拜访一下韩老。"

杨泰林挑了挑眉："拜访韩老？我能问问为什么吗？"

"我听说韩老对这个游戏世界的真相有自己的见解，我也一直在研究破解游戏的方法，希望能跟他交流交流。"

"你研究破解游戏的方法？研究出什么来了吗？"

沈悟非把之前跟乔惊霆他们所说的想法给杨泰林等人简述了一番，听上去头头是道，唬人是没问题的。

"嗯，韩老也许会感兴趣。"杨泰林站起身，拉开竹帘，指了指对面一座古朴的宅院，"那就是韩老的住所，你们想去，随时可以去，但他常年清修，见不见你们就不一定了。"

"明白。"沈悟非站起身，"多谢杨右使，多谢陈小姐……"他看了乔瑞都一眼，也客气地说，"多谢乔先生。"

乔瑞都一脸冷漠。

乔惊霆和白迩也跟着起身，陈念颜把三人送了出去。

一出门，白迩道："霆哥，你看到他的表情了吗？"

乔惊霆低声窃笑道："白迩，干得漂亮。"白迩把项链抢回来的时候，乔瑞都那副吃瘪的样子，真是好看极了。

白迩嘴角上扬，不免得意。

沈悟非叹道："你们呀，我真是操碎了心了。"

乔惊霆嘿嘿一笑，拍了拍沈悟非的肩膀："军师，辛苦你了。"

沈悟非不满地嘟囔道："你和你弟弟到底多大仇啊！这么剑拔弩张的。"若是这兄弟俩像个正常的兄弟俩，他们就可以背靠大树好乘凉，何至于被人追得上天入地、九死一生啊。他这个人天生胆小，跟着乔惊霆这帮人，简直做尽了他这辈子都不敢做的一切事。

乔惊霆冷冷地说："他妈特别恨我妈，他觉得他的所有童年不幸都是我妈造成的。但是，我又不是我妈，这都关我什么事。"

沈悟非无奈地摇了摇头。

"……好像我愿意被生下来一样。"乔惊霆用极低的声音说。

白迩看了乔惊霆一眼，抿了抿唇，也不知道该说什么。

韩老住的离陈念颜很近，一百来米，很快就走到了。韩老的宅邸风格跟陈念颜相近，都是木质结构，种满了花草，但要更质朴一些，而且跟佛家有关的雕塑和装饰随处可见。

庭院的门虚掩着，他们推门进去，看到一个叫李奇的年轻男子正在喂鱼，见到他们，便站起身来："你们有什么事吗？"

"我们是惊雷公会的，想拜见韩老。"

李奇上下打量了他们一番："你们等等。"

他进了屋，过了一会儿又出来了，平淡地说："请进吧。"

三人随他进了屋。

这宅邸比外观看上去还要小，一进屋是个古朴的客厅，往右一看，卧室就隐约可见，左侧则是一间书房，很难想象游戏内最大公会的首领，竟然住得如此简朴。在游戏里建房子,是要不了多少积分的,系统会根据你选择的结构、设计、装潢来确定价格,像这样一间屋子,可能白送。

李奇把他们领进了书房:"韩老正在打坐,你们先坐着等一会儿吧。"说完给他们倒了茶,就退出去了。

几人打量书房,却实在没什么可看的,一眼尽收眼底。对比蔓夫人那奢华的城堡,韩老的宅邸简直可以用寒酸来形容。

乔惊霆不免怀疑:"这个人,以前真的是大公司董事长?"他这辈子接触的有钱人不多,只有他生父一个,他觉得有钱人都是讲究排场的。

沈悟非点点头:"世界五百强企业的,显然人家境界比较高。"

不一会儿,他们听到了一阵稳重的脚步声,不知为什么,三人都感到有一丝紧张。

一个白眉白发的老人走进了书房,他身材挺拔,精神矍铄,没有一丝老态,那一身素衣和捏在手中的佛珠,让他颇具仙风道骨,这人正是深渊游戏最大公会的会长——韩少金。

三人连忙站了起来,沈悟非恭敬地道:"韩老,冒昧来访,希望没有打扰到您。"

韩老淡淡一笑:"不碍事,坐吧。"他声音中气十足,隐隐透着堂音,不怒自威。

三人坐了下来,对着韩老,连坐姿都不自觉地变得规矩起来。

韩老抿了一口茶:"乔惊霆……嗯,那天我看了你在擂台上的表现,后生可畏啊!"

乔惊霆客气地说:"韩老过奖了。"

"听说你是瑞都的异母哥哥,对吗?"

乔惊霆尴尬地点了点头。

韩老呵呵笑了笑:"这游戏里啊,熟人是真不少。瑞都这孩子,也算是我看着长大的,我怎么都没想到,会在游戏里碰到他。"

乔惊霆只能顺着他的话说："确实很巧。"

"那你们被尖峰和假面悬赏的时候，为什么不来亢金龙呢？"韩老道，"那些娃娃啊，还不敢在这里撒野。"

乔惊霆低着头，诚实地说道："我和他关系不好。"

韩老笑了："能在游戏中有个有血缘的兄弟，多么不容易，又多么幸运，在这种地方，能信任的人有几个呢？"

乔惊霆抓了抓头发，不知道该接什么。他和乔瑞都积怨已久，岂是几句话说得清楚的。其实很小的时候，他们也曾经亲密过，乔瑞都还爱黏着他，跟前跟后的，不过那是因为不懂事，懂事了之后就……

韩老见状，也没再继续这个话题："你们今天来找我，是为了什么呀？"

沈悟非道："韩老，其实，我从进入游戏的那天起，就一直在研究这个游戏，想要找到破解游戏的办法，甚至想过植入病毒之类的，但是一直没有什么大的突破。"

韩老点点头，转着佛珠，一边认真听着。

"我听说，您以佛学角度，对我们经历的一切，有一些独到的看法，但不知道因为什么原因，您没有发表出来。"

为了能够集思广益，游戏中若有玩家发现了什么游戏的秘密，都会公布出来。毕竟这关乎所有人的集体利益，好比假面的首领，通过解剖发现了玩家并非意识在游戏中这件事，也是公之于众的。像韩老这样的人，更不会，也没必要藏着掖着什么，他不公开，肯定有他的理由。

韩老笑了笑，轻叹一声："这个嘛，我只跟公会内的几个人说过，不知道你是怎么得到消息的。"

沈悟非小声心虚地说："……买的。"

"其实倒也不算秘密，只是我看得出来，大家都不太信，所以我也就没有宣扬出去。毕竟我不懂高科技，也不懂游戏，我不想因为我的身份，而左右真正能够破解游戏的人的思路。"

"我非常愿意听听，任何一种看法，都可能是我们希望的种子。"

韩老点点头，似乎还挺开心的："好。虽然他们不信，但我却相信。"

几人认真听着。

韩老抿了一口茶："我在你们这个年纪的时候，满腹野心，全部精力都扑在事业上，因此过于急功利近，得罪了不少人，陷入了低谷。那时起，我开始修佛，拜了著名的佛学鸿儒青淮子为师，在沟通中，他跟我提过一个很有趣的概念，叫作——藏（cáng）象。"

"藏象？"沈悟非眨了眨眼睛。

"对，藏象。藏象是一个中医概念，最早出现于《黄帝内经》，讲的是人有别于解剖生理系统的另外一套能量系统。"韩老道，"我们现在所看、所触摸、所感觉到的，就是我们熟悉的解剖生理系统。而藏象系统，则指的是五脏六腑、奇恒之腑、气血、经络、阴阳五行等这类概念在人体内的运作。"

沈悟非点点头："我对此略有了解，但不深刻，藏象系统在佛学中也有提及吧？"

"对，是一套体系。"韩老道，"世人都说，西医治表，中医治里。就是因为，西医是根据肉眼可见的皮肉、骨血、细胞之类的来治病，而中医则是根据肉眼所不能见的经络、气血、脏腑来治病。两套医学体系，都可以治病，但治病的方式截然不同。"

"这个观点倒也普遍，学中医的，都在研究藏象系统。"

"没错，中医是对藏象系统研究得最深的一门科学。藏象系统普遍不被主流科学承认，所以一直还是局限在中医研究的辅助研究里，非常可惜。其实藏象系统才是破解人体奥秘的关键。"

乔惊霆听得有些迷糊，但好歹加了智力，还是跟得上的，他觉得韩老的话说得很玄乎，但已经完全勾起了他的好奇心。

沈悟非沉吟道："韩老，我明白您的意思了，当我们洗神髓的时候，我们都看到了那个由经络构筑的'我们自己'，那个莫非就是藏象系统？"

"我就是这么认为的。"韩老点头道，"佛家的说法是，藏象系统是一个远优越于解剖生理系统的能量系统。我们可以把身体练得强壮、敏捷，但是人体总有局限，就像你再怎么练跑步，也不可能比马还快。但是藏象系统是没有这个局限的，它也可以被训练，进而逐渐被激活，我的师父认为，所有的学佛修行的目的，都是为了激活藏象系统。"

几人倒抽了一口气，一时说不上话来。

韩老淡然道："你们应该经常听说这样的故事吧，一个得道高僧可以不吃不喝几个月闭关打坐，还可以身体离地，还有很多传奇的坐化现象，这都是藏象系统小成的表现，否则人可以几个月不吃不喝仍然活着吗？当一个人激活了藏象系统，他就可以不依靠解剖生理系统而存活，你们不觉得，这跟洗了神髓的我们很像吗？"

他们洗了神髓后，确实可以保持长时间不渴不饿、不困不倦，而且身体的强化程度，早就远远超过了人类体能的极限，这确实不由得让人怀疑。

沈悟非不知道在思考什么，眉头紧皱。

韩老续道："我觉得我们现在经历的事，我们身体的变化，都是因为激活了藏象系统。在洗神髓之前，我们的强化尚在人类可以理解的范围之内，可一旦洗了神髓，人就突然变成了超人……"

沈悟非沉声道："没错，洗神髓前后的变化，真的是天差地别。"他的表情也愈发凝重。

韩老叹了口气："我这套说法，因为很多人既不接触中医，也不了解宗教，所以他们表面上都好像信服于我，其实我看得出来，他们根本不信，他们更倾向于现在经历的一切，都是大脑里的幻觉，尽管有人已经证实不是了。"

沈悟非苦笑道："很多人并不在乎游戏的真相，他们只想离开，或者在这里安稳地活下去。"

"其实我也没想过离开。"韩老看着窗外，目光有些茫然，"我已是这个年纪了，死在哪里有什么分别，所以我对升级毫无兴趣。加入禅者之心的玩家，也大多都是这个想法，不愿意争抢，不愿意打杀，只想安居一隅地活下去，我也尽力为他们提供这样的避风港。但是，这一定不会长久的。"他摇了摇头，"总有人想离开，总有人有必须离开的理由，只要有这些理由存在，就没有人是安全的。"

"没错，所有的安稳都只是假象。"乔惊霆低声说道。

韩老看向几人："你们还年轻，一定不愿意困死在游戏里，如果你们真的有一天，能够破解游戏，不知道能挽救多少条命，那就功德无量了。"

"我们会尽力的。"沈悟非又道，"您对这藏象系统，还有多少了解？"

"有限，我并没有特意去研究过，但我坚信藏象系统是一定存在的，否则要怎么解释中医的治疗方法呢？中医治疗的，是藏象系统的疾病，只要藏象系统健康了，生理系统自然就健康了，这两套系统，既彼此独立，又相互联系，他们共同构成了人类的肉体和精神，所以世界上所有的宗教，修的永远都是心，也就是藏象系统。"

他们没敢叨扰韩老太久，聊了不足一个小时就告辞了，但那一番对话，已经对他们造成了巨大的震撼。

沈悟非更是一路都没怎么说话。

乔惊霆很想留在亢金龙试试进入虚拟系统，一来可以验证究竟是不是这枚太岁起到了作用；二来，若是可行，他可以把亢金龙的东西搜刮一番。但沈悟非觉得他们留在这里太久，会引人怀疑，只好作罢。

回到了斗木獬，舒艾想问问他们谈得怎么样，沈悟非却默默把自己关进了房间里。

邹一刀不解道："他怎么了？"

"我们今天见了韩老……哎，从头说吧。"乔惊霆把今天在亢金龙发生的事都描述了一遍。

"藏象……"邹一刀思索道，"我倒是听过，没想到会有这么玄乎的解释。"

"其实，我们一直就对自己的身体知之甚少。"白迩道，"就好比经络，我们都知道它就存在于我们的身体，可它是什么样子的，它怎么发挥作用的，它是什么构成，如何工作的，我们几乎一无所知。"

"对。"舒艾点头道，"人体内蕴藏着陌生潜能这一点，可不只中医提出过，很多西方论著都有这样的说法，我们在历史中不断地发现蛛丝马迹，但就是无法成系统地研究这些东西。"

乔惊霆抓了抓头发："如果韩老说的是真的，那么我们都是通过洗神髓，激活了体内的藏象系统，所以才会获得这些超人的能力？听起来倒是挺像那么回事儿的。"

他们能从一个普通人变成怪物，总该有一个合理的解释。其实最符合人类知识体系的理解，该是像黑客帝国里那样，所有的一切，都是被人为制造出来的幻象，他们的身体没有任何变化，仅仅是这颗脑子在幻想，但是，无论是假面首领的研究，还是沈悟非的研究，都已经否定了这种可能。那么眼下只有两种可能了：第一，沈悟非等人的研究结果是错的，是被蒙蔽了的；第二，一定有某种方式，把他们从根本上变成超人。

他们希望是后者，至少没人愿意活在培养皿里，也不愿意一觉醒来，所有的强化都是一场空，他们的身体甚至会因为常年不活动而肌肉萎缩，这谁接受得了。

"这事儿啊，还是让沈悟非想去吧，我们也想不出个所以然来。"邹一刀看了乔惊霆一眼，"项链呢？拿回来没有？"

乔惊霆从衣领里拽出项链，得意地晃了晃："白迩帮我抢回来的。"

邹一刀咧嘴一笑："那你赶紧去试试吧。"

"好嘞！"

乔惊霆也早已迫不及待，他回了房间，马上进入了虚拟系统。

当他睁开眼睛，看到那熟悉的虚无空间时，他激动得号叫了一声！

竟然真的是因为太岁！

这一刻，他的心情极为复杂，既庆幸又伤感。冥冥之中，姥爷一直在上天关照着他吧，虽然这么想挺矫情，可他感动得无以复加。如果没有这片太岁，如果没有这个犹如神助的 BUG，他早在进入游戏的第一天就死了，又怎么能活着走到今天。

他想起了他临上擂台前，白迩对他说的话，白迩让他相信，自己是被选中的人，自己比厉决更有理由活下去。现在他真的相信了，这一切的巧合，都是命运的安排，而他不会辜负往生的亲人，他一定会离开游戏！

白迩很快就把乔惊霆叫醒了，看到乔惊霆醒来那一瞬间的表情，他就了然于心："真的能进去了？"

乔惊霆亢奋地说："没错，真的是因为太岁，真的是因为太岁！"

白迩也很高兴："太好了，这确实是个重大的突破。"

"沈悟非呢？我要马上去找他。"

"他让我们不要打扰他，他要一个人思考一会儿。"

"……哦，好吧。"乔惊霆兴奋得坐都坐不住，眼看外面天色渐暗，自擂台之战到现在，他已经休息了三天，每一根骨头都叫嚣着闲不住。于是他道，"去刷怪吧，反正现在也没事儿。"

"好，走吧。"

他们叫上邹一刀、舒艾，去刷大白熊了。大白熊目前为止还能满足他们的要求，但估计很快就不够了，每去一次狩猎模式或经历一场战斗，他们都有所提升，对积分的要求，自然也就更高。

刷了一夜，几人收获都不错。

乔惊霆看了看自己的积分。擂台之战之前，在所有同伴的帮助下，他疯狂攒了7000多的积分，几乎都用在了强化和购买必备物品上，杀死厉决赚了3000积分，这一晚又赚了1000出头，现在总积分还有4226。

目前没有什么紧急的战斗，他也就没加点，打算多积攒一些再说，毕竟，捕猎余海，注定会是一场腥风血雨的大战。

眼看天亮了，乔惊霆眯了三个小时，起来之后，按捺不住想要去找沈悟非，结果见到舒艾才知道，沈悟非居然出城了。

"出城了？一个人？去哪儿了？"

"我问他了，他说要去房日兔买消息，如果有危险会随时通知我们。"

"这小子……"邹一刀不满道，"都说了不要单独行动了，惊霆刚赢了擂台赛，咱们公会就五个人，肯定早被人盯上了。"

舒艾笑道："赏金之城应该没关系，自由集市内是不准杀人的。再说，他胆子那么小，有事情肯定会找我们的。"

"看来韩老的那番理论，他很在意啊！"乔惊霆沉吟道，"韩老说很多人都不信，但我听着却觉得有那么点儿意思，悟非肯定就想得更多了，真希望他能早点有结论。"

邹一刀抽了口烟："现在有结论是不可能的，但一定会有思路。"

到了下午的时候，沈悟非才回来，情绪看上去有些低迷，整个人都恍恍惚惚的。

邹一刀拽着他的长发："你干什么去了？一副魂不守舍的样子。"

沈悟非默默地把自己的头发抢了回来："我想去房日兔买点消息的，就是那天擂台战之后，几大列席者在昴日鸡都谈了什么，哪怕有一点料都行，结果什么都没买到。"

"这么多事儿等着你呢，你还关心那个。"乔惊霆把他拽过来，激动地说，"我跟你说，真的是太岁。"

沈悟非惊讶道："这……居然是真的……你能进虚拟系统了？"

"嗯，太岁一回到我身上，我就进去了。"

"太好了，太好了！"沈悟非兴奋得直搓手，"把太岁给我一下，我要研究研究。"

乔惊霆皱起眉，退开了一步："我警告你，你要研究可以，但绝对不可以把它弄坏。"

"放心吧，我哪儿敢，怕你打我。"

乔惊霆露出一个坏笑："打你倒不至于，把你扒光了扔雪地里怎么样？"

"那你还是打我吧。"

乔惊霆笑着摘下项链，抛给了沈悟非："小心点啊！"

"来，你们跟我一起来实验室，正好韩老说的那些，我也想跟你们聊聊。"

几人跟着沈悟非去到了地下。

这个地下车间是生产机器人的，他们来过一次。人工智能 330 还在那儿不知疲倦地工作着，但最里面的一间实验室他们都没过去过，那是沈悟非研究各种东西的地方。

沈悟非拿起一把小刀，对乔惊霆道："我能刮一点点吗？就一点点，看不出来的。"

乔惊霆皱眉瞪着他。

"不然我没法研究啊，我怎么也得有个样本，不能每天去找你要吧。"

乔惊霆伸出手："给我，我来弄。"他接过小刀和项链，对着沈悟非递过来的透明培养皿，在相对隐秘的底部，轻轻刮下了一些碎屑。

沈悟非小心翼翼地把它们放到了显微镜下，拿的时候连呼吸都省略了，生怕一个鼻息就能把那点轻飘飘的东西吹跑。

"你觉得这块太岁有什么玄机？"乔惊霆问道。

沈悟非没说话，透过显微镜仔细看着，过了好半天，发出了一声叹息："怎么可能……"

"怎么了？看出什么来了？"几人都好奇地凑了过去。

"它居然还是活的。"

"什么？活的？"

"对，活的，细胞都在活跃状态。"

乔惊霆看了看自己手上那枚太岁，它就像一块皱巴巴的被晒干了水分的树皮，实际上也确实被晒干了，这么一个脱离了本体的、被晒干了水分的、被当成项链佩戴了几十年的东西，是……"活的"？

"什么叫活的？它会动吗？"白迩问道。

"当然不会。我说过了，太岁是一种同时兼备多细胞动物、植物和真菌三大属性的独有物种。它的外观更像是植物，本来就是不会动的，但据说刚出土的太岁是会呼吸的——用它自己的方式。现在这块太岁虽然早就已经跟本体分离了，但它并没有像失去根的植物那样死亡，反而一直活着，只是它活着的表达方式不像动物这样会动，它只是……怎么形容呢？从生物学角度上来说，只要这个东西的细胞一直处于活跃状态，那么它就是活着的，别管它看上去什么样子。不好理解的话，你们就当成冬眠或者植物人好了。"

"哦这么说就懂了。"邹一刀奇道，"它活着，那它、那它活着干什么呢？"他对这小东西满腹疑问，却不知道该问什么。

白迩冷冷地说："探讨生命的意义？你是认真的吗？"

邹一刀白了他一眼："小孩子家家的，大人说话不要乱插嘴。"

沈悟非笑了笑："其实白迩说得对，探讨生命的意义，目前为止，是只有喜欢庸人自扰的人类才会做的事。你问一片叶、一只猫为什么活着，这个问题本身的意义就特别特别大，它们不为什么活着，它们只是活着，其实人类也是一样的，任何物种，都是活着，有没有原因都会活着。"

"好，行行行，又把我绕晕了。"邹一刀做出一个头疼的表情，"我就随口问问，你还来劲儿了，倒是说说为什么太岁和虚拟系统有联系啊？"

"我也不知道。"沈悟非摇摇头，"不过，肯定跟它的特殊属性有关系，不管怎么样，我们已经知道了造成系统漏洞的原因，接下来，就要想想怎么利用这个漏洞了。"

乔惊霆失望地说："昴日鸡和亢金龙的虚拟系统，我还没进去过呢。"

"应该没机会了。假面这边的危机虽然暂时解除了，但别忘了还有尖峰，我今天去房日兔才知道，尖峰把我们五个人都放上了赏金榜。"

"什么？那你怎么没事儿？"

沈悟非讪笑道："我在那个城市有几个认识的人，经常跟他们买些情报，跟他们在一起，还算安全，我打听完消息之后，马上就回来了，以后也不敢自己去了。"他顿了顿，无奈道，"再说，我的赏金很低，就一块鸡肋的符石，一般人也看不上。"

舒艾不解道："怎么会这样呢？当时明明是你的第二人格击退了方遒，尖峰应该把你的赏金调得很高才对。"

"我也对这点很疑惑。"沈悟非叹了一口气，"但我根本不知道我的第二人格究竟做了什么，也许击退方遒的，并不是'他'的能力，而是别的什么。"

"比如？"

"呃……比如，智慧？"沈悟非越说越心虚。

邹一刀翻了个白眼："大言不惭。"

"我确实看到了一个黑影，可惜没看清是什么。"乔惊霆思索道，"你的赏金这么低，也许是尖峰担心我们三个人赏金都那么高，刀哥还是个 10 级玩家，根本就没人敢来拿这个赏金了吧。"

"有道理，尤其是你刚在所有人面前杀了厉决，我们暂时应该不会被赏金猎人骚扰了。"邹一刀痞笑道，"来一个杀一个，来两个杀一双。"

沈悟非把那些太岁的碎屑小心储藏起来："好了，我们聊聊藏象吧。"

"好啊。"

"我相信韩老的话。"沈悟非一开始就笃定地说，"我相信我们体内，有一股潜藏的能量，它可能不叫藏象系统，但也是别的什么，纵观古今中外，很多宗教、邪教、神秘科学，都在研究这个东西。它是每个人与生俱来的一种能量，只要有适当的途径、方式、时机，它就能从沉睡中被唤醒。所以我们神话传说中的那些得道的高僧、飞升的道士，很多表现，都像是觉醒了这个能量系统，难道你们不觉得，我们所获得的能力，在常人看来，就跟神仙差不多吗？"

"这个藏象系统，听起来很像灵魂一类的东西。"

"是有些相近，在中医研究藏象之前，这种能量体系就像灵魂的力量，它确实包含灵魂、意识之类的概念，但涵盖得更广阔。"沈悟非清了清嗓子，道，"《黄帝内经》中有《素问·六节藏象论》，就是专门讲藏象系统的，但只有很简单的一段话，你们看。"

沈悟非知道用嘴说，他们是听不懂的，干脆从电脑里调出来给他们看。

几人看着屏幕上那行复杂的文字。

《素问·六节藏象论》曰："帝曰：藏象如何？岐伯曰：心者生之本，神之变也，其华在面，其充在血脉，为阳中之太阳，通于夏气。肺者气之本，魄之所处，其华在毛，其充在皮，为阳中之太阴，通于秋气，肾者，主蛰，封藏之本，精之处也，其华在发，其充在骨，为阴中之少阴，通于冬气。肝者，罢极之本，魂之居也，其华在爪，其充在筋，以生血气，其味酸，其色苍，此为阳中之少阳，通于春气。脾、胃、大肠、小肠、三焦、膀胱者，仓廪之本，营之居也，名曰器，能化糟粕，转味而入出者也，其华在唇四白，其充在肌，其味甘，其色黄，此至阴之类，通于土气。"

乔惊霆皱起眉："看不懂，说的什么？"

"简单来说，就是藏象系统、阴阳五行和人体脏器的关系。"

"就这样？"

"对，虽然中医研究藏象，但其实千年来，也就研究出了一些皮毛，远没有深挖藏象系统的真实面貌，甚至有少部分学者认为，藏象系统是寄宿在人体内的另一种生命。但是，你们见过无形无质的生命吗？我认为，藏象系统就是一种能量系统，而且是个非常庞大的能量系统，只是没有爆发的渠道，就像氕和氚，它们本身都微不足道，可一旦经历了足够的核聚变，就能摧毁一个星球。人体内这么多细胞，细胞里蕴藏着这么多能量，爆发起来，难以想象那威力。"

几人听得都有些心脏发颤。

"我们对藏象了解得太少了。至今，我们仍无法说得清，经络是什么，气血是什么，精华是什么，这些概念，始终就是个概念，不被主流科学认可，但是已经传承了几千年，早已经根深蒂固地融入中国人的骨血。你们不觉得很神奇吗，我们对一套甚至不完全了解的东西深信不疑，而且在没有西医之前，靠它治病疗伤，成为中华古文化的重要一脉，却没人知道它是什么、怎么来的。"

舒艾轻声道："如果，我们真的是一群觉醒了藏象系统的人，那我们被汇聚在游戏里厮杀，意义是什么呢？"

沈悟非摇头："现在还不知道，但韩老的这一番话，真的给了我极大的启发，我觉得，这一切很可能就跟我们体内的能量系统有关。"

因为一下子得到了太岁项链和藏象系统这两条跟游戏有关的线索，沈悟非恨不能天天住在实验室里，再加上他偶尔还要回机械城副本，打造一条属于自己的生产流水线，所以忙得不可开交。

这样一来，他就几乎只能靠在自由集市上卖东西赚取积分，根本不够他的消耗，乔惊霆等人只能强制拉着他去刷怪，如果他不去怪点，哪怕组队带上他，积分也不会给他结算。

沈悟非左右为难，最后想了个令人哭笑不得的办法——他把雪地车改造成了小型移动实验室，把所需的东西要么放在车上，要么随身放在仓库里，这样一来，其他人刷大白熊的时候，他在车里干他的活儿，两不耽误。

　　几人累得坐在一旁休息的时候，邹一刀叼着烟、看着正埋头不知道看什么的沈悟非，调侃道："行，挺好，四个人养五个人，自从组队之后，这小子就没自己刷过怪了吧？真好奇他以前是怎么活下来的。"

　　乔惊霆笑了笑："这叫各司其职。"

　　"嗯，我心甘情愿养着他。"邹一刀眯着眼睛吐了口云雾，"咱们虽然人少吧，但要什么职业有什么职业，也有默契，挺好，挺好。"

　　白迩道："刀哥，你以前也加入过公会吧？"

　　邹一刀拿烟的手顿了顿，然后点点头："嗯，我还是那个公会的老大呢。"

　　白迩和乔惊霆对视了一眼，大概是在寻求他的意见。乔惊霆知道白迩为什么突然问起了邹一刀最忌惮的往事，因为他们甚至需要从杨泰林嘴里得知连他们自己都不知道的关于邹一刀的事，这挺伤感情的，毕竟是生死过命的同伴，他们很想在拼命之前，知道非要杀死余海的理由。

　　乔惊霆轻轻点了点头，舒艾也深深地看向邹一刀。

　　白迩眨了眨眼睛，继续问道："后来呢？"

　　"后来嘛，你们应该也猜到了。"邹一刀低着头，轻声道，"我败给了余海，回新手村了，再回来，公会肯定早就改头换面了。"

　　"就是上次列席者之战的时候碰到的那些人吗？"舒艾道。

　　"嗯。"邹一刀苦笑一声，"倒也不怪他们……"

　　"杨泰林说你和余海在进入游戏之前就认识。"白迩的性子果然不适合迂回婉转，他不耐烦地直接问了出来。

　　邹一刀皱起了眉，沉默了。

　　乔惊霆也懒得拐弯抹角了："刀哥，咱们是生死之交，你说什么，我们都信你，但在狩猎余海之前，我觉得我们值得一个'为什么'。"

　　邹一刀没有看他们，依旧垂着脑袋，半晌，点了点头："不是我不想说，是我……永远都不愿意提起。但你说得对，我不能让你们不明不白地为我拼命，等悟非也在的时候，找机会，我会告诉你们。"

乔惊霆抓了抓头发，不知道这样逼迫邹一刀是不是不太义气，其实他不是非得知道答案不可，沈悟非是不敢问，但舒艾和白迩显然是心里有不少疑虑的。

他们五个人走了一路，像是好不容易要走出一条活路了，现在为了达成跟蔓夫人的交易，更是为了邹一刀，他们要去狩猎一个列席者，是一个拥有众多手下的列席者啊！这是又往死路上引，他们想要走得明白一点，应该不算过分的要求。

乔惊霆也不知道该说什么了，便用力捏了捏邹一刀的肩膀。然后站起身，"休息够了吧，继续……"

他眼前突然弹出两行系统提示，提示他杨泰林和乔瑞都入城，支付入城费用 2000 积分。

舒艾不解道："惊霆？怎么了？"

乔惊霆皱起眉，口气明显不悦起来："乔瑞都来了。"

"来？来斗木獬？"

"嗯。"斗木獬除了他们，已经没有别人了，原先驻扎的玩家，不是害怕他们，就是害怕被他们连累，所以乔惊霆开启了入城提示，因为但凡来斗木獬的，一定抱着某个跟他们有关的目的。

"好事儿啊。"邹一刀乐了，"2000 积分呢。"

"而且他们肯定带来了余海的消息。"白迩道。

"嗯，应该是，通知沈悟非，我们回城。"

本来他们可以用治愈卷轴瞬移回去，但是乔惊霆坚决不肯，一定要开雪地车回去，他就是要让乔瑞都等着。

沈悟非无奈道："我可不跟你一起幼稚，我要先回去了。你不给乔瑞都面子，也要给杨泰林面子吧！"

乔惊霆想了想，杨泰林一直对他们很客气，现在他们还有求于人，这样确实不太好，无奈之下，只好一起回城了。

　　杨泰林和乔瑞都站在生命树下，好奇地打量着这个偏远孤僻的小城。

　　斗木獬几乎没有被改造过，除了沈悟非花积分打造的实验室以外，其他地方都保存着系统最初设置的样子，因此又小又简朴，来自"大城市"的两个人，大概很久没见过这么寒酸的城市了。

　　"杨右使，小乔先生。"沈悟非客气地打了个声招呼。

　　杨泰林还是那副和气的样子，朝众人点了点头。

　　乔瑞都皱起眉："什么小乔先生，直接叫名字。"

　　沈悟非尴尬地把玩着自己长长的头发："外面太冷了，我们进屋说吧。"

　　乔瑞都白了乔惊霆一眼，乔惊霆也冷冷地看着他，两人不甘示弱地就着漫天风雪互瞪了一会儿，才一前一后地进了沈悟非的别墅。

　　"我不能待太久。"杨泰林一落座，就说道，"余海非常关注我的动向，不过我隐藏了地点，他们要查到这儿也不容易。"

　　乔惊霆道："为什么不让陈小姐发私聊给我们？"

　　"有些话，还是当面聊比较好。"杨泰林淡淡一笑。

　　"杨右使，您是不是带了余海的消息来？"

　　杨泰林点点头："你们很快就有机会了。"

　　邹一刀脱口而出："什么机会？"

　　"余海要带队进狩猎模式。"

　　几人微怔，狩猎模式？又是狩猎模式？

　　"为什么？一般列席者不都是去临渊之国的吗？他是不是有什么特别想要的东西？"

　　杨泰林摇摇头："这个我不太清楚，但我觉得应该不是，我打听到了他要带的人，那个配置，打T级副本有点难，多半是打S级副本，S级副本出的大多是S级的东西，偶尔有一两件T级的，余海多半是看不上的。他进狩猎模式，可能是因为不敢去临渊之国，他毕竟是新晋的列席者，比起其他列席者，还是逊色一些的，他既怕怪，也怕人。"

"S级副本……"

"这个我不能确定，只是猜测会是S级副本，而且我现在也不知道是什么副本，我正在想办法查出来。"杨泰林严肃道，"这可能是你们杀死他的唯一机会，因为狩猎副本有人数限制，通常都不超过八个人，平时他身边的人比这多多了。"

邹一刀抽了口烟，表情凝重："在狩猎副本下杀他，难度可是翻倍的。"

"当然，你们还要完成狩猎任务，所以你们要想清楚，去，还是不去。"

几人对视了一眼，乔惊霆斩钉截铁道："去。"

"好。"杨泰林赞赏道，"我能为你们做的，有几件事：第一，帮你们查清楚他们要去哪个副本，什么时间去，以及带什么人；第二，送你们一些装备；第三……"他拍了拍乔瑞都的肩膀，"给你们一个帮手。"

"他？"乔惊霆瞪直了眼睛，"扯淡，不可能。"

"你以为我愿意跟你们一起行动？"乔瑞都眯起眼睛，冷冷地说，"我是为了杀掉余海。"

"既然这么想杀余海，杨右使为什么不自己来？"乔惊霆没好气地说。

杨泰林也不恼，笑着说："我进去，深渊游戏里所有人都要知道禅者之心内部分裂了，他进去，可以说是兄弟情深啊，谁知道不小心碰上了余左使呢。任务就是你死我亡，杀掉余左使也是形势所逼。"

乔家两兄弟互瞪着对方，不约而同地做出了厌恶的表情。

白迩寒声道："我们不需要外人帮忙。"

"凭你们，怕是杀不了余海，瑞都是个得力的帮手。最重要的是，他对你们的对手非常了解，你们了解吗？"

几人一时无言。

乔瑞都抱胸倚靠在沙发上，一脸不豫之色，白眼都要翻上天。

沈悟非倒是很高兴："我们确实需要帮手，不知道余海会带几个人呢。"

乔惊霆在桌子下踹了他一脚："我们要考虑考虑。"

乔瑞都怒了："我肯来帮你，你就该感恩戴德了，你考虑个屁？"

"谁知道你会不会背后放冷箭。"

"我保证在余海死之前不弄死你。"

"你……"

"别吵了。"杨泰林轻喝了一句。尽管他平时多是态度平和，但还是颇有威严，现场顿时安静了下来，他清了清嗓子，道："如果要干掉余海，这可能是唯一，也是最后的机会，你们不准失败，一旦失败，余海就会更加防备，也会加快他分裂禅者之心的速度，所以，你们必须带上瑞都，如果让余海活着回来，你们就死定了，我也会很麻烦。"

乔惊霆沉默片刻，看了乔瑞都一眼，不情不愿地"嗯"了一声。

乔瑞都瞪了他一眼，扭过了头去。

"那就这么定了吧，你们要随时做好准备，我一通知你们，你们就出发。因为进入狩猎模式之后，系统要根据队伍情况进行匹配，你们必须同一时间进入一个副本，才能保证一起做任务。"

"知道了。"

"还有，我未必能打听到余海到底要哪个副本，就连他要进狩猎模式这个消息，我也费了不少功夫，保险起见，我建议你们贿赂系统精灵，让他们告诉你们。"

沈悟非道："好，我去试试，我跟他们关系不错。"

"那我们岂不是一点准备都没有？"舒艾担忧道，"既不知道出发时间，也不知道是什么副本，可能都没时间准备需要的物品。"

"没错。"杨泰林笑了笑，"瑞都可是冒着生命危险去帮你们的，你们很可能都出不来了。"

"我们会出来的。"乔惊霆目光坚毅，"所有的难关我们都闯过来了，余海算个啥。"

"很好，我就喜欢你这股劲儿，可能就是因为你有这股劲儿，才能逼退方道，打败厉决吧！"杨泰林眼中是不加掩饰地激赏。

"那个……"沈悟非小心翼翼地说，"当着杨右使的面儿，我想把几句话提前说清楚。"他有些不敢看乔瑞都犀利冷漠的目光。

乔瑞都一听这话就是对自己说的，他冷哼一声："说吧。"

"因为、因为我的智力比较高，所以进入副本后，希望你能听我的指挥……"沈悟非越说声音越小。

邹一刀恨铁不成钢地拍了拍他的脑袋："你有点气势行不行啊？"

沈悟非捂着脑袋，特别委屈。

乔瑞都道："知道了。"

"然后你们兄弟俩，不可以内讧，至少在完成任务之前不可以。"沈悟非这回又转向了乔惊霆。

乔惊霆眉毛都要拧成一团了，不情不愿地说："知、道、了。"

"你也是，白迩。"沈悟非推了推白迩的膝盖，"进入狩猎副本，我们要齐心协力。"

白迩冷冷瞥了他一眼："嗯。"

杨泰林笑道："我这两天会准备一批装备和物品，到时候让瑞都带给你们，先给我说说你们都是什么能力，我好挑选一下。"

沈悟非简述了一遍，同时厚着脸皮暗示了一下他们对符石的渴望，杨泰林虽然听懂了，但并没有打算接招，就哼哈着应和着。

乔瑞都"呿"了一声："便宜你们了，游戏里就没见过比你们还穷酸的公会。"

"毕竟我们没有靠山可倚。"乔惊霆冷笑着说，"哪像乔公子，从小靠爹，长大了靠叔叔伯伯。"

乔瑞都嘲弄道："天生命好，嫉妒吗？"

两人之间的气氛又开始剑拔弩张。

杨泰林哈哈笑道："好了，我们回去吧，你们随时做好出发的准备。"

"杨右使。"沈悟非咽了咽口水，小声说，"你觉得，我们胜算大吗？"

杨泰林想了想："加上瑞都，还是有希望的，但肯定是一场苦战，也许未必能全员都回来。"

乔惊霆毫不犹豫地说："我们全员都会回来，还有余海的人头。"

杨泰林笑着点点头："我等你们的好消息。"

两人一走，乔惊霆就气得一脚踹翻了茶几，白迩坐在一旁，也是脸色阴晴不定。

"哎呀，不至于不至于。"邹一刀安抚地顺着乔惊霆的背，"你往好了想，那小子毕竟是个神执，而且一身好装备，实力肯定不弱，要不然也不敢跟着我们进狩猎副本杀列席者，我们现在确实需要厉害的帮手啊。"

"我知道，我都知道，我就是看到他就来气。"乔惊霆又想起了很多跟乔瑞都之间的不美好的回忆，每一件都让他想往那小子的脸上挥拳头。

舒艾也安抚道："我们只合作这一次，又不是以后都要看到他，杀了余海才是最重要的。"

乔惊霆郁闷地点了点头。

白迩没有说话，但那对异瞳中正蕴藏着阴沉的情绪。

原本以为，打赢了擂台赛，他们就可以消停好一段时间了，结果又要随时备战狩猎副本，而且还是最难的一次。

在蚕的帮助下，沈悟非在机械城里建造的流水线已经开始工作了，蚕帮他改进了机械蜘蛛的设计，提高了流水线的效率，沈悟非这段时间生产了不少机械蜘蛛。

可惜生产得再多，以他目前的精神力，一次也只能控制 50~60 只。

每次从机械城回来，沈悟非都满面红光的，不停地说着蚕有多么好。

邹一刀逗他："蚕这么好，你进去跟他过日子吧，反正在他那儿肯定安全。"

其他几人也跟着笑了起来。

沈悟非扭扭捏捏地说："我还真的想过……但是，我觉得，我对你们还是有责任的。"

"哈哈哈哈，你对我们有什么责任？"邹一刀拿手指捅着沈悟非的肩膀窝，"要娶我们吗？嗯？"

"我们不是朋友吗。"沈悟非羞涩地说，"要一起离开游戏嘛。"

乔惊霆搂住沈悟非的肩膀，痞笑道："突然发现你挺可爱的，还是人类比机器人好吧？"

"嗯……人有好坏，机器人没有的。"沈悟非眸中染上几分落寞。

乔惊霆揉了揉他的头发："有我们在，你周围就全是好人。"

"那可不一定。"邹一刀咧嘴一笑，"哥哥我可是个坏男人。"

"少往自己脸上贴金了。"乔惊霆扒了扒头发，"坏男人的前提是长我这么帅。"

"坏男人的提前要先是个'男人'。"邹一刀挑衅道，"你们，不过一群小男孩儿。"

乔惊霆撸起袖子走了过去："我让你见识见识什么是男人。"

两人的笑闹声和缓了不少紧张的气氛，也让他们暂时忘却了前路凶险。

为了备战余海，沈悟非需要大量的积分来制造机械蜘蛛兵团和其他物品，同时，他和舒艾都需要积分来强化自身。

他们这些天刷怪积攒的积分，每人贡献出了 2000~3000 给两人，通过物品交易功能，就能把积分转到对方名下。但据说系统对这种交易方式有严格把控，如果频率过高且物品价值与交易价格严重不符，就会被惩罚，所以他们都少量多次，做得很谨慎。

杨泰林那边一直没有消息，导致几人每天都疑神疑鬼的，生怕突然就告诉他们立刻马上进入狩猎模式，他们只能把能准备的东西提前准备好了，连睡觉都睡不踏实。

沈悟非不知道用了什么方法，真的成功贿赂了系统精灵。但系统精灵也是有原则的，只答应在余海进入狩猎模式的时候，把他们送入同一个副本，但不肯透露副本内容和等级。

一想到余海是有备而去，而他们却两眼一抹黑，就叫人心里直打怵。

"我们这样不行。"沈悟非累得两眼昏花的时候，突然冒出来这么一句。

乔惊霆正在大口地吸溜一大盆酸辣粉，吃得满头是汗，闻言抬头看着沈悟非："又怎么了？累傻了？"

舒艾递给乔惊霆一张餐巾纸，然后点了点自己的下巴，眼里尽是笑意。

乔惊霆嘿嘿一笑，接过纸巾胡乱擦了擦。

"我很不安。"沈悟非趴在桌子上，整个人都软绵绵的，"余海肯定挑选的是对他们有利的副本，且做过充分准备的，我们什么都不知道。万一、万一是沙漠呢？那白迩就完了。"

此言一出，几人都怔住了，就连白迩自己都没想到这个问题，他皱起眉，一向天不怕地不怕的白幽冥，也担忧了起来。

乔惊霆放下了筷子，表情有了几分凝重："是啊，万一是那种需要长时间暴露在太阳之下的场景可怎么办？"

"万一进去只有一个小时时间能打开平台呢？不，那是 M 级副本，S 级的肯定更严苛……天哪！我们不就等于空着手跟人家带武器的打仗吗？人家等级还比我们高。"沈悟非捶着桌子，"越想越可怕。"

邹一刀嗤笑一声："哪有你这样先灭自己威风的军师。"

"悟非担心的有道理啊。"舒艾垂下头，也担忧地说，"这次的形势真的很严峻。"

"我们哪一次不严峻呢。"乔惊霆耸耸肩，"担心这么多干什么，尽量做好准备，然后大干一票就对了。"

沈悟非凝望了乔惊霆一会儿，叹了口气："真羡慕你这样什么都不想的人。"

"别以为我听不出你在讽刺我。"乔惊霆没好气地说。

"哈哈哈哈智力没白加呀。"邹一刀捧腹大笑。

沈悟非站了起来："我要去一趟井木犴。"

"去井木犴做什么？"

"去找蔓夫人，告诉她余海的事，然后跟她讨点儿东西，我们都要去拼命了，她多少也该出点血吧。"沈悟非看着乔惊霆，"你跟我一起去吧，蔓夫人好像还挺喜欢你的，我们还得找到机会去拿井木犴的虚拟系统里的东西。"

"她喜欢我？"乔惊霆暗笑道，"是吗，我也觉得她……"

"少往自己脸上贴金。"邹一刀对着乔惊霆的脸吐了口烟圈，半开玩笑半认真地说，"我警告你啊，心里想想就算了，千万别打那个女人的主意，你会被利用到渣子都不剩下的。"

乔惊霆挑了挑眉："她真的那么可怕？"

"她是踩着男人的尸体爬到 Queen 的位置的。"邹一刀嘲弄一笑，"也怪男人贱啊，明知道玫瑰有刺儿，还是想去摘。"

乔惊霆笑笑："放心吧，我没有那么蠢。"就这跟死神争命的日子，他哪儿有那方面的心思和时间啊，最多想一下就算了。

"最好没有。"邹一刀道，"你去吧，悟非一个人也让人不放心。"

白迩把玩着他的袖珍匕首，斜睨着乔惊霆，就那么默默地看着他，不说话。

乔惊霆往门口走了两步，突然恍然大悟，回身道："来，白迩，跟哥一起出去透透气。"

白迩眉梢一挑立刻站起身，跟了上去。

邹一刀和舒艾对视一眼，扑哧一声笑了。

白迩转头瞪着他们。

邹一刀调侃道："真看不出来，你这么黏人。"

"放屁。"白迩恼羞成怒，抬手就要扔武器。

邹一刀连忙往后仰去："哎哎哎，这孩子不禁逗呢，赶紧滚吧。"

乔惊霆笑着把白迩拽走了。

三人出现在井木犴的瞬间，就收获了一片大大小小的惊呼声。

本来井木犴就是女多男少，乔惊霆此时声名大噪，人长得又英挺帅气，也难怪女性玩家看到他要激动一番。

乔惊霆虽然暗自窃喜，但也不敢在这里多停留，井木犴太晒了，他们径直就往蔓夫人的城堡走去。

守卫早就得到了通知，远远就打开大门，欢迎他们进去，林锦则从绿廊的一头走来，迎接他们。

"林小……林锦。"沈悟非笑着点了点头，"又来叨扰了。"

林锦皱眉打量了他们一番："进来吧，蔓夫人在等你们。"

蔓夫人一如既往地明艳不可方物，婀娜地靠在卧榻上，似笑非笑地看着他们。

几人点头致意。

"好奇怪啊。"蔓夫人懒懒地说，"我好像预感到你们会来，也不知道为什么会有这样的预感。"

"蔓夫人心思缜密。"沈悟非笑笑，"是自从听说我们去了亢金龙，就猜到我们来了吧。"

蔓夫人掩唇媚笑起来："跟太聪明的人说话好累呀，总是被拆穿。"她站了起来，"走，我们进会议室说。"

几人进了会议室，林锦关上了大门。

蔓夫人支着下巴看着乔惊霆，眼梢带媚，春色无边："你在擂台上的表现，真是让我刮目相看。"

乔惊霆忙道："只是侥幸罢了。"换做别人他肯定不会这么谦虚，可是面对蔓夫人，换了哪个男人都不敢轻易造次。

"跟侥幸没有关系，无论重来多少遍，你都一定会赢。"

乔惊霆心中得意，脸上也带了笑。

"说说吧，你们今天来的目的。"蔓夫人眼眸发亮。

"蔓夫人应该已经猜到了吧，跟您想要的列席者有关。"

蔓夫人微笑道："余海吗？"

"对，我们已经找了杨泰林，他将跟我们合作，除掉余海。"

蔓夫人的表情变得严肃起来："怎么除掉他？找到好时机了吗？"

"余海最近要带队去刷狩猎副本，杨泰林说这是我们最好的机会，因为狩猎副本有人数限制。"

蔓夫人点点头："没错，这确实是最好的机会。不仅仅是人数限制的问题，狩猎副本在任务结束前不能离开，不能跟外界联络，等于是把余海困在里面了，再也没有比这更好的机会去猎杀一个列席者了。"

乔惊霆正色道："是的，而且这个机会只有一次，我们势在必得。"

蔓夫人勾唇一笑："你们果然没让我失望，除掉余海，格局就会回到从前，我也不用提心吊胆了。"

"蔓夫人，我们这次来，就是想告知您这件事，同时，希望能得到您的帮助。"

"你希望我怎么帮你们？"

"希望蔓夫人能给我们准备些装备、符石。"沈悟非一点不客气地说，"我们的积分非常有限，身上……你也看到了，什么好东西都没有，心里挺没底的。"

蔓夫人扑哧一笑："你们的积分都花哪儿去了？"

"各种地方。"沈悟非无奈道，"再加上我们被尖峰悬赏，根本不敢去其他城市打装备、符石，特别被动。"

"嗯，可以理解。"蔓夫人想了想，"好，我会给你们准备好东西，什么时候要？"

"越快越好，我们不知道余海什么时候出发，他一旦出发，我们就要马上跟着进同一个副本。"

乔惊霆厚着脸皮道："蔓夫人，我们想要一块符石。"

蔓夫人笑道："你们想要什么符石？"

"呃……任务职业或技能的顶级符石。"

林锦一拍桌子，怒道："真是大言不惭，顶级符石你也好意思开口！"

乔惊霆也有点心虚，但是性命攸关，他也不在乎脸面了，就那么眼巴巴地看着蔓夫人。

蔓夫人低笑不止："顶级符石啊，顶级符石可至少都是 T 级的，哪儿那么容易得到啊。"

"对于蔓夫人来说，应该不算太难吧。"沈悟非讨好地笑着，"我们五个人，只有一个人吃了一块变色龙符石，还是您给的。以我们现在的配置，真的是九死一生……"

"好了好了，我也知道这个任务对你们来说太艰巨了。"蔓夫人轻笑道，"我会想办法的，但我可不能保证一定拿得到，更加不能保证是什么符石。"

"没问题，谢谢蔓夫人。"

蔓夫人照例留他们吃完饭，乔惊霆便趁机说自己想先休息一下，熬夜刷怪太困了。

林锦让人给他们准备了房间。

乔惊霆一进房间，就让白狚守着他，自己进入了虚拟系统，并嘱咐他到最后一刻再叫他，他要把井木犴里的东西搜刮一空。

沈悟非改进了脑波增强装置的功能，现在它可以调节强度了。乔惊霆把强度调到了中上等，现在离晚饭时间只有不到四个小时，时间实在有限。

　　进入虚拟系统后，乔惊霆再次感到了晕眩，果然强度太高很折磨人，但他还是强忍着恶心站了起来，开始朝着一个个的光点狂奔……

　　等白迩把乔惊霆叫醒的时候，乔惊霆已经拿了一堆东西，一醒过来，就狂吐了一通。

　　白迩摇了摇头："你这样比'休息'前看起来还糟糕，蔓夫人会不会起疑心啊。"

　　乔惊霆也觉得自己随时要晕过去了，要是没有特殊情况，打死他也不会再把强度调这么高了。他用了一个治愈卷轴，把那不适感压下去几分："我去洗个澡，应该看不出来。"

　　这次的晚宴，哪怕一桌子美人，乔惊霆也没看进去，全程都晕乎乎的，蔓夫人以为他真的累坏了，吃完饭就放他们回去了。

　　回到斗木獬，乔惊霆清点了一下自己在井木犴的虚拟系统里拿到的东西，除了一些基本物品之外，其他都不适合他们用，所以他一股脑全卖了，赚了近 2000 积分，收获不错。

　　沈悟非回来就给他们分析蔓夫人的心理和说过的话，颇自信地认为她多半会给他们符石。

　　其他人却不像他这么乐观，毕竟是顶级符石，多少人争抢的东西，一枚至少好几万积分，蔓夫人就算有心想给他们，也未必能在短时间内弄到。

　　没想到三天之后，林锦出现在了斗木獬，不仅给他们贡献了 1000 积分的入城费，而且带来了不少好东西。

　　沈悟非满怀期待地问："有符石吗？有符石吗？"

　　林锦不情不愿地说："有。"

　　几人眼睛都亮了，邹一刀追问道："什么符石？"

　　"'巨人之怒'。"

　　邹一刀呆了呆，然后发出一声狂哮！

"哈哈哈哈好，'巨人之怒'！'巨人之怒'！太好了！"邹一刀激动得难以自抑，简直想跟林锦勾肩搭背，但马上反应过来她是个女的，便连连道谢，"多谢多谢，我对蔓夫人的敬仰之情如滔滔江水……"

"少油嘴滑舌，这枚符石是为了让你们打败余海。"林锦没好气地说道。她自己也是个异种，大概对蔓夫人送了邹一刀一块异种的顶级符石颇为不甘心吧。

几人也激动不已，早就听沈悟非说过，异种一定要吃的符石之一，就有这枚"巨人之怒"，没想到在进入游戏之前，蔓夫人真的雪中送炭，送了他们这么好的东西，简直超出他们的想象。

林锦把所有东西一股脑地给了沈悟非："你们自己分配吧，蔓夫人让我告诉你们，如果你们失败，她会来讨这枚符石的。"

讨符石当然是不可能的，吃进去了又没法吐出来，但他们也听明白了这话背后的深意，不管蔓夫人是不是开玩笑，他们都知道，若是失败，蔓夫人绝不会轻易放过他们。

林锦走后，沈悟非把"巨人之怒"拿了出来，笑盈盈地递给了邹一刀。

邹一刀接过符石，满面红光，止不住地大笑，笑到最后，声音越来越沙哑，最后，却突然有了一丝哽咽："当初败在余海手里，就差在这枚符石上。"

乔惊霆沉声道："这枚符石的功能是什么？"

"让异种人巨大化，体能会翻好几倍。"

"你们不是一直想知道，我为什么非杀余海不可吗？"邹一刀手里攥着符石，坐倒在了沙发上，他垂着眼帘，嘴角抽动，拳头握得死紧，仿佛在压抑着什么情绪，"我现在就告诉你们。"

几人凝神听着，大气都不敢喘。

"我从部队回来后，去当了警察。"邹一刀抬起头，眼睛已然布满了血丝，"缉毒警。我去做了卧底，余海，就是我当时卧底的毒贩集团的老大。"

众人皆惊，不敢置信地看着邹一刀。他们没有想到，邹一刀和余海之间的仇恨，竟然是以这样惊心动魄的方式承载的，光是"毒贩"和"卧底"这两个词语，就已经足够说明很多东西了。

乔惊霆突然觉得不忍，也不想听下去了，他在一瞬间明白了邹一刀为什么不肯告诉他们，因为这个故事闻着就血淋淋的。他感觉邹一刀在用刀扒开自己的皮肉，向他们坦白。

"我们……"

突然，乔惊霆挺直了身体，心头升起不好的预感，"乔瑞都来了。"

不消片刻，乔瑞都踹开了门，冲了进来，斩钉截铁地说："马上走。"

这一刻还是来临了。

他们觉得自己还没准备好，但其实不管给他们多少时间，他们都不可能准备好，因为已经到了最后一刻，他们依然不知道，面对他们的，究竟是什么副本。

邹一刀站了起来，抹了一把脸，正色道："回头再说，马上组队。"

乔惊霆组了队伍，众人一起进入了狩猎模式，选择系统随机分配副本。

显然杨泰林并没能打听出余海到底进了什么副本，那么只能寄希望于双胞胎不会涮他们了。

周围的时空瞬间扭曲——

【深渊游戏】

加载中

……

Game

Loading

……

图书在版编目（ＣＩＰ）数据

深渊游戏．Ⅱ，海妖王号 / 水千丞著．－－ 北京：
中国友谊出版公司，2020.8（2022.4 重印）
　ISBN 978-7-5057-4945-0

　Ⅰ．①深… Ⅱ．①水… Ⅲ．①长篇小说－中国－当代
Ⅳ．① I247.5

中国版本图书馆 CIP 数据核字（2020）第 129089 号

书名	深渊游戏．Ⅱ，海妖王号
作者	水千丞
出版	中国友谊出版公司
发行	中国友谊出版公司
经销	新华书店
印刷	河北鹏润印刷有限公司
规格	880×1230 毫米　32 开
	10.5 印张　200 千字
版次	2020 年 8 月第 1 版
印次	2022 年 4 月第 6 次印刷
书号	ISBN 978-7-5057-4945-0
定价	52.00 元
地址	北京市朝阳区西坝河南里 17 号楼
邮编	100028
电话	（010）64678009

如发现图书质量问题，可联系调换。质量投诉电话：010-82069336